唯有相思不曾闲

WEIYOU XIANGSI BUCENG XIAN

闺阁女子的爱情信物

灵犀 著

时代出版传媒股份有限公司
安徽文艺出版社

图书在版编目（CIP）数据

唯有相思不曾闲：闺阁女子的爱情信物/灵犀著．—合肥：安徽文艺出版社，2017.3
　ISBN 978-7-5396-5969-5

Ⅰ．①唯… Ⅱ．①灵… Ⅲ．①散文集－中国－当代 Ⅳ．① I267

中国版本图书馆 CIP 数据核字（2016）第 320404 号

出 版 人：朱寒冬
责任编辑：姜婧婧　　　　　　装帧设计：金刚创意

出版发行：时代出版传媒股份有限公司　www.press-mart.com
　　　　　安徽文艺出版社　www.awpub.com
地　　址：合肥市翡翠路 1118 号　邮政编码：230071
营 销 部：(0551)63533889
印　　制：三河市兴达印务有限公司　　(0316)3515999

开本：880×1230　1/32　印张：10.5　字数：220 千字
版次：2017 年 3 月第 1 版　2017 年 3 月第 1 次印刷
定价：39.80 元

（如发现印装质量问题，影响阅读，请与出版社联系调换）
版权所有，侵权必究

序·莫将闲事恼卿卿

极喜，在雨声初歇的午后，读这样的句子——

湘簟纱厨午睡醒，起来庭院雨初晴。夕阳偏向柳梢明。懒炷薰炉沈水冷，罢摇纨扇晚凉生。莫将闲事恼卿卿。

簟凉处，女子小睡而起，庭院中已不是先前天气。回眸处，夕阳一抹，青苔一点，柳梢一丝。柔绿的新芽上，雨露未晞，映着她端丽，抑是甜俏的脸颜。

如凝霜雪的皓腕，是连秋千也懒得去打了，她只闲闲地坐。熏炉中，已燎尽的沉水香，间或有寒灰，被微润的清风撩拨着，片刻间已是心字全非。

而彼时，女子却是无知无觉的。半醉浮生，闲时难得。夏日的纨扇，在她手中轻摇，便有些人间最好时节的清韵了。

藤缕雪光缠柄滑。这扇，是助风之物，亦是牵情惹意之物。

也许，这小扇曾于银烛之秋，扑过流萤；也许，这小扇也曾为楼心之月，歌尽桃花；也许，这小扇也曾以合欢之名，慰藉思情……

哦，不，不只是扇。

女子的世界里，还有双飞的鸳鸯，那许是手帕，许是香囊，许是衣裙……一双柔荑，从不曾闲下，拈一处风流之物，做一点精巧之物，都是极好的。

因为，于闲情之外，一些思君的心意，都得由着它们去寄付，去成全。说她们矜持也好，说她们矫情也罢。这便是女子，软哈哈，而又羞怯怯的女子。

是以，闺阁深处，女子们赏玩着各色细物，摆弄着多变的发饰，收拾着柔丽的妆容，其实也未必只是，为了给自己修一修清心，理一理仪容。

我既媚君姿，君亦悦我颜——诗里说得再清楚不过。

信物，是爱意初起时的递传，是爱意渐浓时的维系，也是爱意消逝后的怀想……故而，在物物相传之间，心意已隽永入诗；故而，相看不厌的，是爱情，也是爱情的信物。

晚风幽凉之时，闲却了纨扇，柳梢月下，栖着女子的芳姿，响着女子的碎语。可是，女子啊女子，你若心无所系，情无所绊，何必要抵拒闲事的滋扰呢？

原来，说是"莫将闲事恼卿卿"，乃是因着一点心事的涟漪。也对呵，在最好的时光里，该是适合念一个人，想一段情，升华一个故事的。

想来，矜持着，矫情着，却也深情着，才是她们的常态。故而，懂她们的人，自然会明白，唯有这样的女子，才是闺阁中心意缱绻的女子……

莫将闲事恼卿卿，何故？答曰：唯有相思不曾闲。

是为序。

第一辑 忆柔荑

第一章 同谁更倚闲窗绣,落日红扉小院深 /003

第二章 几拟情人,付与兰香秋罗帕 /019

第三章 罗带绾同心,谁信愁千结 /035

第四章 寄君作香囊,长得系肘腋 /052

第五章 记得绿罗裙,处处怜芳草 /069

第二辑 风月闲

第六章　连教贮向鸳鸯枕，犹有余香入梦清 /087

第七章　罗帐罢炉熏，近来心更切，为思君 /102

第八章　双燕归来后，相思叶底寻红豆 /118

第九章　投我以木瓜，报之以琼琚 /133

第十章　玉纤倒把罗纨扇，屏山半倚羞人见 /148

第三辑 饰幽情

第十一章 鬓髻乱抛,偎人不起,弹泪唱新词 /167

第十二章 头上玉燕钗,是妾嫁时物 /182

第十三章 宿处留娇堕黄珥,镜前含笑弄明珰 /197

第十四章 调朱弄粉总无心,瘦觉寒余缠臂金 /212

第十五章 约指金环瘦不持,罗衣宽尽减腰围 /226

第四辑 时世妆

第十六章 忆昔君别妾,分破青鸾镜 /243

第十七章 宿夕不梳头,丝发披两肩 /259

第十八章 佳人半露梅妆额,绿云低映花如刻 /273

第十九章 日日楼心与画眉,松分蝉翅黛云低 /286

第二十章 宝奁常见晓妆时,面药香融傅口脂 /299

附录 /315

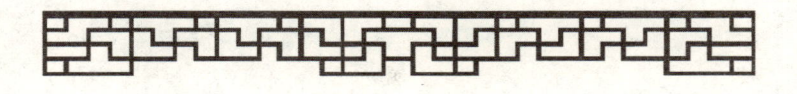

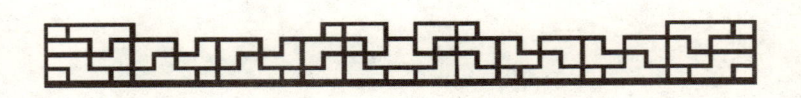

第一辑 忆柔荑

一双纤手,诉尽衷肠。

十指玉纤纤,如笋芽,如柔荑。女子美丽的手,也是精于巧艺的,于是,所拈之物无不风流,所做之物无不精细。

刺绣、手帕、同心结、香囊、衣裙,一件件,一线线的,都是闲窗下的幽情,闺帏中的秘爱。风起夕凉时,伊人如在画卷。

第一章　同谁更倚闲窗绣，落日红扉小院深

真正的爱情，是一幅经年乃成的绣品，任他月缺花残，尘染烟埋，却始终不曾改易素心，依然为你萦萦绕绕，依然为你缕缕丝丝。

——小引

【自君出】

诵到三官旧日经，教人回忆小南城。
上皇玉食资针绣，尽是中宫手制成。

——（清）史梦兰《全史宫词》

从没觉得，永巷——通往崇质宫的永巷——这般深杳。

在这深巷里，月色皴染着朱祁镇的肩，像是在泅润着他灼渴的心。他抚着大带内丝绣的她的名字，唇边浮出清凉的笑意："我回来了。"

是的，他回来了。

去岁仲秋时，朱祁镇固执得几近愚蠢，彼时，他不要做什么太平天子，瓦剌敢来挑衅，他便毅然决然地要亲征

塞外，不料却一脚踏空，堕入深渊。

被俘了就是被俘了，不管史笔如何用"北狩"这样的字眼来美饰，朱祁镇都永远记得这一年的耻辱与忧愤。

一年了。整整一年。

星河风露，别后月照离亭。今夜，必是月华依旧鸾镜圆。

回来了，已很不易，他当倍加珍惜。

锦鸾啊，你可知，我一直围着你亲制的大带，在那沙丘之上南望山水，在那无眠之夜独看分雁。

星霜屡移，又逢仲秋。朱祁镇原拟与她，细把离肠和泪说，而后，花里同眠今夜月，就此终老一世。却原来，他所失的并不仅是至高无上的帝位，还包括他的妻钱锦鸾，那滢亮动人的明眸。

她瞎了，瘸了……

这一年，朱祁镇成了太上皇，钱锦鸾成了皇太后。没有人会像他一样在乎她的眼泪，在那一个个为他祈祷的夜，渐渐干涸；也没有人能迫她抛舍与他同生共死的痴愿，唯能眼睁睁看她孱弱的腿脚染上痹症。

如他固执地出塞亲征一般，锦鸾她也固执地拒绝医治。

相见的那刻，他哭了，她却笑着说："镇，我做了个梦呢，老天说，只要我愿以我的一只眼和一条腿为代价，它便会将你送回到我身边。"

人生只合镇长圆，休似月圆圆又缺。

他紧拥住她，这也许是他唯一可以为她做的。因为锦鸾要的只是朱祁镇，而他能给她的，也只有他自己。

朱祁镇深知，他的亲弟弟——大明的新皇帝，将他送来这粉墙黑瓦的崇质宫，便宣示着他与红墙琉璃瓦的生活，已毫无关系。

心思悠转间，朱祁镇将内绣着"锦鸾"二字的大带轻轻解下，不愿她瞧见那里的精致与缱绻。这对她将是一种怎样的伤害！

过去锦鸾贵为皇后，却仍做着小女子们爱做的俗常事儿——针黹。在朱祁镇御驾亲征前夕，她很自然地，用这女红之物表情达意。

但如今，那善睐的明眸再无一丝光彩，她也不能为他绣花绣心了。

然而，这却只是朱祁镇一相情愿而已。不久后，他发现，她竟背着他偷偷绣些好看的绣品，交付心腹卖与宫外，换得衣食。

他们所居的崇质宫已被锁闭很久了，原因很简单，大臣们大都还念着他这个太上皇。

也许，只有让他与外界真正失去联系，才能让御座上的那个人放心吧！朱祁镇苦涩地想。想起许多点滴旧事，关于亲情的，爱情的。

无聊时，他作了《三官经》[1]，来打发辰光。"……德广无边，福寿增延。赐福降吉祥，三官赦罪天尊。"念着念着，他似乎觉得，痛楚减去了些许，福报祈得了几分。

可朱祁镇还是在一日比一日更粗粝的饮食中，明白了什么。兄弟重会当日，弟弟声音的棱角足有划伤他的力量：

---

[1] 《三官经》，传为明英宗被羁南宫时所作。

"上皇,崇质宫,也就是南宫,便是朕为你准备的新居。"

伤痕在心内隐隐作痛,他亦不言不语,直到他发现锦鸾的秘密。

为什么?为什么她始终不爱惜自己!为了他,她是打算连她另一只眼也不想要了么?

他恨!他恨他的固执让她病体支离,他恨他的任性让她衣食无着,他更恨,他自己对这窘困的生活毫无办法——除了帝王之术,驭人之学,他什么都不会。

帘垂,月斜,风寂。

宫内植着好些萱草,但于深掩的宫门之下,纵有一庭萱草,何曾与他忘忧。朱祁镇懊恼得快要疯掉,可锦鸾只温柔地微笑:"镇,你看。这是你回来之前,我绣的。"

自君之出矣,不复理残机。
思君如满月,夜夜减清辉。

她给朱祁镇看的罗帕上分明绣着一首古绝。每个字都是她昔日之伤,他今时之憾。他抱着锦鸾,喃喃:"我回来了,我不会再离开了。"

"是的,镇。我真的已经知足了。你说,有什么比我们在一起,更重要?如今的我真的很知足了,如你实在觉得抱歉,可以帮我描描花样子呀。"

蓦然间,朱祁镇释然了。他将他温热的唇覆上她早失光泽的眼,笃定道:"好。"

在她眼角,在他唇间,有一段明宫绝恋就此铭怀——

他是她的祁镇，她是他的锦鸾。他们永远在一起。

真正的爱情，是一幅经年乃成的绣品，任他月缺花残，尘染烟埋，却始终不曾改易素心，依然为你萦萦绕绕，依然为你缕缕丝丝。

【锁绣心】

阑珊星斗缀珠光，七夕宫嫔乞巧忙。
总上穿针楼上去，竞看银汉洒琼浆。

——（唐）王建《宫词》

若说有什么节令对于女子来说异常重要，我想，那一定是七夕。

源于汉代的七夕，便已有"穿七孔针于开襟楼"这样乞巧的习俗。根据《开元天宝遗事》的记载，唐时的宫人们在此夜，都要上乞巧楼去，用九孔针五色线对月穿针，看谁更胜一筹。

宫内的女人按说都属于皇帝，然却未必都能获得同等的恩宠，于是，这样一个乞巧炫技的机会，自然不能放过。

与其说是乞巧，不如说是乞情。

民间的女儿们心思便简单多了，"安排下慧盒朱丝金针彩线"等物，再与姐妹们聚在花影之下，一边乞巧，一边乞个一心人便好。

她们在白天，还会将绣针置于水上，想从针影的形状里捕获一些刺绣图案的灵感。

女红中至为重要的一技，便是刺绣。那些华美的纹饰，针针线线皆出自女儿之手，故此，她们才会被唤作"绣娘"。

不管是出于礼制之需，还是奢享之用，早在东周时，宫廷中便有了专司刺绣的部门，再至汉时，更为瞩目，已投入规模生产，正如《论衡》中所说，"齐郡世刺绣，恒女无不能"。

有一种绣法传扬已久,形如辫子,名为"锁绣",又俗称"辫子股针"。如殷墟妇好墓出土的铜觯,湖南长沙楚墓中出土的绣件,皆用此法。

浣了纤手,执起针来,让细针引着绣线,在绢帛上环圈锁套。

起第一针时,生于纹样的根端,落于起针之畔,以便将起落二针合兜成一个线圈。第二针也很关键,须起针于此线圈中心,这样才好用相距极近的这一针,来拉紧线圈,形成锁样。

由商至汉,匀实繁复的锁绣针针扣锁,锁住了多少女儿耿耿不眠的闲宵,恹恹欲睡的清昼,那一件件对龙纹绣、飞凤纹绣、龙凤虎纹绣的素纱禅衣上,何处不饱含着绣娘们的精工细作,慧心巧思呢?

最让人心动的,莫过于为自己的爱人,绣美丽的绣品。

有说,吴主孙权之赵夫人,是丞相赵达的妹妹,习得"三绝"在身,曰"机绝""针绝""丝绝"。赵夫人她雅擅书画,非但能于指间以彩丝织为龙凤,还能看出她的夫主心底那一腔难平魏蜀的遗憾,便"于方帛之上,绣作五岳列国地形",赠予他。

这真是个聪慧的女子。

鸳鸯与蝴蝶,鸂鶒与梧桐,诚为宣情示爱之物,但对于一个胸怀伟器的男子来说,没有比这东西,更能抚慰他不甘寂寞的雄心了。

在岁月的横流中,多少爱情的圆满,是来自有情人苦心的经营啊!

紧密的构图,齐整的针脚,雅丽的配色。结实又好看的锁绣针法代代相沿,又一路从东晋延至北朝,以满地施绣的方式,在此间大放异彩。

满地施绣,是说让绣纹绣满整个绣料,不露一丝底色。

细细地绣,密密地锁,针脚逶迤连绵于织料上,非得煌煌烨烨地博他个花开富贵,月出惊山不可。在当时看来,这种绣法颇为大气。

兰汤浴手,窗前先就,红脸娇片。须记他原少凌波,休配错鸳鸯线。

绣着金身须半面,似向侬青眼。春笋纤纤近慈云,疑紫林竹中现。

——(清)邹程村《留春令》

这场景是这样的:女子以蕙兰所制的浴汤净了手,暂别了心里那痴缠缠的小冤家,配上合宜的丝线,方才屏了息,慢捻细绣,绣那金身的观音,荫注的慈云。

其实,她大可不必在刺绣观音时,将她的心上人抛在一边。须知,爱情也是一种宗教——鸳梦与佛心,情爱与信仰,都一样的让人生出虔心,虽百折而不挠,虽千转而不舍。

不过,话说回来,或许她也只是怕她心绪芜杂,辱了神祇,方才刻意提醒自己的吧。其实这却是因为,她在往日里,总是配着鸳鸯线,生着缠绵意,才怕习惯成自然,唐突了观音。

　　侍御史赵邢李君家，珍藏有古锦裙一幅，长四尺，下阔六寸，上减四寸半。左绣仙鹤二十，势若飞起，率曲折一胫，口中衔花；右绣鹦鹉二十，耸肩舒尾，四周满布以花卉纹、极细的花边和点缀以金钿之类。

　　　　　　　　——（唐）陆龟蒙《锦裙记》

　　始于南北朝时的刺绣佛像，每一针每一线，都让人惊诧于女子们对爱情和宗教的执迷。

　　隔着遥久的岁月，这条运用锁绣针法的仙鹤鹦鹉绣裙，依然令人神往不已。

　　仙鹤寓意延年益寿，而"鹦鹉"两字因有二鸟成双之意，也包含了佳偶天成的祝福，绣裙上这翩然欲飞的仙鹤和舒展相偎的鹦鹉，当是绣娘予以女裙主人夫妇最好的祝福。

　　更有可能的是，这位绣娘本人就是裙主。

　　楼上金针穿绣缕，谁管天边，隔岁分飞苦。在那样一个华丽悲情的大分裂时代，长相思总不如长相依，长相依却又往往因天不假年，而美梦成空。

　　若裙子的主人真能与她的爱侣，如这华美的绣裙一般，情锁一生，情与寿长，真是一件美事。

　　让人倍感安慰的是，在简便易行的十字绣风靡一时的当下，锁绣针法却很好地传承下来，用于枕套等物的绣制。

　　不知道是不是除了它的实用性以外，我们也爱极了"锁绣"这个名字？

一颗绣心,尽锁红尘。千年以来,祝福都那么远,却又这么近。

【闺绣画】

宋之闺绣画,山水人物,楼台花鸟,针线细密,不露边缝。其用绒止一二丝,用针如发细者为之,故眉目毕具,绒彩夺目,而丰神宛然。设色开染,较画更佳。女红之巧,十指春风,迥不可及。

——(明)屠隆《考盘余事·宋绣画》

刺绣虽美,但多数时候仍以局部装饰的面貌,出现在整幅绣料上,像满地施绣这样的绣法,并不是主流。

直至唐代,新生的针法利于表现不同物象的质感,刺绣才有了长足的发展。抢针、擞和针、扎针、蹙金、平金、盘金、钉金箔等针法,都富有创新意识,甚至是,连色彩的退晕和晕染的效果,都能纤毫不差地体现出来。

当此情形,刺绣自然逐渐摆脱了附庸性,终在两宋时独立为一门艺术。宋代宫廷中,本由文绣院掌管编织刺绣,宋徽宗却于崇宁年间,在皇家画院里特设了绣画专科,在刺绣艺术里植入书画的元素,将之提升到了一个纯审美的高度。

山水、楼阁、人物、花鸟,这本是宋代院体工笔画的题材,宋绣画既然以此为摹本,便也将那些线条笔墨、浓淡晕色尽数绣入新裁的绣料里。

一并被绣出的,还有画中的气韵风采。

宋女子所绣的这类作品,便可被称为"闺绣画"。若追溯起来,号为"针绝"的赵夫人当年所绣制的五岳列国地形图，也早已具备了绣画的雏形。

如今藏于辽宁省博物馆的宋绣珍品《梅竹鹦鹉图》，便是以工笔花鸟画为稿本，施以多种针法，绘绣而成的。

橘黄的绢地，古意盎然；双色套针的梅竹，层次丰富；铺纹绣针的鹦鹉背腹，丝丝缕缕；打子绣针法的鸟眼花蕊，栩栩如生。真不知耗了绣娘多少心血，才凝成了这样的结晶。

明代画家董其昌不无遗憾地说，元人的针法比较粗疏，落针不密，有时甚至以墨来描画眉目，远不如宋人绣工精细。

但他又对当代另一种刺绣工艺啧啧称羡，道："望之似书画，当行家迫察之，乃知为女红者。"他说的，是在所谓的清代"四大名绣"——湘绣、蜀绣、粤绣、苏绣形成之前，与两宋的"闺绣画"较为相似的顾绣。

顾绣，俗称"画绣"，因始于明嘉靖三十八年进士顾名世而得名。女眷们个个长于丹青，精于绣艺，以宋元名画为题材，在针线的世界摹绘画意。

与宋闺绣画有别的是，她们有时还采用半画半绣的绘绣方式，渲染写真意趣。像是《莲塘乳鸭图》这幅绣品，便只绣了妙入秋毫的乳鸭，荷塘水草则一应为笔画，在明暗透视方面格外留心。

总之是画的多，绣的少，因此顾绣中的这种绣法又被誉为"补画绣"。看来，顾绣确如前人所说，名绣实画，实非诗心画心绣心缺一者所能为之。

无怪《绣谱》中评道："绣近于文，可以文品之高下衡之；绣近于画，可以画理之深浅评之。"

顾绣中最为出色的当属缪氏、韩希孟和清初（有争议）的顾玉兰等人。

据《无声诗史》所称，缪氏"所绣人物、山水、花卉大有生韵"，很是动人；而顾玉兰还竭其所能，设幔授徒，这才使得顾绣特技发扬光大，不致失传。

我想起，一些手艺人因着狭隘的门户之见，甚至不允传人结婚的旧事，不由得对这样的女子又生出了些敬意。

韩希孟无疑是其间最为出色，掌故最多的一位，这大概不只因为她有《武陵绣史》这本著作，还因为她夫妇二人都同样热衷于刺绣艺术吧。

其夫为顾寿潜，他一向认为所有的技艺都因神绝而不朽，哪怕是纤微如针丝之技，也足可传名于千秋。他在极力支持她。

都说一个成功男人的背后，一定有一个伟大的女人；其实不止如此，每一个成功女人的背后，也必然有一个豁达明理的男人。

明末才子陈子龙赞韩氏之绣作是"天孙织锦手出现人间"，想必，顾寿潜与妻说起此事时，盈满喜色的眉睫间也蘸了好些自豪意吧。

很有幸，我们至今还能在《天香》这本小说里，去读一读晚明时期，顾绣传天下的往事。而我更愿，这个学艺门槛甚高的闺中绝技，能在当今更好地传扬下去，为钢筋混凝土的生活增添一些闺情画意。

【幽窗下】

　　曲沼朱阑,缭墙翠竹晴昼。金万缕、摇摇风柳。还是燕子归时,花信来后。看淡净洗妆态,梅样瘦。春初透。

　　尽日明窗相守。闲共我焚香,伴伊刺绣。睡眼腾腾,今朝早是病酒。那堪更、困人时候。

——(宋)袁去华《卓牌子近》

　　春初透,透窗纱。

　　古代的窗,是除了床以外,最富深意的地方。

　　窗外,曲折的沼水映着朱阑翠竹,红红绿绿的煞是好看。白昼晴好,风柳摇曳,燕已归来,花信未去。

　　这样的天气,最宜于在窗前细绣春心。不管是"独坐纱窗刺绣迟",抑或是"绣窗同刺绣,女伴喜天晴",都少不得以窗为背景,以窗为凭倚。

　　当然,如此良辰,若有自己的爱侣一道"尽日明窗相守",为她焚着香,伴着影,真是再好不过了。"炉添小篆,日长一线,相对绣工迟",连时光都是芬芳的。

　　"暄风,爽日,漫长的秋夜,清寒的春日,花压栏杆,竹影曳窗,风帘燕入,喜蛛坠巾",张淑娴在《刺绣图》中描摹了最佳的刺绣环境。

　　古来,女子们便爱在明净的窗前,以繁巧的方式一叙幽怀,一抒浓情。

　　《燕寝怡情图册》是清宫内府所藏的珍品,所绘应为亲王的家居生活场景,画工精雅。其间,有一幅表现绣房场景的画册，窗前木芙蓉开得正艳，窗前的绣架上已经绷好了待绣的绣品，剪子针线也已备好。

男子言笑晏晏，轻握佳人柔荑，看起来情致缠绵，颇为动人。

当然，若论刺绣本身，男子想必已搅扰佳人了，不过，女子所绣之物，却也多是萦着情意送给夫郎的，他既有甜蜜的情话要说，她自也不会嫌他扰了她的清净。

幽窗下，刺绣的女子穿针，引线，扎了又挑，挑了又扎。就这样一日复一日，怕是她们自己也数不清，自己已将多少韶华，绣作了春花秋月，夏雨冬雪。

那还是在小时候吧，早在出阁的前几年，娘亲便会以言传身教的方式，让她学做女红。天生的巧手世上本来少有，今日她能熟稔地捻线穿针，在花绷上从容游弋，不得不感谢娘亲当日严苛的训示。

玉葱般的手指被扎了多少回，浮躁的心绪被安抚了多少次，她早不记得了。但她慢慢懂得一个道理——若想及笄后，嫁得个好夫家，凭的是什么？凭的便是这手上的功夫。

为羹为汤的手艺，生儿生女的能耐，都不是隔着媒人的嘴皮子能说得清道得明的，它缺乏可信度。那么，所余的最有说服力的，便是女儿自己所绣的绣件。

人都说绣中有品，绣中见性——针线里的女子最真实，她是粗蛮的，还是细致的，她是张扬的，还是谦卑的，明眼人一望便知。

窗，最是个涵养性情的所在，因那目光飘出窗外，便逢着摇晃的竹影，自由的松风。然而，女子的绝多时光，却得耗在一方静室，用着五色彩线金错剪刀，外加花绷与细针，绣画窗外的风光。

有些寂寞，也有些残忍，但一扇闲闲的小窗，已是这静室里最接近室外的地方，不是吗？这已是最好的选择。

那么，便不妨滤去那些浮心与躁气，将整个身心投入窗前的花绷，投入阁中的日月吧。

按《刺绣图》中所说，女子们应该培养的，是文姬那样的气韵，谢道韫那样的林下风度，从从容容，幽幽淡淡。只有这样的女子，才能绣制除了花鸟蝴蝶鸳鸯双凤以外的物件。

那可以是佛像菩提，也可以是洛神龙女，汉宫春晓。

窗前，静绣时也应陈设瓶炉三事，在炉里燃上一丸名香，一可提神，二可逸兴。侍儿们也要不时递来拭手的巾子，免得女主人的汗珠，一个错神间污了绣件。

吴绫、蜀锦、雾縠、冰绡，都是价值不菲的绣料，可不能马虎。

擦了手，一滴蔷薇露匀在雪肌上，一双手又是香沁沁，白嫩嫩的了。

清昼还长，待停针时，再向春园闲窗外，该又是一番新模样吧。不知怎的，我又想起芸娘对沈三白说的话来："君画我绣，以为诗酒之需，布衣饭菜，可乐终生，不必作远游计也。"

第二章　几拟情人，付与兰香秋罗帕

郎有情来妾知意，有多少爱情，便在这一双素帕间，托寄了两心，颠倒了相思？横横，竖竖，你你，我我，你知我，我知你。

——小引

【寄心知】

不写情词不写诗，一方素帕寄心知。
心知拿了颠倒看，横也丝来竖也丝，这般心事有谁知。

——（明）冯梦龙《山歌》

开辟鸿蒙，谁为情和？都只为风月情浓。

这一厢，是宝玉昏昏默默无由醒，那一厢，是黛玉哭哭啼啼难自抑。

半梦半醒间，他的身子疼得快要瘫掉，恍惚只觉蒋玉菡前诉忠顺府拿人之事，又见金钏儿泣说为他投井之情。

可他伸手过去，却是徒劳。只一种悲悲戚戚的声音，与她柔缓的力气一道将他唤醒。

是她吗？

"今宵剩把银釭照，犹恐相逢是梦中"，古人的句子似在这一刻涌至眼前，宝玉勉强欠身起来，向那近前的小脸上细细一认，但见她眼肿如桃，满脸泪光，不是黛玉，却又是谁？

一双偷泪眼，一尺鲛绡巾，她平常总是躲在人后哭；这会儿却顾不得自己这个模样在人前露丑，就这么用她湿漉漉的眼打望着他。

身子实在疼痛难忍，宝玉"哎哟"了一声，再也撑持不住，索性卧下，叹道："你又做什么跑来！虽说太阳落下去，那地上的余热未散，走两趟又要受了暑……"

黛玉见他都伤成这样了，还顾着她，怔怔的只是无声幽泣。

于是，他决心装作满不在乎的样子，说他挨打是真，受痛却是假，只是乔张做势罢了——其实他身上疼着呢，但他更怕她心疼。

泪珠若得似珍珠，拈不散。一缕缕无声之泣，气噎喉堵，噎住她欲言的情，堵住她欲说的愁。她当然不是笨口拙舌的人，可眼下，却忘了怎么表达，只能抽抽噎噎地说："你从此可都改了罢！"

她的话，他大多是听的，这一瞬收了嬉笑之色，比起那些浊臭蠢笨的官僚，他宁愿和心思纯美的下人往来，即便是为此而陨了性命，也不言悔。

爹爹白打了他，也错打了他。他想，黛玉终会明白他的想法。

来宝玉这里探病的人肯定是不少的，黛玉又是个面浅的，忙不迭回了潇湘馆。待他应付了诸人，已很疲倦，便命晴雯去看看她。他很担心，先前她就哭成了个泪人，现在可还好呀！

宝玉也不知该捎什么话，便让晴雯拿两条半新不旧的手帕送去。黛玉的小性子，晴雯可是领教过的，不由得撇嘴道："这又奇了。她要这儿的两条手帕子？她又要恼了，说你打趣她。"

他只是笑："你放心，她自然知道。"

他想，她应当知道——只因他断定他们是情系一处，灵犀相应的。

夜，黑魆魆的。潇湘馆没有掌灯。灯，有些像是一个窥秘的人，而黛玉独愿寂守着自己，安安稳稳，妥妥当当。

听晴雯说这送来的礼物是家常用的旧帕子，她愈加发闷，细思量后，蓦地悟出真意，暗自欢喜地收下了。

一个说什么"她自然知道"，一个说什么"放下，去罢"，想来必是你有情来我知意，独晴雯一头雾水，回程中略觉失落。

旧帕里有旧相思，素帕里有长相思。一双素帕，两厢倾情，这就是手帕里的无声情语。

郎有情来妾知意，有多少爱情，便在这一双素帕间，托寄了两心，颠倒了相思？横横，竖竖，你你，我我，你知我，我知你。

不言说的情，一因婉转而可喜可爱。黛玉忆起冯梦龙《山歌》中吟咏的情意，心甜不已，须臾间却又因喜而苦。

他以苦心会她苦意，而她的苦意，却又令她自己悲意如潮：若她不懂他，他又何必赠她心知；若她懂他，先前又何必劝他改了他自己。

她爱的，本就是这样的一个他呀！

沸然炙起的心潮，让她余意绵缠，再无暇多虑，立刻伏案蘸笔，题诗旧帕：

眼空蓄泪泪空垂，暗洒闲抛却为谁？
尺幅鲛绡劳解赠，叫人焉得不伤悲！

抛珠滚玉只偷潸，镇日无心镇日闲。
枕上袖边难拂拭，任他点点与斑斑。

彩线难收面上珠，湘江旧迹已模糊。
窗前亦有千竿竹，不识香痕渍也无？

她本欲再写，无奈脸上却烫得惊人，着笔无力。

对着镜子一照，那里面那个桃色上颊、艳然欲流的人，还是她自己吗？她生了些羞涩意，一时赧然睡去，手里还拽着那旧手帕。

病由此萌。病曰"相思"，除却心人无人解。

【千万绪】

> 黄花羞对，也只为君，
> 金樽慵倒，也只为君，
> 泪珠暗把鲛绡揾。
>
> ——（明）梁少白《月云高·纪情》

鲛绡上，洇染的泪迹，当是女子情至深处的独语。黛玉如此，曲中的女子如此，世间的痴情人亦如此。

传说中，"南海出鲛绡纱，入水不濡"，这是说"其眼泣，则能出珠"的鲛人，织出的鲛绡，便是在水中也不会被濡湿。

也许是，人们认为，鱼尾人身的鲛人既有巧织的本事，又有泣珠的本能，故此才会将薄绢、轻纱一类的织品称为"鲛绡"。同时，还会在眼底盈满泪水之时，拿一方绢帕来揾拭不欲为外人道的伤情。

陆游在与唐婉生别时，已是斯人空瘦，他念着春日如旧，忍不住泣下如雨，"泪痕红浥鲛绡透"。唐婉未必见到了这方鲛绡，但却见着这一首《钗头凤》，于是，她也在雨送黄昏时，独倚着斜栏，将那些个凄然欲笺的心事，暗暗咽了去。

咽泪装欢，泪痕犹残。夜已阑珊，人事已非，不必穷究词中人的故事，有几分真假，有几分后人的寓托，君不见，多少年来，红楼梦中语，已是多少人心上的朱砂痣！

只见内中夹着个绢包儿，黛玉伸手拿起打开看时，却是宝玉病时送来的旧手帕，自己题的诗，上面泪痕犹在，里头却包着那剪破了的香囊扇袋并宝玉通灵玉上的穗子。……手里只拿着那两方手帕，呆呆地看那旧诗。看了一回，不觉地簌簌泪下。……黛玉手中自拿着两方旧帕，上边写着字迹，在那里对着滴泪。正是：失意人逢失意事，新啼痕间旧啼痕。

——（清）高鹗《红楼梦》（续）

感深秋时，更是悲往事时，高鹗的续写大概不能让所有人满意，但这一段，却让人忆起宝玉和黛玉，当初旧帕传情、以心相慰的往事，也算用心良苦了。在这里，失意之人，已经兜拾不住往事的重量，故而啼痕宛在，新痕又生。

绝代佳人何寂寞，梨花未发梅花落。
东风吹雨入西园，银线千条度虚阁。
脸粉难匀蜀酒浓，口脂易印吴绫薄。
娇娆意态不胜羞，愿倚郎肩永相著。

——（唐）韩偓《意绪》

然而，鲛绡乃至手帕的存在，也未必只是用来给闺中女子疗伤的。

韩偓笔下的绝代佳人有些寂寞，因那园子里匆匆开谢的，是芬芳的时光。她数着那些凋零的梅瓣，想起暂别的爱人，有些难过。

东风雨后，佳人凤眼斜乜，倚阁而立。她又想起昨夜含情饮下的浓酒，想起今晨着腮而匀的铅粉，又醺醺地生出些痴意。

她想，当他临走前接到了她的礼物，心里应该很欢喜吧？

唐时，将越州改为吴州，便将这里所产的丝绸称作"吴绫"。吴绫因花色繁复，名噪天下，也常为贡品。

女子赠给爱人的，却不只是一方吴绫丝帕——那上面，红艳艳地印着她的唇痕。她希望，他离开后，还能睹物思人，心心念念地想着她。

他见这唇痕，便应该会记得她的娇娆意态，羞红香颊。鬓垂香颈，迟慵初起，她小小的心里生出满满的意，笑得好不甜蜜。"愿倚郎肩永相著"，心但有所系，爱才不会寂寞。

说来，这手帕中的旖旎情思，只要是烟火男女便没有拒绝的道理，于是，直至近代，日本艺伎还乐于用这样火热的方式，来遣寄深情。

浮世绘中所画的，便有艺伎在白纸笺上拓上花瓣形红痕的形象，但我以为，白纸笺与素手帕相比，怕还是后者要更富意趣，更贴肺腑一些。

你想啊，手帕即便只是素色的，亦在那一经一纬间，藏了些绵密的心思。吴绫的花色很多，什么异文吴绫、花鼓歇纱、白编绫、交梭绫、十样花纹……每一样都不简单。

手帕是静态的，但织女纺织时的形象却很容易引人浮想联翩，她们一定有端凝的行止，雅隽的气韵，不然，怎么能织出这么细巧的暗纹？

那种旧时心情旧时怀,很值得珍惜。

　　　　解寄缲绫小字封,探花筵上映春丛。
　　　　黛眉印在微微绿,檀口消来薄薄红。
　　　　缠处直应心共紧,砑时兼恐汗先融。
　　　　帝台春尽还东去,却系裙腰伴雪胸。
　　——(唐)韩偓《余作探使以缲绫手帛子寄贺因而有诗》

　　如果说,将唇痕印在手帕上显得有些艳烈,不够矜持含蓄;又或者,纹理中只见唇痕,还不足以表情达意,那便不妨试试,将黛色也一并拓上去。

　　黛眉与檀口,一个是微微绿,一个是薄薄红,同为女子一增婉娈之色,一抒缠绵之意,出现在同一块手帕上,真是再好不过了。

　　得此手帕,念此意绪,须千万千万,珍重珍重。

【有所系】

尺素如残雪,结为双鲤鱼。
欲知心中事,看取腹中书。

——《汉乐府诗》

这里说的尺素,是约一尺长的白绢。由于古人多用这种白绢来写信,故此便以之作为书信的代称。

说来,书信的代称也很不少,其中,固然有因蜀地十色彩笺上的花木麟鸾图色而得的"鸾笺"一称,但大多与鸿雁和鲤鱼有关,比如雁足、雁帛、雁书、双鱼、双鲤、鱼书等。

这也许是因为,鸿雁可传苏武的忠心,书信则可被叠成双鲤的形状,借以倾吐心怀。虽说这已形成了习惯,但以此方式一表衷情的,多半还在情人爱侣之间。

清风朗月中,时传尺素,遥寄相思,这无疑也是将天涯远路,变为咫尺之距的一种无奈之举。是无奈啊,凭那字里行间的温度,来维持的感情有多脆弱呢?想想都让人不安!

所以,一旦尺素见稀,只怕恋爱中人的心情便是爱恨相兼,断难平静了。不过,"一味相思,准拟相看似旧时",他们都在等,他们都会等。

囊里真香谁见窃,鲛绡滴泪染成红。
殷勤遗下轻绡意,好与情郎怀袖中。

金珠富贵吾家事，常渴佳期乃寂寥。

偶用志诚求雅合，良媒未必胜红绡。

——（唐）李节度使姬《书红绡帕》

题诗寄情于尺素之上，自然是更为风雅；而用作题诗的物件，也可以是软艳的红鲛绡帕。白有白的素净香洁，红亦有红的旖旎芳甜。

诗中所述的，便是这位李节度使姬，用红绡帕题写情诗的情形。她俏然一笑，问："这红绡帕你道是怎么来的？"这是我怀中的香囊泄了密，我的思情又化成了泪，一滴滴染成的啊！

自然，这只是情语。所谓打情骂俏，诚如是也！可想呀，这女子不只有咏絮之才，还懂得调风弄月，如不是情场高手，便是情之所至，才能作此痴语。

比尺素、鲛绡长一些的手帕，是汗巾。这名儿，乍一听似乎不太优雅，但它同样可以承载诗里的情意绵绵。

看吧，"汗巾儿本是丝织就，上写着散相思诗一首"，等到临行之时，是应该放在郎君衫袖之中的。外头的世界不比家中，不过，他若害了相思，"汗巾儿是念头"；要一解思人之愁肠，也可以把汗巾儿"紧紧拿在手"，睹物思人。

如此一来，情有所依，心才有所系。

王实甫在《西厢记》中说张生"不移时，把花笺锦字，叠作简同心方胜儿"，其实，不单花笺可叠成同心方胜，金箔、丝绒或手帕亦然。

所谓"胜",便是指女子头上菱形饰物,"同心方胜",顾名思义,便是相接相叠的两个菱形结。都说是"同心"了,自然也就可以凭它寄传爱意,一抒情肠。

张荩袖中摸出一条红绫汗巾,结箇同心方胜,团作一块,望上掷来。

——(明)冯梦龙《陆五汉硬留合色鞋》

汗巾私密体己,如果把它叠成同心方胜,再掖在臂钏里,的确是又好用又有深意的。

因为,也许在下一刻,女儿便会被一个襕衫网巾的翩翩少年吸引住,甘愿将她的私密之物,她的不宣之情,交付出去。

然而,不管恋爱与否,女子都喜欢在手帕一角系一个精巧的穿心盒,随手帕藏放在衣袖里。

这种圆环式的小盒,上下两瓣间都各有一孔,以便穿心绳从中穿过,系结在帕角上。女儿们只需轻轻一扣,两瓣盒体便可严丝合缝地将里面的香茶、妆品等琐物藏纳得一点不漏。

大抵,爱情也是如此,平时都被我们秘藏着,不轻易示于人前,但是如果感觉来了,感情到了,我们就会大大方方地向他启开,任他透穿。

手帕上可系的物品除了穿心盒,还有金三事,或是银三事。

狄希陈仍到前面坐下，取下簪髻的一支玉簪并袖中一个白湖绸汗巾，一对金三事挑牙，都用汗巾包了，也得空撩与孙兰姬怀内。

——（明）西周生《醒世姻缘传》

这里说的金三事，从实用性说来，应该始于明代，男女皆用。

以金或银为材质，做一个细圆的管状小筒，上錾繁巧的纹饰，看起来赏心悦目。金的银的锁链，一边勾吻着管筒的圆盖，一边往往做成如意云头状，挂系在手帕角上。

小筒里面，装的是日常要用的小物件。其中，镊子是用来修整眉形的，挑牙是用来剔除牙渍的，挖勺是用来掏挖耳垢的。

别小看这三件细物，试想一下，无论男女，若能在手帕边角系上这套东西，没准真能在约会前，方便自己净身洁面，给心上人留下一个好印象呢。

手帕近身处，自是两情缠绵；三事便利多，更添了体贴周到。因此，明人在赠送爱侣手帕时，也时常系上一套金银三事，以表寸心。

一边情爱，一边世俗，心中但有所系，便觉欢喜无限。

生活一事，其实从头到脚都是市井的，但因着一颗巧慧的心，便多了些跋涉红尘的因果，行走紫陌的缘分。

【约郎腰】

> 轻巾手自制,颜色烂含桃。
> 先怀侬袖里,然后约郎腰。
> ——(唐)晁采《子夜歌十八首·其十七》

有人说,青梅竹马的爱情是最让人羡慕的。这大概是因为,人世间的情爱大多坎坷不平——也许她是你心有所属的神女,你却未必是她魂有所系的襄王;也许是他是你一念难忘的檀郎,你却未必是他一生相悦的容姬。

那么多的兜兜转转,让我们的爱情颠沛流离,又是恼人,又是伤人。

但其实,青梅竹马的爱人,在情路上也未必畅然无阻。大唐才女晁采自小便与邻家的男孩结伴玩耍。他叫文茂,是她除了父母以外最重要的人。

和许多青梅竹马的故事一样,他们一天天长大,父母们也一天天有了警心,有意拉远了他们的距离——毕竟,谁都不敢去挑战"男女授受不亲"的陈规。

两心暗许的有情人,便借着侍女小云,书札相通。终于有一天,趁着晁母外出,二人得以相见。不必说,隔着花阴的云鬟,留下了几处缱绻之意;也不必说,覆了幽欢的翠衾,撩动了几分缠绵之情。

总之是,文茂走后,晁采写下了一组《子夜歌》,而后,陷入一汪相思苦海中,日渐消瘦。幸而,晁母得知女儿的心病后,决心成全他们。

这真真是皆大欢喜。

后来，文茂进士及第衣锦还乡，夫唱妇随。有时，晁采也会忆苦思甜般地想起，她亲手制了"颜色烂含桃"的汗巾儿，在袖中盈染了体香，再束于郎君腰上的情事。

那时候，没有媒妁之言，没有父母之命，而她虽不言不语，却用这样的一个信物，将她的满腹柔情，全都付与了她的爱人。

相思有多苦？才欲休，又还生。她告诉自己，倘若今生不能携手，来生之愿，便是"与郎为一身"。一双痴儿女，被明达事理的父母成全，真是再好不过的事。

汗巾可以代替腰带使用，却较之更为家常随意，可轻松搭配便服。

用于束腰时，汗巾要缠绕几圈，这是没有定制的。一般来说，女子们会在束腰打花结时，特意垂留那么一小段儿，使她们莲步缓行的模样，更见风致。

如果再要讲究一些，女子们还会照顾便服的颜色，置备不同质地和颜色的汗巾。

在清人禹之鼎的《女乐图》中，便可见到一位白衫蓝背心的乐女，打扮虽朴素寻常，但加上大红的汗巾，整个人便生动起来了。

想来，以这样的打扮，赢得有心人的关注，也不是什么难事。

《红楼梦》中，鸳鸯束过白绉绸汗巾儿，袭人使过松花汗巾，黛玉用过绿汗巾子，都是各有各的一番情味。当然，闺中女子也会用她们的巧手，变着花样为汗巾做一些装饰，刺绣且不说了，这都是寻常活计。

如果条件允可的话，她们也希望自己能用上别致的汗巾，比如有销金点翠工艺的。

《金瓶梅》里，李瓶儿要的是"老金黄销金点翠穿花凤""银红绫销江牙海水嵌八宝"和"闪色芝麻花销金"的三方汗巾；潘金莲则要的是一方"玉色绫琐子地儿销金汗巾"，一方"娇滴滴紫葡萄颜色，四川绫汗巾儿"，并且"上销金，间点翠，十样锦，方胜地儿。一个方胜儿里面一对儿喜相逢，两边栏子儿都是璎珞出珠碎八宝儿"。

看吧，工艺有工艺的烦琐，逗气也有逗气的法子。

美娘当此之际，如见亲人，不觉倾心吐胆，告诉他一番。朱重心中十分疼痛，亦为之流泪。袖中带得有白绫汗巾一条，约有五尺多长，取出劈半扯开，奉与美娘裹脚，亲手与她拭泪。又与她挽起青丝，再三把好言宽解。

——（明）冯梦龙《卖油郎独占花魁》

说起汗巾儿，要用来传情达意，也未必非得用在腰上。故事里的王美娘原名莘瑶琴，因靖康之难流离失所，被人拐卖去了临安。身为临安名妓，虽有"花魁娘子"的美称，但其实她所求的，也只是一种安然静好的生活。

美娘在被福州太守的八公子羞辱后，赤足难行，好在遇见了同为离乱之人的秦重。秦重早被卖油店的朱老板改了姓，他对美娘可一直是"几番待放下思量也，又不觉思量起"，这一霎，真是好不心疼，忙用汗巾为她裹脚。

"一对金莲，如两条玉笋相似"，他护着她的足，也护着她的心。如此怜香惜玉的郎君，才该是她寤寐求之的良人。

故事最后是花好月圆的，一条白绫汗巾就这样媒合了他俩的爱情。至于说，在《蒋兴哥重会珍珠衫》这个故事里，三巧儿误以为丈夫是要她拿汗巾悬梁自尽，那真是汗巾的别样用法了。

岁月里，少的是情深刻骨，多的是薄情负心。试问，人世间有多少爱可以重来？好在，千帆过尽之时，我们在说书人的口中，听到了差强人意的结局。

第三章　罗带绾同心，谁信愁千结

当感情已颓圮不堪，花开花落也无从同赏同悲，那些朝夕欲问的相思，便不必许给花时；那些日夜欲结的同心，便不必遗以知音。

——小引

【情难结】

风花日将老，佳期犹渺渺。
不结同心人，空结同心草。
——（唐）薛涛《春望词四首·其三》

有什么东西，是女子终其一生，都孜孜以求的呢？

薛涛原以为，那是爱情。

虽然，像她这样一个身卑位贱的乐妓，未必真有资格谈情说爱。

父亲薛郧在历经安史之乱以后，越发厌倦官场，他将大多的精力都用来培养她这个女儿，因而天赋异禀的她年仅八岁，便精擅音律，作得一手好诗。

听说，有一种诗叫作诗谶。

她记得，父亲坐在院中梧桐树下吟咏"庭除一古桐，耸干入云中"的时候，她随口续上的诗句是"枝迎南北鸟，叶送往来风"。

父亲为之愀然良久——诗意不祥啊！

或许，真有诗谶这么一回事吧，不然，如何解释她后来家父早亡，沦落为妓，迎来送往，一生动荡的生活呢？

才再高，心气再高，都高不过生活的屋檐。为了生存，欢场上又多了她这一道衣香鬓影。可她不是个愿屈从命运的人，这样巧笑陪侍，赋诗弹唱的生活，应该也是可以改变的。

因为，她用自己的才华攫住了剑南节度使韦皋的目光。

一首《谒巫山庙》，让韦皋称美不已。他欣赏她的才华，也为她侍宴唱和的命运感到惋惜，他甚至还试着为这个锦口绣心的女子谋个好前程。

怎奈何，"红裙入衙，不免有损官府尊严"一语，斩断了她入为校书郎的念想，还好，"女校书"之名已在韦皋和世人口中辗转递传，也让她颇为自得。

兴许是因她太过自得，不免有了自矜之色，韦皋一怒之下，便欲将她逐出帅府，罚赴松州。薛涛有些悔恨，旋即写了一组《十离诗》，忙不迭向他致歉。

韦皋心也不硬，可她却倦了这种寄人篱下的生活，遂在获释后，退居成都浣花溪边。自然风物淘洗着她的心情，也让她生出兴致，制一些美丽的彩笺，来题诗作赋。

人皆称之为"薛涛笺"，却不知她虽时常以彩笺上的诗赋赠人，而她心里却始终有个隐秘的想望——这样的诗笺，若能赠给同心之人，方才不负了此生的缘法啊！

韦皋不是她的同心人，那么，与她酬和往来的王建、白居易、刘禹锡、杜牧又是不是呢？她摇头。直到，她遇到了元稹。

这一年，是元和四年的春天，她四十岁。

合宜的保养与诗情的滋润，让她风姿绰约且冶艳动人，并不比三十岁的元稹显得老。她其实是知道他的，丧偶后的他，写过"曾经沧海难为水，除却巫山不是云"的至语。

这是一个真性情的人吧！

一个真性情的女子，外加一个她所以为的真性情的男子，很容易碰撞出爱的火花。初次见面，她赠他《四友赞》，元稹在叹服之余，与她迅速地堕入爱河。

双栖绿池上，朝暮共飞还。
更忙将趋日，同心莲叶间。
——薛涛《池上双鸟》

古说"同心而离居，忧伤以终老"，薛涛唯愿与他携手盟誓，同心而终老。

南朝民歌中说过，苏小小的愿望，便是在西陵松柏下，与阮郎绾结同心，但那些双栖的愿，双飞的望，终成水月镜花，不复得见。

其实，薛涛是不是能与他"永结同心"，她自己也并非信心满满。元稹是赠诗给她没错，但却也很慷慨地给旁人赏鉴这种酬唱诗！这还能算是情诗吗？

可怜她半生守身如玉，却未想到，在元稹看来，反成了他炫耀的资本。他的逻辑很容易明白——连这么骄傲的女子都对他动心倾情,这不正说明他不同寻常的魅力么?

但薛涛心想,荏苒半生已逝,若她还不能在当下,为自己燃烧一回,岂不遗憾?

一年后,元镇被贬为江陵府士曹参军。别离时,薛涛写下赠诗。但,欲结同心的,只是她,他连"同心而离居"的可能都不给她。

离居,而不同心。秋来书更疏,薛涛陷入了空前的寂寞之中,她也渐渐得知那个永不寂寞的他,曾拥有着,或正拥有着崔莺莺、韦丛、刘采春、安仙嫔、裴淑……

> 锦江滑腻蛾眉秀,幻出文君与薛涛。
> 言语巧偷鹦鹉舌,文章分得凤凰毛。
> 纷纷辞客多停笔,个个公卿欲梦刀。
> 别后相思隔烟水,菖蒲花发五云高。
> ——元稹《寄赠薛涛》

她想起,他方才离开时所写的赠诗。他夸她夸得如此用心,但却不在里面安放情意,诉说缠绵,他也不曾真为她"别后相思隔烟水"。

罢了!当感情已颓圮不堪,花开花落也无从同赏同悲,那些朝夕欲问的相思,便不必许给花时,那些日夜欲结的同心,便不必遗以知音。

所余的,只有苍凉的岁月,将老的风尘。

就让她这个扫眉才子,安安静静地老于诗卷,终于青灯吧!

簪上，小桃花。
袅袅东风，绿窗纱。
寸心犹如旧枝丫。
想起，与你共度的年华。

【双丝网】

　　数声鶗鴂。又报芳菲歇。惜春更把残红折。雨轻风色暴，梅子青时节。永丰柳，无人尽日飞花雪。

　　莫把幺弦拨，怨极弦能说。天不老，情难绝。心似双丝网，中有千千结。夜过也，东窗未白凝残月。

　　　　　　　　　　——（北宋）张先《千秋岁》

　　芳菲歇时，诀别了鶗鴂，经春而夏的是天气，由盛变衰的却是一段炽热的感情。

　　残红将暮，只一颗惜春的心，依然眷恋着琴弦上的缕缕相思，深心里的丝丝情愁。

　　情愁，它像是网。双丝所结的网，双思所萦的结，都在这里紧紧地系着，实实地锁着，为一些幽密的心事，一些倔强的信念。

　　"雨轻风色暴"么？她不怕！只要心有千千之结，她的意便有万万之勇，足够抵挡一切突袭的风雨。在这里，比谐音双关的艺术技巧更令人惊异的，是女子对爱情的执迷与果决。

　　是的，女子们在很多时候，会唯唯诺诺，哭哭啼啼，战战兢兢，但一旦遇着真爱，是宁可碎骨粉身，也不吝于傻之又傻地付出的！

　　结同心，结白头，这样的愿望，里里外外都浸着魔力，推搡着女子们做出不可思议的事来，便连女神也概莫能外。

　　盐水女神爱上了巴人首领廪君，此时，他正领着船队顺清江而下，踏上西征之路。廪君也爱上了女神，但这却不能成为他终止西征的理由。

临行前，他向她承诺："结上它吧，我要和你同生共死。"那是他的一绺头发。他说，待春花烂漫时，他必归来，她也不好食言，便偷化作飞虫，设了雾障阻他前路。

廪君不明究竟，一怒之下射出飞箭。是神也会死的，在她心死的那一霎，身体也就失去活着的意义了。

她颀秀的脖颈上，还缠绕着，他要她结的一绺头发，一颗同心。只可惜，青丝犹在，那同心相许、白头偕老的期愿，再不可能实现了。

说到底，她死于心伤。但即便神话传说这般惨烈，痴女们都仍有勇气在未白的东窗前，为自己追逐一回现世的美满。

> 心心复心心，结爱务在深。
> 一度欲离别，千回结衣襟。
> 结妾独守志，结君早归意。
> 始知结衣裳，不知结心肠。
> 坐结亦行结，结尽百年月。
> ——（唐）孟郊《结爱》

离别的渡口，结不住衣襟的他们，是不是能结住彼此的心肠呢？应该是，有了心的偎依，才有爱的结扣，一针一线地，一盘一绕地，将他们的距离锁紧了再锁紧，缩近了再缩近。

征人去年戍边水,夜得边书字盈纸。
挥刀就烛裁红绮,结作同心答千里。
君寄边书书莫绝,妾答同心心自结。
同心再解不心离,离字频看字愁灭。
结成一衣和泪封,封书只在怀袖中。
莫如书故字难久,愿学同心长可同。

——(唐)长孙佐转妻《答外》

边塞苦寒地,朔风吹铁衣,最宜于表情达意,回馈夫君的信物,便是同心结了。他的信那么长,字字句句地道着盼归的心;她的结也那么深,密密匝匝地诉着相思的情。

什么是地老天荒?当他收到寒衣与同心结的那刻,那便是了。

"今我来思,雨雪霏霏",这种情形让人伤感,但他不必愁情满腹地踏上归程,因她始终与他结着同心,一意待他归来。

繁钦在《定情诗》中说,"何以结中心?素缕连双针",同心结有很多种材质,但最复杂的那种,是用线缕织就的。"双丝网"中的"双丝",来自于双针。

据《诗源》所说,旧时文胄爱上了邻妇姜氏,便送她一枚百炼水晶针作为信物。他的心意她懂得,她便取了细细的连理线,穿了双针,织成一个连环回文的同心结回赠。

针与线,丝与结,眼前的双丝网,心上的千千结,都在眼前了。

侬既剪云鬟,郎亦分丝发。

觅向无人处,绾作同心结。

——(唐)晁采《子夜歌十八首·其一》

一念及此,再读大历年间这女诗人的诗,唇边又不觉衔了笑。两情相悦何其难得,想必在现下,人世间的风月情浓,都被他们占得全了。

如此幸运,如此动人。

【绾同心】

婿于床前请新妇出,二家各出彩优,绾一同心,谓之牵巾,男挂于笏,女搭于手,男倒行出,面皆相向,至家庙前参拜毕,女复倒行,扶手房讲拜。

——(宋)孟元老《东京梦华录·娶妇》

定了情,付了心,结欢百年的日子如期而至。

在这一日,新郎将新娘迎入新居。虽然大多新郎只能在画像中,与未来新娘神会一番,而待嫁的女子,更可能连对方的画像都不曾见得,但他们都已在父母之命、媒妁之言里,对未来怀了期待,存了心念。

急景流年,一瞬而过,此后是忧是喜,都与这眼前之人,分不开了。

也许,盖头下的人儿,是娇滴滴,羞怯怯,一瞥一惊鸿;也许,盖头外的人儿,是英朗朗,笑微微,一顾一深情。他们都这样期待着……

在新居中,成了礼,接下来便需外出同去家庙见见故去的尊长,好让他们知道,此妇于归,必宜其室家,开枝散叶。他们需要这种祝福。

这时候,礼官作为婚礼的赞礼者,会抛出今日的重头戏。

男女双方先前已各出了一段彩绸,接合处早已被合绾了个"同心结"。新婚夫妇要做的,便是各执一头,相牵而行,两厢对拜。

这便是"牵巾"。牵巾,牵巾,牵的是同心,结的也是同心。不管往后他们是不是能琴瑟在御,岁月静好,但在这一刻,他们已渗入了彼此的生命。

南宋遗臣吴自牧所著的《梦粱录》,其写法明显受了《东京梦华录》的启示,但书中所述的"牵巾"之礼,与之略有区别——新郎这时是披红挂绿,手里拿着由槐木制成的木笏,一边牵着同心结一边倒着走,新娘则在另一端徐徐走来,与他隔着盖头相见。

待到二人进了中堂,男方的女亲,会撮合两位新人见面——用秤或机杼挑开盖头。天地、高堂、对拜,拜家神、谒家庙、见亲戚,都是必不可少的环节。

有趣的是,礼成之后,新郎将再次牵着同心结倒走,顺便也将新娘牵回新房。

"牵巾"的习俗很可能有两种渊源:一是男牵女的形式,起于奴隶制时代抢亲一俗,系臂、牵巾的做法在当时是用来对待女俘虏的;一是晋武帝在泰始九年时,开始用绛纱系臂的方式,确定入选后宫的佳丽。

如熨斗最先是用来惩罚罪犯一般,随时光的流转,那些或粗陋或俗艳的遗风,已在新的时代,被赋予了一些新的内涵。

婚礼还在继续,其后另一名为"合髻"的环节中,同心结还会派上用场。

男左女右结发,名曰合髻,又男以手摘女之花,女以手解新郎绿抛纽,次掷花髻于床下,然后请掩帐。

——(宋)吴自牧《梦粱录》

吴自牧饱含深情地录下"合髻"的时俗。

这个婚仪算是上古时便已存在的"结发"一俗变化而来,颇有时代特色,一时间"公卿之家,颇遵用之",都来赶这个时髦。

当此时,新人各剪下一绺头发,绾在一起,便有了苏武所说"结发为夫妻,恩爱两不疑"的深情,萦在那丝缕相结的缘分中了。与前有别的是,所结之同心髻,在下一刻要与新娘的花一起并掷于新床下,才算合了时风。

写至此,不由又想起晁采与文茂私缔婚姻的情形,想来,即便没有高烧的红烛、欢沸的丝竹,婚礼的仪式,也是一点也不能删减的。

他们,可以提前祝福自己。

这种婚俗在唐、宋后才真正定型。《东京梦华录》中"娶妇"一节也说:"男左女右,留少头发,二家出匹段、钗子、木梳、头须之类,谓之合髻。"

盛行一时的"合髻",因不合古礼,"不知用何经义",也曾受到不少质疑甚至责备。但那又如何,"垂翠幕,结同心,待郎熏绣衾",这个夜晚是属于新人的,他们既然对此倍觉新鲜,便会一行一止,都迎合着当下的时风。

在新人共饮交杯酒时,也会再一次用上同心结。

"倾合卺,醉淋漓,同心结了倍相宜",有趣的是,过去的"合卺"之礼本是由一瓢剖分的两部分来做道具的,到了唐代便可以酒杯代之,及至宋时,礼仪更为周致,不仅用两个酒杯,还要交臂共饮,饮后将之掷于床下,方才礼成。

交杯酒是由彩绸所制的同心结连在一起的，若两"盏一仰一合，欲云大吉"。

至于礼官，可令精于此道的妓者充之，不妨想象一下，与白皙幼滑的柔荑、红绿相衬的同心结辉映的这个良宵，有多曼妙，有多迷人。

"合卺杯深，少年相睹欢情切，罗带盘金缕，好把同心结"，端的是素时锦年里最美的光景、最深的忆念。

【双绮带】

一带不结心,两股方安髻。
惭愧白茅人,月没教星替。

——(唐)李商隐《李夫人三首·其一》

古往今来,把同心结当作束发带饰的做法,不独李夫人一个,不过,像她这样倾国倾城,又占尽春光的人,却着实不多。

不过,在日常生活中,同心结的实际用处,主要在腰上。

山有日,还无期。结巾带,长相思。君忘妾,未知之。妾忘君,罪当治。

——(晋)苏伯玉妻《盘中诗》

腰带的质料,自然有软硬之分,诗中所言的"结巾带",便是指软质的腰带多用打结的方式来固定,因而,腰带又名"结带"。

"腰间双绮带,梦为同心结",同心结作为一种结带方式,是说在腰带上打成连环回文样式的结子,以此来映照有情人的心意。

而当情郎不在身侧,女子殷殷盼归时,又可能会抚着腰带上的同心结,发出"罗带悔结同心,独凭朱栏思深"的喟叹了。

斜影珠帘立，情事共谁亲？分明面上指痕新，罗带同心谁绾？甚人踏褫裙？蝉鬓因何乱？金钗为甚分？红妆垂泪忆何君？分明殿前直说，莫沉吟。

自从君去后，无心恋别人。梦中面上指痕新，罗带同心自绾。被狲儿踏褫裙。蝉鬓珠帘乱，金钗旧股分。红妆垂泪哭郎君。信是南山松柏，无心恋别人。

——敦煌曲子词《南歌子》

有时候，别以为只有女子，才会神经分外敏感，说悔说恨的。

久别归家的夫，好容易回了家，蓦然发现妻有些许细微的变化，这一急，便连珠炮似的盘问开来。

一，你呀你，日头不过刚刚偏西，你就在那帘边望啊望的，是想与谁亲近呢？

二，你呀你，脸上似有一道新指痕，罗带上还绾着一个同心结，这是你为谁结的啊？

三，你呀你，这裙子仿佛是被谁踏破过，而今又缝补好了，是吧？

四，你呀你，头上这两股而合的金钗，若不是受了什么外力，怎会突然分开了？

五，你呀你，先前还在暗自垂泪，真是奇了怪了，我这不是回来了么？

所以，你还不快从实招来！

夫一边问，一边打量着妻，却不妨她已在心中，笑了他好几回了。她本来就问心无愧，自然直得起腰，说得起硬话。

现如今,既然他要问,她就认真地答吧!

她说,由来她心中便只有一个他,哪里还有心思去爱别人?她又说,她对他日思夜想,连觉都睡不实,一梦醒来,才知她因着不安的心绪,竟在脸上挠出了指痕!

至于同心结,本来就代表着她对他的一片相思情,他完全是想多了。

此话非虚,所谓是"如今绾作同心结,将赠行人知不知",有唐以来,就有夫君外出,妻子为他绾同心结的习俗,故而,她这一念一绾,也都是因为思念!

再说,他走得那么久,她闲极无聊,也只能逗弄小动物了,一不留神被小调皮给弄破了裙子,因此才不得不执了针线,缝补一番了。

总之啊,总之,头发是被珠帘挂乱的,金钗是因用旧而脱开的,眼泪是因思郎而垂落的。她这心与那南山松柏相仿佛,他若还不信,真是别无他法了!

受到夫的质疑,她也有些委屈,一遍遍地说她"无心恋别人",说她相思比海深。词里也没透出别的讯息,无从得知这位疑心病重的郎君,最后到底信她不信。

若往好处去想,他之所以拈酸吃醋,怕是因着关心则乱吧?这么想来,似乎稍可释怀。

其实,世间女子,往往都比男子要来得痴,来得真。

有时候,独思远人的女子,会在氤氲着苏合香的室中,怔怔地看着"横筝宝幄同心结",听由思情向她蔓延,将她透穿,却浑然不觉。那一室荧荧的光,将照彻孤寝,蜡炬成灰。

有时候，已做弃妇的女子，虽然恨恨地说着"悔倾连理枝，虚作同心结"的话，却又不自禁地念着"君恩既断绝，相见何年月"的词，真个是情到深处不由人！

最悲戚的莫过于，你不负我，我亦不负你，却依然逃不过命运的枷锁。元兵南下之时，贾琼之妻韩希孟（明朝有重名者），在遇到最大的威胁时，不愿偷生人世，竟然在衣帛和练裙中，仓促写就了一首绝命诗。

"初结合欢带，誓比日月炳。鸳鸯会双飞，比目原常并"，她投江而死，毫不迟疑。

一直以来，有人"闲将柳带，试结同心"，有人"揽草结同心，将以遗知音"，亦有人用苇秆结那同心之苣，来说盟说誓……

可见，凡男子女子有所触处，无一不是可以抒情表意之物，也许，这只因，无论月是圆是缺，人是聚是散，他们都没忘了，他们的初衷，只是要携一人之手，结一世同心。

第四章　寄君作香囊，长得系肘腋

两情专，一心坚，苦相牵，着谁传？平生唯一所愿，是苦苦求来的美人骸骨，与那焚不化的香囊小词，在未来的某一天，与他同葬同依，长相厮守。

——小引

【长相思】

周子闻丧送殡，伤情痛哭凄凄。城外火焚尸衬，销熔玉骨冰肌。惟有香囊尚在，火中半缕无亏。堪叹两情坚固，此心终不成灰。

——（明）周宪王朱有墩《香囊怨》

秦楼中阑珊了翠袖红裙，章台上空闲了玉斝金樽。

秦楼与章台，是刘盼春逃不开的宿命。与所有的老鸨一样，她这"娘"也逼她为人梳拢，将自己的初夜卖与一个素不相识、素不相知的浊人。

这个人，的确是个浊人。

他叫陆源，是个有钱的松江人，这次运了些盐来汴梁卖，正想寻一个娇俏女孩儿，温香在怀。他既有这心思，很快便访到了乐人刘鸣高家里。

在刘氏院中，十八岁的刘盼春是"四般乐器皆能""能弹快唱"的美丽女子。一听陆源的来头，刘氏便眉开眼笑，忙命盼春好生打扮，调好乐器伺候着。

盼春很不乐意，噘嘴道："你只为那两贯钱钞，这等费心！女儿的心与娘的心两别。"

她不是不懂，像她们这等身份的人，确实需要靠伺候男子才能养家糊口，但像刘氏这样急功近利、见钱眼开的模样，她是极为鄙视的，说话也就不那么客气。

"你子待钱盖门楣，钱铺阶砌。你子待钻在钱内，将钱做床席，横躺在钱堆上睡！

"你子待钱为亲戚，见了那几文钱，便是好相识。钱为你姊妹，钱是你妯娌。"

刘氏这话，她已听得耳中起了茧。

不出意外的，这客人果然是个浊人，放着十匹细布，便要她为他唱些俗不可耐的花旦杂剧。最后，她很无奈地唱了《吕云英风月玉盒记》给他听。

但可喜的是，与富商陆源同来的那个公子，却是儒雅隽秀，姿质聪俊，俨然一浊世翩翩佳公子。

几日后，盼春得知他叫周恭，字子敬，是个秀才。他对她是一见钟情，无奈手头拮据，便带了两卷细布，三五两银子前去提亲。

在刘氏看来，"标致风流，出格之妍，能弹能唱，不在李亚仙之下"的女儿，是该卖个更好的价钱的——那一厢，陆源先前一出手便是十匹细布，好不阔绰，接着又是给银又是送盐，盼春却傻兮兮地拒绝了，这让她很不痛快！

像陆源这样的人，才该是她刘氏的"女婿"。

"休只顾贪图他入马钱。但得个知心的是宿缘。常言道：夫乃是妇之天，若成了欢娱缱绻，尽今世永团圆。"盼春梗着脖子与刘氏争执。

说她性子直拗也无妨，她从来不畏人言，她怕的，只是自己这清如莲子的心，会受到浊人的玷污。遇上盼春这么个拗人，刘氏暂时也拿她没辙，点点头算是默许了。

沉醉春风，他们早已说盟说誓，此生不换，但很可惜，属于他们的幽然佳期，只有两个月而已。

一边是，周郎的父亲跳着脚反对，絮絮聒聒，将他打骂拘束，软禁在家；一边是，陆源以为盼春嫌他钱物少，才不肯让他梳拢，又添了五十两银，前来请刘氏撮合。

窗外，春色映帘，一颗春心，却只能寄在豆蔻梢头，看那梦迷梨花，月底清魂。莫不是，她今生命运多舛，是因着前生恶缘，才有此报。盼春泪下如雨。

正焦急时，她收到了周郎遣人送来的小词。

忆佳期，盼佳期，欲寄鸾笺雁字稀。新词和泪题。
怕分离，又分离，无限相思诉与谁？此情风月知。

——《长相思》

他有深情，她便有真心。盼春终于破涕为笑。

她将题词的锦字笺贴身藏在香囊里，一刻都不舍得丢开，说那是万颗珠玑，可吐千丈虹霓。她已决定，不管命运再怎么折磨她，让他二人苦恹恹两处相思，瘦怯怯一身病损，她也不会屈从于它，让自己悔恨终生。

盼春一再坚定地告诉自己："我虽是生长在风尘内，我常是操守的性刚直，我怎肯再嫁重婚做泼贱妻。"刘氏见财起意，非得逼她陪侍陆源，这一次，她甚至放了狠话：要么接客，要么去死。

盼春选择了后者，自缢而死。落尽窗纱梦不成，琴瑟在御终成空，冷清清的黄昏，她终向人间舍了命——宁舍命，不舍情！

香腮上，久久不散的，是泪痕。连惯看生死，以殓葬为业的白婆儿都说："娼妓之中，难得此女子也。"

最奇的是，他们将盼春生前所佩的香囊，放在坟头焚烧时，却见灰烬中的香囊越烧越艳，连那上面的针线都宛然如生。打开一看，香囊上的彩绳儿还系着，搐口儿也都还在，里面赫然一首《长相思》。

周子敬得知此事，肝肠寸断，这一生誓不再娶，独宿孤帏。

正芳年，想前缘，意流连，忆盟言。两情专，一心坚，苦相牵，着谁传？平生唯一所愿，是苦苦求来的美人骸骨，与那焚不化的香囊小词，在未来的某一天，与他同葬同依，长相厮守。

【暗香盈】

> 我出东门游,邂逅承清尘。
> 思君即幽房,侍寝执衣巾。
> 时无桑中契,迫此路侧人。
> 我既媚君姿,君亦悦我颜。
> ……………
> 何以致叩叩?香囊系肘后。
>
> ——(三国)繁钦《定情诗》

不经意间,女子在东门遇见了他。

如花儿恰在春天吐绽,月轮当在秋夜澄明,一见倾心。以身相许,正是合了天意,所以她才会毫不犹豫地以为,他就是自己的红尘,他就是自己在世俗的烟火中,所觅的归人。

旖旎心事,有些像是桃花汛,一漾一漾地泛起。她说,我入了这相思门,那便要在这美好的时刻,用我贴身的什物向你说情说爱,如此,恼人的相思方才不苦。

一颗诚心,用什么来表达好呢?也许,那系在肘后的香囊,刚刚好。自她袖中解下的芬芳,已濡染了她的气息,于是,他贴身密藏的,乃是她的殷殷情意。

闺中女儿,素手如柔荑,所有针头上的活儿却都得一样一样地做,一点儿也虚不得,浮不得。要想做出一枚精美的香囊,除了香草要够香够新鲜,这针线上的功夫也得格外讲究。

约莫在先秦时代，人们就将阴干的香草填进了小巧的丝袋中，自此便有了香囊的雏形。大抵人总是物质先于精神的，因此，在香囊出现之前，早已有了佩在腰间，用以盛放琐物的小布兜——佩囊。

印章、手巾、食物、书籍，都可以是佩囊中的"囊中之物"，香囊缘起于佩囊，却素来以玲珑精致为珍，审美价值为上，自然别有一番讲究。

《礼记》中，有未冠笄的男女"皆佩容臭"的记载，这是说，尚未成年的男女拜见长辈时，应用这芳洁之物以示敬意。正因香囊可以增益个人魅力，自然而然的，便成了男女之间传来递往的爱情信物了。

现存最早的香囊，当是马王堆汉墓出土的实物了。其间，使用锁绣针法的"信期绣"香囊堪为代表。绣件以黑地罗绮的绢地为底，其上的流云卷枝花草纹，疏疏密密，简简繁繁，或朱红，或赭黄，一派雍容华贵。

关于"信期绣"的得名，一说是来自遣册名；一说是因那纹饰倒像是南迁北归，去而复返的燕子，让人心生欢喜。

总以为，流光抛掷中，来来去去，聚聚合合，便已是浮沉一世。因此，"忠可以写意，信可以期远"的誓诺，便显得那么珍贵。那么，且让我以为，香囊上的"信期绣"，便是一个个清宵好梦，一回回笃诚约誓吧。

一般来说，一枚香囊领部和囊里所用的素绢，为了方便造型，都使用斜裁的料子，而刺绣则集中在腰部以下，也是为了将最瑰丽的图色示于人前。

玉佩，深相忆。
莫相忆，相忆情难极。
玉生烟，临烈日。
蓝田春暖，却今夕何夕？

香袋、花囊、荷包，都是香囊的别称，让人一听就觉出一股子缱绻味儿。绢、绮、锦、罗的质料里，透出缕缕温香，无论是在香囊的领部、腰部还是底部，都有细带用于封口系戴。

细长的系带，足以将香囊妥妥地系于肘臂之下，匿于阔袖之中。"香囊系肘后"，这就变成了袖底暗生香。

当然，香囊也并非定要系于袖中才行，裙带上、衣带上无不是可系之处，但这般色香俱在眼前的模样，会不会过于直露了呢？

香囊中所盛的香料，大多是蕙草。这蕙草又名"薰"，故此，香囊也就有了"薰囊"这样的美称。此外，香囊中的香料，也可以是茅香、花椒、辛夷之类。

要知道，香草一旦曝于身外，香是够香了，但却容易泄去真味，无法长久保持。

古人说"馨香盈怀袖，路远莫致之"，李清照说"东篱把酒黄昏后，有暗香盈袖"，其实，新鲜的花香也好，幽芬的香囊也罢，重点还在这个"暗"字上头。

　　　　鹤绫三尺晓霞浓，送与东家二八容。
　　　　罗带绣裙轻好系，藕丝红缕细初缝。
　　　　别来拭泪遮桃脸，行去包香堕粉胸。
　　　　无事把将缠皓腕，为君池上折芙蓉。
　　　　　　——（唐）徐寅《尚书筵中咏红手帕》

将香囊置于胸衣中，是个不错的选择，与袖底香一般，都浅盈着含蓄的诱惑。胸口是离心儿最近的地方，当夜露沾衣，枕中独眠之时，那蕴藏了爱意的香囊，自会令人浮想联翩，一夜好眠。

思来想去，若论香囊之韵，只怕还是要半藏半掩着，"曲径通幽"地逸散出来，方才是情致佳处。

【心不恻】

> 新妇谓府吏:"……谓言无罪过,供养卒大恩;仍更被驱遣,何言复来还!妾有绣腰襦,葳蕤自生光;红罗复斗帐,四角垂香囊……"
>
> ——(汉)乐府诗《孔雀东南飞》

春又去了,韶华不为人留。

无常的世事,有时也会承受那风刀霜剑的刑,一次次被戳得千疮百孔,狼藉满地。海誓山盟算什么,天荒地老又如何?不能辜负母子恩深,便只能辜负夫妻情长。

她不恨他懦弱——这是时代的错——但她却无法真从他的生命中抽离出来,于是她暗暗地想,她若能给他留个念想,兴许也能萦住寸缕相思,与往事重逢。

这念想,依旧悬于红罗斗帐的四角,那是从他们新婚宴尔起,便日夜相伴的香囊。香囊的顶端是华艳的彩绦,下端则系着百结的流苏。

兰芝终于还是走了,扬起她倔强的下颌,一并被带走的,还有他的心。在每一个耿耿不寐的夜,外头是惊鹊未栖明月楼,帐中是香囊依旧人影瘦……

这不是在宣示着他已负佳期,又是什么呢?往昔的欢言蜜语,他都听不到了。可他不甘!因着这一点不甘,双双殉情的悲剧,最终无可避免。

将香囊悬在床帐之中,也是香囊的用法之一。这种用法,从汉代开始就有,且有一种名为"帷帐"的帐子,是专门用来垂挂香囊的。这是因为，香囊还有个别称叫作"帷"。

流苏锦帐挂香囊，织成罗幌隐灯光。
只应私将琥珀枕，暝暝来上珊瑚床。
——（南朝）徐陵《杂曲》

到了南北朝时期，这种将香囊悬于床帐之间的做法，依然传承了下来。只不过，徐陵笔下所写的陈后主爱妃张丽华，此时却是过着千般宠万般爱的生活，这又比"鸡鸣入机织，夜夜不得息"的兰芝，不知幸运了多少倍。

至于，最终的惨况，那已是后话了。

蹙金妃子小花囊，销耗胸前结旧香。
谁为君王重解得，一生遗恨系心肠。
——（唐）张祜《太真香囊子》

有时候，香囊里的记忆，远比我们所想象的还要久长。

多少春花簌簌地落了，离人心间的悔憾，却都不曾在残香萦绕中，减少半分。六军不发时，马嵬坡前的伤心人，不得不背转身去，默许将士们以那红颜之血，去冲洗家国之恸。

四纪为天子，却也是枉然，今时早不同往日。一旦做了选择，他便要担起往事的重量。

尸体被移葬了，遗骨实在难看，唯有日常所用的香囊，还不曾黯淡了光彩。于是，宦者拿回去复命的，也只能是这个承载过花朝月夕，见证过春宵恩深的香囊了。

只是，骊山歌舞，已萎谢成寂寞的落花，世间的情爱，也多成回头百年的一叹。

然而，值得注意的是，既然美人的尸骨都已被时光噬去了一大半，那么，那个或用绢，或用绮，或用锦，或用罗所制的香囊，怎会完好无损呢？

这就不得不上溯至汉人的又一创制了。

在唐朝法门寺出土的文物中，计有九件熏香，《衣物帐》中提到了由唐僖宗供养的，"重十五两三分"的两只香囊。寻常的香囊当然是轻巧的，这里所说的香囊，乃是金银所制的球状器物。

原来啊，早在《西京杂记》中，便有卧褥香炉的记载。这香炉，也叫被中香炉。"为机环转运四周，而体内常平"，人们不用担心溅出的火星儿会引燃了被褥。

这等设计，实在是机巧之至。

也是唐人别出心裁，这才对此又做出了一些改进。因此，玉环的香囊才能不朽不腐，一直伴在她的身边。

大概是为了与传统的香囊区别起见，硬质球形的镂空香囊，又因其材质的不同，而被称为"金熏球"或是"银熏球"。

　　　　铁檠移灯背，银囊带火悬。
　　　　深藏晓兰焰，暗贮宿香烟。
　　　　　　　　——（唐）白居易《青毡帐二十韵》

如诗中所言，这种熏球上往往勾着一根挂链，因此也不完全同于被中香炉的用法，倒是有明一代，将这挂链去了，使之完全成为被中爱物。

玲珑的熏球，是由两个半球体扣合而成的，内里置着一双同心机环和一个焚香盂。机械平衡的神奇之处就在于，无论它是在帐上转悠，还是在胸前晃荡，唐朝女儿们都可以安心地享用香氛。

顺俗唯团转，居中莫动摇。
爱君心不惻，犹讶火长烧。

——（唐）元稹《香球》

如"心不惻"的香球一般，只有至坚至诚的爱，才能"居中莫动摇"。不过，物到底是死物，不如人心那般复杂无常。

这种熏球，想必还是玉环她在盛宠之时，从天子处所得的爱物吧？否则，这个负了国又负了她的人，怎会一见着它，便堕泪成悲，不能自已呢？

熏球上面，或许镂空着鎏金双蜂团花纹，或许镌刻着四只鸿雁纹，模样与唐僖宗所用之物相似。不过，它的主人，无论是将它悬在车轿之前，还是挂在深帐之中，都寻不见往日的欢悦了。

只有那个物证，还荧荧地燃着，氤氲着让人昏昏欲睡的香烟……

【连蝉锦】

因授象以连蝉锦香囊,并岩苔笺,诗曰:"元力严妆倚绣栊,暗题蝉锦思难穷。近来赢得伤春病,柳弱花欹怯晓风。"象结锦囊于怀……

——(唐)皇甫枚《非烟传》

总以为,精于文墨,工于击瓯的美丽女子,是应该与一个霞姿月韵的男子,相守一世,永以为好的。

如果步非烟一开始,就与赵象结了姻缘,不知可会拥有这样的人生。

他也知道,一切不该发生,但许是处于守丧期的心太寂寞了吧,于是南墙缝隙中隐约一现的纤丽女子,便在他心里生了根。

武公业是河南府的功曹参军,他赵象本来也是惹不得的,但魔念之所以叫魔念,乃是因着它一边让人清醒着,一边却又诱惑人往里堕了去——这大概也叫作"饮鸩止渴"。

一墙之隔,可能被隔住的是东墙女与美宋玉,但显然,非烟她不是宋玉。

对于赵象一而再再而三的撩拨,她无可抵拒。这也难怪,论才论貌,赵象都远胜于夫君武公业那个粗人——何况,她只是他的妾。

于是,在送还赵象的金凤笺上,她说她有一腔幽恨,一脉春情。

爱意被诗情催化，来来往往之间，非烟已无法自持。她想送他香囊，至于外形，或者是圆形、方形、椭圆形、倭角形，或者是葫芦形、石榴形、桃形、腰圆形、方胜形，这都没关系，重要的是，那上面必须有连蝉锦。

她托人送给赵象一个连蝉锦香囊，"暗题蝉锦思难穷"，岩苔笺上的诗，该是会让对方喜得心驰神迷的吧？

"玉丝寒皱雪纱囊，金剪裁成冰笋凉"，正如元人乔吉的曲词中所说，香囊本是没有温度的，但只要"怀儿里放，枕袋里藏"，很可能便能得到"梦绕龙香"的好处。此时，赵象得到这枚香囊后，也是日夜不离，神魂颠倒了。

"想封蝉锦绿蛾颦"，他再也按捺不住了。春日迟迟，两情悄悄，不该相握的双手，还是牵拉在了一起。

红杏出墙的结局是悲惨的，瘦弱不胜绮罗的非烟，哪里承得住长鞭加身的苦楚。但可惜，手握连蝉锦香囊的爱郎，根本不像个男人！

东窗事发时，他始终瑟缩于暗处，很快打定主意更名改姓，远逃至江浙一带。

"连蝉锦"薄如蝉翼，其上织有连理花纹，无一不是她至深至真的用情。可叹非烟以为"今日相遇，乃前生姻缘"，欢欢喜喜又战战兢兢地堕入爱河，最终还是不免落得个瘗玉埋香的下场！

如果重来一次，真不知，她是否还愿意，为他绣一枚连蝉锦香囊，盈盈浅笑着倾听那隔墙的心跳呢？

说及香囊上的装饰，越到后头越复杂，金累丝、银累丝、点翠镶嵌的工艺，都极为繁丽，但装饰毕竟是装饰，再怎么华艳也比不得质料上的创新。

关于香囊，今人知之甚少的，除了金银薰球之外，大概还有一种玉镂雕香囊。

这种做法不知起于何时，工艺的精湛之处直令人叫绝——形状依稀还是那布袋的模样，质料却是用的腻润的和田美玉，其上每一琢每一磨，都巧夺天工。

至于香料的取存，匠人也都颇费心思。

传统香囊的囊，多为两片相合中间镂空的模样，亦有中空缩口的形制，其目的便在于以那孔隙透送香气。这种玉镂雕香囊，整个设计分为囊和盖两部分。这囊是一块已被掏挖得中空的玉料，外面镂雕着荷花、茨菇、水草等纹饰。

盖是可以活动的，但要在其间放置香料，自然就不是什么难事了。

活盖上，也不能少了装饰。有的是雕成展翅的蝙蝠形状，寓意为"福"；有的是琢成亭亭如盖的荷叶模样，又有一番团圆平安的好意头。活盖之上，另有一类似弓形的横梁，方便系绳。

我猜，这种香囊，应该是寻常女子做不来的。若要拿来做爱情信物，多半还得请个手艺人来，经由精细的设计，耐心的雕琢，方才可成就的吧！

这种玉镂雕香囊，的确很是风雅，对于今人而言，是宜玩赏又宜收藏的。然而，传统香囊里承载的幽情，是在许多月生夜凉的时候，在指尖辗转过的，在针线间流连过的，其间那欲说还休的爱意，更是非比寻常。

"红绶带，锦香囊。为表花前意，殷勤赠玉郎"，想想看,从一个言笑温柔的女子手里,接过香气雅人的香囊,再对她许一个两心相同的愿,百年相守的期,这该有多旖旎,多动人……

第五章　记得绿罗裙，处处怜芳草

　　他已饿得睁不开眼，却在逐渐漫漶的视线里，见那一身绿梅画衣，笼着她的清隽身影，款款而来。倦入离人秋，而在这一秋，他们将会重逢。

——小引

【绿萼仙】

　　余为秋美制梅花画衣，香雪满身，望之如绿萼仙人，翩然尘世。每当春暮，翠袖凭栏，鬓边蝴蝶，犹栩栩然不知东风之既去也。

——（清）蒋坦《秋灯琐忆》

　　咸丰十一年，太平军攻杭州，战火如织，才子蒋坦[1]为避战祸，先往慈溪投靠朋友，不久后又重返钱塘故居。

---

[1] 据载，秀才蒋坦饿死于咸丰十一年。林语堂认为秋芙是中国古代最可爱的两个女性之一。

在生命的最后一刻,他苦笑着自语道:"我没有办法做一个饱死鬼了。"

他已饱受饥馑之苦,连捉笔都没有力气,但在这一刻,有关秋芙与他的点点滴滴,却悠悠地泛出脑海,成为死前最后的忆念。

秋芙,是妻的小字。

她原是他的表妹。故中表亲,青梅竹马,他们从小就对彼此萌生了爱意,因此,往后的一切都那么顺理成章。

他在道光二十三年(1843年)的秋天,将她迎进门来。秋芙这年刚二十,有些羞喜的笑意漾在眉间。她从小便是才女,这一霎,自然是想拿出点"苏小妹三难新郎"的架势,要和从前的表哥,如今的夫郎联句赛诗。

合卺酒已让他有些醉意,美娇娘的酒靥更让他痴醉不已,于是他忙说:"翠被鸳鸯夜。"她一股脑儿便接了"红云织螺楼""花迎纱幔月"两句,这等捷才让人倍觉惊喜。

"人觉枕函秋。"还好还好,这一句,他抢着接上了。

在她面前,蒋坦总觉得自己有点像是赵明诚,他时常说"秋芙辩才,十倍于我",其实,何止如此,她的诗才也远胜于他,她定是降于人间的昙阳仙子。不过,于琴棋之艺一途,蒋坦却能做妻的老师。

性情相合,才学互补,所谓"琴瑟在御,莫不静好",便是如此吧。

他会在大雨突临时,陪她前往灵隐寺,听她坐弹一曲《平沙秋雁》;他也会在桂香扑鼻时,陪她畅游虎跑泉,与她一道烹煮新茗;他还会在庭中的芭蕉长成时,陪她在蕉叶上，互作戏语，说对方是无聊之人，聊种芭蕉。

还有，他还为她，亲绘了一件梅花画衣。这梅花画衣，绘的是绿梅。绿梅一名，因其萼绿花白、小枝青绿而得来，较之那些红红白白的梅花，尤显清雅，它像极了他的秋芙。

当秋芙穿上这身衣服时，满身便开满了绿梅，浑如绿萼仙子，踏尘而来。最美的，还是她在暮春时节的样子——栏外翠袖娉婷倚，鬓边斜插蝴蝶簪。

真美！他有一瞬的恍惚，竟错觉春色未至荼蘼，人间依旧芳华。

秋芙很喜欢这件梅花画衣。她说过去在唐代，曾很流行以绡染蘸碧的料子来为女子裁衣，而李绅贵为宰相，也曾亲自为妻剪裁新料，做成衣衫。

后世女子说李绅是"自为小君剪裁"，羡慕得紧，而她秋芙所得的，更是一件由夫郎亲裁亲绘的画衣，她这是何其有幸啊！

秋芙知道，他一直在写《秋灯琐忆》，她懂他的心意。

《影梅庵忆语》再动人，《浮生六记》再深情，他们追念的伊人都已不在了，说来说去都是悼亡之作，不免遗憾。他们却不同。蒋坦一生所愿不在仕宦，他要的，只是将属于他二人的鲜活生活，写入眼前的翰墨之中。

她常说："人生百年，梦寐居半，愁病居半，襁褓垂老之日又居半，所仅存者，十一二耳。况我辈蒲柳之质，犹未必百年者乎？"

百年太久，唯有一朝一夕，是他们可期可盼的。

秋芙太了解自己的身体。她有寒症，每到秋冬便咳得厉害，便是在平时也不时有病情加剧的现象，她真的不知，在人生的下一程，他们还能不能一起走。

蒋坦平生从未远行至百里以上，这都是因为她。只在成婚后第二年，他去曹娥江办事，很快便回来了，他总是为她揪着心。

"春过半，花合也如春短。一夜落红吹渐满，风狂春不管。"秋芙曾用零落的桃花瓣，砌过半阕《谒金门》。在她伤春悲秋的时候，身体的羸弱，又在她心上添了一层凄寒。

她晓得，他在画衣上画梅花，是有深意的——她画过的牡丹，她捡拾过的桃花，都不能承载他的祈愿。梅，是最耐得严寒，经得风霜的！

然而这只是祈愿而已。咸丰五年秋，秋芙终于没挨得过去。

记忆中的绿萼仙子，在此后五年都活在他的心里。他已饿得睁不开眼，却在逐渐漫漶的视线里，见那一身绿梅画衣，笼着她的清隽身影，款款而来。倦愁离人秋，而在这一秋，他们终会重逢。

【鸾凤衣】

七张机,春蚕吐尽一生丝。莫教容易裁罗绮。无端剪破,仙鸾彩凤,分作两般衣。

——(宋)无名氏《九张机》

《说文解字》说:"上曰衣,下曰裳。"

无论是秦汉的深衣,魏晋的大袖衫,隋唐的短襦,还是两宋的褙子,明代的比甲,无一不是千年来,女子们最花心思的所在。

一掷梭心,一缕丝。

是这样的,女子们的巧思,大半分付给了呕呕轧轧的机杼声。男耕女织,这是古来就有的定论,和对她们的定义。所以,从丝到料,再到衣的过程,既是她们的日常,又是她们寄托爱意的法子。

一边纺织着生活,也一边缝纫着情爱。所以,在织梭光景里,守着月明漏稀,待着回纹成锦的女子,是那样动人。

在罗绮之上,是绣着鸾凤图色的,可是她很担心。若是这交颈缠绵的一双儿,若是被活活裁了剪了拆散了,可怎生是好?

就像是,她不确定,她和迟迟未归的他,能不能经得起离恨的摧折。

征夫去时着伫葛,征夫未回天雨雪。
夜呵刀尺制寒衣,儿小却倩人封题。

上有泪痕不教洗，征夫见时认针指。

殷勤着向边城里，莫遣寒风吹䐈理。

江南江北一水间，古人万里戍玉关。

——（宋）刘克庄《寄衣曲》

离恨如春草，渐远还渐生。而离恨，大多是因着战争，于是，遥寄寒衣，便是织机前女子们，心心念念要做的一件事。

小孩子不懂，母亲赶制寒衣时，为何要落泪。是不懂呵，到底不过一稚儿，他哪里知道，在呵气成霜的夜里，两处相思的父母，对未来有着怎样的担忧。

离恨深处，永愁无寐。但愿明年此日，男子已是得胜归来，而他身上的寒衣也分寸无伤。

男装和女装，都一样要耗费不少心血，才能制成。相对来说，后者格外讲究衣上的图案，更能展现女子的巧思。

总的来说，上衣下裳须得好好搭配，才能各尽其妙，一般来说，不宜皆有大片的图案，闹得主次不分，迷乱了人眼。

"仙鸾彩凤，分作两般衣"，这是织女太过忧忡了。其实，由来便没有，把织在衣料上的鸾凤，分裁开来做衣衫的。

早在汉朝时，便有凤纹图案的锦衣了。到了隋唐五代时，特别流行凤衣、鸾衣、鸾凤衣。鸾鸟，也是凤中的一种。

离别又经年，独对芳菲景。嫁得薄情夫，长抱相思病。

花红柳绿间晴空,蝶舞双双影。羞看绣罗衣,为有金鸾并。

——(唐)魏承班《生查子》

空气里,漾起袅袅的春意,她却害了病。

这一身的病呵,名为"相思",全是因着那个薄情人而生的。经年的离恨,已让她格外的敏感,她害怕看那外间的蝶,在她身前翻跹成双。

睹物思人,女子很难不心生怅绪。

但她最怕的,莫过于低眉的一瞬,瞅见罗衣上所绣的鸾凤。那鸾凤,还是旧日模样,旧日颜色,那里面似乎还映着他的影。

鸾凤纹,既然可以织出来,自然也可以绣出来。绣,一针一线地绣,把一颗思心,都绣在这里头。无可奈何的却是,天气依旧,绣衣依旧,心情已是另外一番模样……

粉泪一行行,啼破晓来妆。懒系酥胸罗带,羞见绣鸳鸯。

拟待不思量,怎奈向、目下恓惶。假饶来后,教人见了,却去何妨。

——(宋)黄庭坚《好女儿》

除了鸾凤,鸳鸯、蝴蝶也都隐喻了爱情,表露着心思,自然也该是女子们钟爱的衣料纹样,或是刺绣图案。

临别在即时,女子潸潸而下的眼泪,已将精心整治的丽妆弄花了。她也是羞怯的,她羞见鸳鸯绣样,连衣裙都不敢去系。

是的，不是她懒，而是她不敢。她不敢，不敢豁然地面对离别，不敢无畏地面对明日，因此，鸳鸯相向的昵态，很炫目，很刺目，灼得她毫无力气低眉一顾。

深心未忍轻分付，一旦付了，女子的心肠就会很纤软，纤软到，承不起一丁点儿春恨，一丁点儿秋愁……娇红嫩绿，春明媚。花时君不至。

大概，只有她们羞见、懒见、不敢见的衣儿，才能永远沉默，却又忠实地，伴着她们哭笑，伴着她们老去吧？

【石榴裙】

> 广室阴兮帏幄暗,房栊虚兮风泠泠。
> 感帷裳兮发红罗,纷綷縩兮纨素声。
>
> ——(汉)班婕妤《自悼赋》

"何以答欢忻?纨素三条裙。"在繁钦的《定情诗》中,也提到以裙定情的时俗。

裙由裳演变而来,根据《释名》中的说法,"裙"即"群",裙子所用的布帛,门幅往往是极窄的,故此须"连接群幅",方可拼制而成。

不可不提的是,裙起初并非女子才穿用,尤其是在汉魏六朝之时,男子也乐于用舒适华美的裙子,修饰自己的仪容。

幽隐于冷宫之中,门户禁闭,多少华宫玉阶都已生尘,蔓生的绿草映着空芜的中庭,凄凉砭骨。班婕妤独居于一室之中,听由寒风袭耳,泠泠彻夜,只觉往日的欢景也一并浮上心头。

往昔,天子的帐幕和绸衣,是浮烁着红光的,而她白绢的裙,拂在他身时,换来的是他的温存一笑。于是,他们拥抱着彼此,在衣料的碰触之中。

酒入愁肠时,裙角已没有旧情的温度。

成帝于太液池作千人舟,号合宫之舟。后歌舞《归风》《送远》之曲,侍郎冯无方吹笙以倚后歌。中流歌酣风大起。

后扬袖曰:"仙乎仙乎去故而就新宁忘怀乎?"帝令无方持后裙。风止裙为之绉。"他日宫姝幸者,或襞裙为绉号'留仙裙'。"

——(汉)伶玄《赵飞燕外传》

感情这种事,从来不分什么先来后到,帝心更是如此,谁能惊他的眸,谁会合他的意,连他自己都不可预见。

于是,这边厢,班婕妤还在顾影自怜,对裙思君;那边厢,宫中已开始流行起赵飞燕穿过的留仙裙来了。

鼓乐声中,飞燕纤腰不盈一握,若真是被风吹了去,皇帝可是要心疼的,云英紫裙上便这样留下了宫女们急切切扯她裙角的褶纹。没承想,这还挺好看。

折裥的做法,一旦有意为之,留仙裙也就应时而生了。虽说,目前没有实物证明,留仙裙起始于西汉时期,但人们还是愿意相信这则有附会成分的掌故。

不过,风行一时的留仙裙,连同不用纹饰和缘边的无缘裙,到了两晋南北朝,就不够吃香了。这时候,流行的是复裙、双裙之类的样式。

复裙也叫夹裙,不同于底裙上还要套一条的双裙,这是指一条裙子上面有内外两层。"著我绣夹裙,事事四五通",汉时已有的款制,而今大放异彩,也不让人意外。

东晋末期时,女子衣着"上俭下丰",往往上穿裲襦,下着杂裾双裙。杂裾是由"纤"这种固定于下摆形如三角的燕尾状饰物,外加"髾"这种从围裳中逸出的长飘带组成的。在这里,"纤"乃丝织物,层相累叠;"髾"的质地亦很轻柔，行走起来，自有一番飘然如飞的情态。

南北朝时，曳地长飘带完全被取而代之，燕尾状的纤加长了，也同样具有此番情味。想想看，曳地五尺的飘逸长裙，有多摇曳生姿，多引人驻足流连。

此外，以多色布条间隔拼成的条纹间色裙，在视觉上极有跳跃感，同样也是那时女子们的心头好。

> 绿揽迮题锦，双裙今复开。
> 已许腰中带，谁共解罗衣。
> ——（南朝）佚名《子夜歌》

顺便说一点，为了使自己显得身材修长，有那"坐时衣带萦纤草，行即裙裾扫落梅"的美感，女子们的裙腰往往都系得较高，及至隋唐时，最低都在酥乳之下，因此，诗中所说的"已许腰中带"，真是又形象又旖旎。

很有可能，生命力最旺盛的裙，便属石榴裙了。

早在南北朝时，何思澄在南苑逢着心爱的美人时，就心动不已地写过她的媚眼与丹唇，写过她的紫衣带与石榴裙。

因着要投杨贵妃的喜好，唐明皇不仅给她驿送了鲜荔枝，也广植了安石榴。此后，榴花虽每年只红一季，但"拜倒在石榴裙下"的男子，古往今来却不知有几多。

"不信比来长下泪，开箱验取石榴裙。"想起女皇曾独对着她的石榴裙，在梵音青烟之中思念起爱郎李治，便觉得她在彼时的那份情感，是炽盛欲燃的。

石榴花发街欲焚，蟠枝屈朵皆崩云。
千门万户买不尽，剩将女儿染红裙。

——（明）蒋一葵《燕京五月歌》

直至明清之时，闺中女子依然宠好石榴裙，其实，要染出这种鲜艳欲滴的颜色，也是可以用茜草做染料的，于是乎，单色的红裙，又被美称为"茜裙"。

作为单色裙，一直比染成晕色的晕裙流行一些，大概是出于搭配的原因。当然，在裙上作画的画裙，在裙子上嵌珍珠的真珠裙，可能更对富家女的胃口。

追求清雅精致的宋代女子，普遍更喜欢颜色素雅的裙子，但以郁金香草浸染出的香气袭人的郁金裙，也是较受青睐的。

再后来，明代"风动色如月华，飘扬绚烂"的月华裙，清代浅色绸底水墨效果的弹墨裙，都是与时俱进的时尚之作。

很幸运，佳人们的裙影钗光，千载以来代有诗句相传，所以，其实她们离我们并不很远，不是么？

【裹肚儿】

樱花落尽阶前月,象床愁倚薰笼。远似去年今日,恨还同。

双鬟不整云憔悴,泪沾红抹胸。何处相思苦?纱窗醉梦中。

——(南唐)李煜《谢新恩》

闺阁里,氤氲着相思的气息。

旧恨还如樱花雪,洒落一阶;新愁,又在柔缓的烟气中氤氲开来。惜春春去,几点催花雨。她无心理容,无心言笑,只那鲜红的抹胸之上,沾上了思君的泪迹。

这样美丽的抹胸,亦是他曾眷恋过的风景,而今一痕雪脯犹在,纱窗里的女子却情苦难释,尝遍了愁滋味。

对于闺阁中的女子来说,最为体己的私物,当属抹胸。方寸之间,轻轻一掩,里里外外便是不同的两个世界,有多少幽情秘爱,都蕴聚其间,却不必向外人道。

在一开始,女子的内衣,还不叫抹胸。

言告师氏,言告言归。薄污我私,薄浣我衣。害浣害否?归宁父母。

——《诗经·周南·葛覃》

穴居年代的人们,自然是没有内衣的,其后在先秦时期,便可见到它的踪影了。这女子要回家去见阿妈,也要清理内衣。彼时，内衣的名称是"亵衣"。

《说文》中说，"亵，私服也"，而这"亵"字，本身又暗蕴了一番"轻薄、不庄重"的意思，似乎是在对人们戒示着什么。

到了秦汉时期，内衣的名称就显得文雅多了，因其款制的差别，一曰"抱腹"，一曰"心衣"。二者都由胸及腰地将春色掩隐起来，同时又将后背袒露出来，其区别主要在于，一个是上有细带而在后背交叉，一个是在后背上下分别有一组系结的细带。

胸前的那一片，被称为"裆"，如前后各有一片，便被称为"裲裆"，形制与今日的背心相差不大。"裲裆，其一当胸，其一当背也。"《释名》中有过这样的定义。

裲裆异于抱腹、心衣，究其原因，还是因着北地苦寒之故。为了御寒，女子们所穿的内衣，不仅前后兼有裆，而且还往往在那布帛之间夹着绵。

因其保暖效果极佳，男子也穿裲裆。

当然，女子们所穿的裲裆，是"不甘寂寞"的，其上的彩绣纹饰，针针线线都很经心。两晋南北朝时期，随着民族血液的融合，裲裆也逐渐为中原女子接受。

唐时的诃子，大概是最富创意的一种内衣，其别称为"袜胸""襕裙""合欢襕裙"。

之前，几乎所有形制的内衣，在肩部都缀着带子，而诃子却没有。胡汉之风的融汇，曲折地反映在女子们春光半露的裙装之上。开化的风气，摇曳的风情，粉嫩的雪脯，不借助一方精致的诃子，如何能示于人前？

诃子的特别之处在于，女子们在穿戴时，要将它穿在外衣之上，并在胸下扎带。这分明就是"内衣外穿"。故此，为了衬托胸形，诃子的质料必须采用挺括略带弹性的那种。

诃子之下，便是高束于胸际，再外系一阔带的长裙了。

女子是丰腴艳美的，还是纤佻软媚的，无一不可透过外披的透明罗纱，用两肩、上胸、后背的肌肤来说话。在唐人周昉的《簪花仕女图》上，便有身穿诃子的艳美女子。

之后，程朱理学的繁荣，不只表现在外穿的襦衣、褙子之上，宋代女子的内衣，也再次回归了含蓄内敛，不复唐人的张扬华奢。穿上以后，抹"上可覆乳下可遮肚"，在后颈和后腰处用纽扣或带子系结，倒也稳妥。

此外，宋朝还有一种在抱腹基础上发展起来，挂束在胸腹间的裹肚，多为菱形状的形制，往往当中绣绘着蛙形，涵咏着"宜其家室"的祝福。

说着，一面又瞧他手里的针线，原来是个白绫红里的兜肚，上面扎着鸳鸯戏莲的花样，红莲绿叶，五色鸳鸯。宝钗道："哎哟，好鲜亮活计！这是谁的，也值的费这么大工夫？"袭人向床上努嘴儿……宝钗只顾看着活计，便不留心，一蹲身，刚刚的也坐在袭人方才坐的所在，因又见那活计实在可爱，不由得拿起针来，替他代刺。

——《红楼梦》

在后世，裹肚更广为人知的名字，叫作"兜肚"或者"肚兜"。

一直以为，宝钗亦是爱着宝玉的，否则，她也不会"不由得拿起针来"，替袭人代刺兜肚了。只不过，无论她还是袭人，都不是那个人的心上人。

宋代之后，元时的"合欢襟"，由后向前系束，较为特别；明朝的"主腰"，腰侧处还有收腰的襟带，也极富特色。

至于，"乍解罗襟，便闻香泽"的情形，是因着那肚兜的夹层里，贮藏了香料。想来，红烛半凝时候，这样一件暗香透鼻的内衣，必会煽惑出一段旖旎情事。

此后，荏苒岁月里，都有它萦绕不去的香气。

第二辑 风月闲

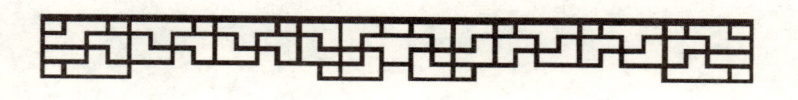

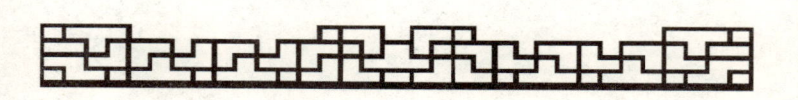

一帘风月,系着青闺。

情致缠绵处,眼前情人相赠的琐物,无不是闲闲的意,款款的情。一边把玩着,一边回味着,有些盟誓便如山如海,不可倾覆。

枕头、香薰、红豆、美玉、小扇,或在鬓下,或在身际,或在掌中。在时光的梢头,唯愿花月不败,相思不醒。

第六章　连教贮向鸳鸯枕，犹有余香入梦清

今夜，有多少花月旖旎，耿耿不寐，又有多少说不尽的誓言，在枕前轻轻地说，轻轻地唱……也许，他们说的正是古老的誓言，"要休且待青山烂"，要休且待天地绝！

——小引

【西厢月】

【元和令】绣鞋儿刚半拆，柳腰儿勾一搦，羞答答不肯把头抬，只将鸳枕捱。云鬟仿佛坠金钗，偏宜狄髻儿歪。

——（元）王实甫《西厢记》

那一晚，他隔墙而立，吟道："月色溶溶夜，花阴寂寂春。如何临皓魄，不见月中人？"

在普救寺的后花园中，月色将他独立的身影浸润，而他一颗心已飞向墙里的佳人，突突狂跳。她微微一愕，随即唱和道："兰闺久寂寞，无事度芳春。料得行吟者，应怜长叹人。"

在诗歌的唱和中,莺莺呼应了君瑞的情意。

说来真是巧。

书生张君瑞原是打算赴京赶考的,在途中突然想起好友杜确所在的蒲关距此不远,便在此停下脚步,发出约函。

在等待好友时,君瑞得知这里的普救寺风景秀美且香火旺盛,便想着去那里拜上一拜,没承想,这一去也撞见了自己的缘分。

呀!正撞着五百年前风流业冤!

君瑞眼中的莺莺,是"恰便似呖呖莺声花外啭,行一步可人怜。解舞腰肢娇又软,千般袅娜,万般旖旎,似垂柳晚风前"。

多情美少年,就此情根深种。

若想两情相许总得有个前提,君瑞家境是不错,不过那已是过去的事儿了,父亲这个礼部尚书早已故去,母亲也长眠地下,只他与书童相伴,自谋前程。

而莺莺呢?据君瑞打探来的消息,她是前朝崔相国之女,身份尊贵,这次与母亲一起,送亡父灵柩回河北安平安葬,在河中府普救寺暂住。

十九岁的莺莺,女红诗词,无所不精,也早由父亲做主,与郑尚书长子郑恒订了婚。君瑞有些怅然,却舍不得她临去秋波那一转。

"不如不遇倾国色",这一遇,注定他逃不开那秋波的渊薮。

天知道他有多想搏个功名,但眼下,他却被情爱粘住了腿脚,甚至想着不去应举也无妨!一句"十年不识君王面,始信婵娟解误人",既是叹息,也是期待。

他甘心被误,只不知,这位美婵娟,是否肯走出绮窗罗幕,与他相见。为能与莺莺多见上几面,君瑞死皮赖脸地向寺中方丈借宿,顺利住进西厢房。

莺莺几乎每夜都到花园内烧香,这是接近佳人的绝好时机。十分才貌,十分用心,莺莺到底是被君瑞打动了。

她也怜惜那墙后的行吟者、长叹人,无奈女儿家终归是矜持面浅的,怎可轻易将一颗娇养多年的心儿交付出去?

君瑞自是懂她的,他早知她就是"未语人前先腼腆""半晌恰方言"的女子,他唯有更用心,更努力,方可成全自己这点痴心。

恰在这时,叛将孙飞虎领了五千人马,围了普救寺,誓要将莺莺抢去做压寨夫人不可。君瑞这才真正认清了莺莺,她是宁死也不愿屈从的。

这等贞刚的女子,实在是值得他用一生好好呵护的呀!

恰这时,崔夫人急得六神无主,索性放出"退贼者,以女许之"的狠话。

祸兮,福之所倚,君瑞忙去请好友杜确相助,想他武状元出身,正是现任征西大元帅,以十万大军悍守蒲关,如能及时出手,哪有不成的?

事实确也如此,贼人很快便被杜确擒获了。可君瑞怎么也想不到,普救寺之围一解,崔老夫人便反口了,只让他与莺莺结为兄妹。说来说去,还不是嫌他身低位卑!

他不是不懂。没有希望，便也不会知晓，太过深刻的失望，是会拽人坠入深渊的。君瑞攒眉千度，依旧成空，一时间"情思昏昏眼倦开"，害了相思病。

经年之后，他们都得感激红娘。若无她热心地牵线，也许他和莺莺便始终缘悭一面，悔憾终生了。

这一夜，月明如水浸楼台。西厢里，莺莺以探病为名，婷婷而来。灵黠热心的红娘早将莺莺小姐的枕头送了来。君瑞抚着鸳枕，病已好了七分，这鸳枕已伴她很久了吧，她所期的，不正是"枕前发尽千般愿"么？

一颗心已被暧昧情思烧得火烫，等他真见到日思夜想的美婵娟时，病已痊愈，欢喜得直说痴话："小生无宋玉般容，潘安般貌，子建般才，姐姐，你只是可怜见为人在客。"

莺侣燕俦，一双心意两相投。今夜，有多少花月旖旎，耿耿不寐，又有多少说不尽的誓言，在枕前轻轻地说，轻轻地唱……

也许，他们说的正是古老的誓言，"要休且待青山烂"，要休且待天地绝！

【歆角枕】

葛生蒙楚，蔹蔓于野。予美亡此，谁与？独处！
葛生蒙棘，蔹蔓于域。予美亡此，谁与？独息！
角枕粲兮，锦衾烂兮。予美亡此，谁与？独旦！
夏之日，冬之夜。百岁之后，归于其居！
冬之夜，夏之日。百岁之后，归于其室！

——《诗经·唐风·葛生》

死亡有多可怕？没经历过生离死别的人，想象不出。

当葛藤覆了荆树与丛棘，蔹草掩了野土与坟地，她独自抚摸着颈下的角枕，心里会涌起多么浓稠的哀伤。

夜里，哀伤像是流动的霾云，从他永栖的葬所，蔓延至她心底。那枕头依然光灿如新，五色斑斓的锦被里，也依稀有他呼吸的微声，刺挠着她的记忆。

过去，每天的生活，起于枕上，又止于枕上。

晨兴时，她每每被她夫君早起的声音所惊动。长长的角枕上，他睡过的地方，还有他温热的遗痕。

夜深时，他是归人。他健硕的后背犹有夕露的气息，这气息是芳甜的，亦是安暖的。

后人说什么"悔教夫婿觅封侯"，可她不悔，因为，他们始终拥有彼此，拥有着，在最好年华里两心相依的幸运。

也许是，人世间的运气都是定量的，所以，他们爱得越多，便也耗得越多。终于有一天，他先她而去，再不能于烈炎炎的夏日，长漫漫的冬夜，与她共尽一枕幽情，一衾欢昵。

只有，只有一枕华胥，盼等着百岁之后，黄泉碧落的誓约。

到那时，他不再是孤零零的一缕魂，她也不再是一个游离于浮世的独人。她始终记得，那枕上流连过的明月光，每一缕都映着同心、同德，每一丝都写着同穴、同归……

愿年年人似旧游，再不必，以长夜的哀哭，来抗诉人世的无常。

凄美的爱情，往往始于诚笃的盟誓。故此，女子们的睡枕，不单是必备的卧具，更是见证过花月情浓、片时春梦的爱物。

与现今人们多用软枕的习惯不同，古人无论男女，都钟爱硬质的枕头，牛角、水晶、美玉、陶瓷、石头、木料……都各有其拥趸。即便是枕套为软质的，内里也多充以珍珠、谷物。

角枕，顾名思义，或为以整只牛角所制的枕头，或为以角雕为饰的枕头。《葛生》中那个时代，角枕本为天子之物，但亦可将之赐予功臣。

牛角是小可通灵犀，大可招魂魄的神物，女子在黄泉碧落之外，因寄所托，也是一种慰藉。

觉罢方知恨，人心定不同。
谁能对角枕，长夜一边空。

——（南朝梁）姚翻《梦见故人》

他的故人，离他太远了。

一觉醒来，梦里容光宛在眼前，但他却知道，一段已被时光剥蚀的爱，早已不复往日心意。古人说，牛角那灵敏的感应，可让远涯之人，如在咫尺。

可这前提却是，他们仍相知，他们还相爱。徒然顾枕席，无人同衣裳。

欹角枕，掩红窗。梦到江南伊家，博山沈水香。
湔裙归晚坐思量。轻烟笼翠黛，月茫茫。

——（清）纳兰容若《遐方怨》

朱栏无凭，罗帏谁解？晚来天，月茫茫。未得君书，红窗又掩。

角枕上，倦怠了他的玉容，放纵了他的长恨。不知道，是不是博山炉里的沉水香，在诳诱着他，让他再度陷入对沈宛的思念之中。

记忆里，她艳质娇妆，一出口便是泠泠好词一阕，所以他们才能，早在山水相隔时，便已两心投契。语匆匆，聚首不过三四月，分别却已许多时。

因着身份之隔，他终是负了时光负了爱。更遗憾的是，他到死也不知，他那不为家族所容的侍妾，已有了他的骨血。寂寞春深，玉炉香断，何人知此心？

这一刻，他在回忆中沉吟，也在幻想中安顿——也许，她也在另一个时空里，翠蛾轻敛，思着他念着他。只不过，欲觅芳踪，非得潜入醉乡深处不可。

百年修得同船渡，千年修得共枕眠。情深缘浅，最是令人惆怅。

但愿，无缘拥抱今生的有情人，能在烟水一梦中，再次倾心相遇，共诉缠绵。还有啊，还有，那灵犀蕴藉的角枕上，再也没有离人的泪痕，漫漶于声声凄叹中。

【枕函花】

曾如刘阮访仙踪，深洞客，此时逢。绮筵散后绣衾同。款曲见韶容。山枕上，长是怯晨钟。

——（五代）顾敻《甘州子》

其实，女子一直是担心的。

很早以前，仙凡二界之间，便有过刘郎、阮郎的传说。他们可能一时流连忘返，忘记来时的路，但却终有一日，彻底退出她们的生命，再不回头。

如神话中的仙女一般，她们生来便是被系锁于尘世之外的人。她曾告诫自己，不必在欢场太过较真，但在绮筵之上，却仍旧忍不住，对那人动了情。

斜月在，绣衾同。一切归于沉寂，山枕相对处，他酣然入梦，她却怯怯地缩在一旁，担心晨钟敲醒他的迷梦。一旦他醒了，他还是会转身离场的吧？

古来，瓷枕便是闺中，最有故事的一种私物。

据载，瓷枕的身影初现于隋朝，彼时，很可能只是陪葬的冥器。其后，瓷枕渐渐风靡起来，用于寝具和诊脉。"久枕瓷枕，可清心明目，至老可读细书"，诚如李时珍所言，瓷枕的保健功效，人所共知。

于是，这好看又好用的东西，到了两宋金元之时，便成了俏货，人们甚至以"玉"喻之，美称其为"玉枕"。

瓷枕的器形也是丰富多样的，一种两端凸起，而中心凹下，形如小山的瓷枕，被称为"山枕"。唐宋之间，山枕曾一度流行，几乎到了人见人爱的地步。

宝琢珊瑚山样瘦。缓鬘轻拢，一朵云生袖。昨夜佳人初命偶。论情旋旋移相就。

几叠鸳衾红浪皱。暗觉金钗，磔磔声相扣。一自楚台人梦后。凄凉暮雨沾裀绣。

——（宋）欧阳修《蝶恋花·咏枕儿》

宋代的文士，没几个不像刘郎、阮郎一样，一面怜叹着闺中人"庭院深深深几许"，一面却又对那"桃源风光"眷恋神往，无法自拔。

欧阳修年轻时，在钱惟演手下，是个胆儿极肥的人。在洛阳任留守推官时，他与心爱的官妓眉来眼去的事，便很不少。

钱惟演设了宴，他却迟迟不来，一并晚来的，还有那位女子。钱惟演心里矛盾暗生——他必须给后辈晚生，一个容身的台阶，可他自己的台阶又怎么下？

思来想去，还是让欧阳修填词一阕，以作解释。

没想到，年轻人的小词写得实在清艳，让人不忍责备。小词收梢处，"水精双枕，旁有堕钗横"，堪为妙句。

不知道，这位枕于山枕之上，"暗觉金钗，磔磔声相扣"的官妓，是否还是那位女子？照其内容看来，这阕词中所述情形，倒是与之极为相似呢。

所谓的"水精"，其实也就是"玻璃"，显而易见，不论是水精枕，还是瓷胎的山枕，都会在两情缠绵的当下，叩问他俩的心意——以一只钗的名义。

晶莹剔透的水精枕中,有时会凝着花枝等饰物,故此价格较为高昂。相对来说,山枕则更易得,也更容易在其外观上,进行划花。

这个"划花",说的是,唐宋时制陶的一种装饰手法。经此工序,山枕上便刻上了图色各异的阴线纹样。

腻粉琼妆透碧纱,雪休夸。金凤搔头坠鬓斜,发交加。
倚著云屏新睡觉,思梦笑。红腮隐出枕函花,有些些。
——(唐)张泌《柳枝》

因着山枕的形制,是内里中空的,故此,那外形看起来也颇像函盒。

这是说,这位轻纱裹身的女子,肤光胜雪,刚从寝梦中醒来。不过,她的身体已经醒来,心思却还萦留于梦境之中,竟连慵整发鬓都顾不得了。

她梦见的是她的爱郎吧,否则这甜沁入心的笑意,又是从何而来的呢?更有趣的是,粉腮上红红地印了些若隐若现的迹子,细细看去,全都来自山枕上的纹样。

纹样不同,印在女子们脸上的枕痕也就大不相同,有"枕痕一线红生肉"的,便有"梦回山枕隐花钿"的。后者,自然是更美好的,真不知是多么细小的划花,才能在李清照的脸上,印出花钿般的模样来。

想来,这时她若已嫁为人妇,赵郎该是会在这春光潋荡的寒食天里,痴痴地看上好一阵子吧。而她或许也会俏然一笑，用最甜净的声音说："我好看，还是花钿好看？"

就像是，以后她新婚宴尔时，硬要让他说，是一枝春欲放的花儿更美，还是云鬟斜簪的她更美。

想来，待字闺中的女孩，自然有那"海燕未来人斗草"的天真之趣，而当她们到了耽于情爱的年纪，便会觉出，自小相伴的山枕，已纳入了别样的情愫。

"玉枕纱橱，半夜凉出透"，多年后，她们会在某个碧烟轻袅的夜，蓦然察觉，这一生呵，短暂的，是春梦；绵长的，却是春愁。

【千般愿】

枕绘鸳鸯久与栖,新裁雾縠斗神鸡。
与郎酣梦浑忘晓,鸡亦留连不肯啼。

——(唐)史凤《神鸡枕》

在枕上,女子们的祈愿是很多的。

《云仙杂记》中说,女子史凤虽身陷欢场,但在风尘女子中,却至为特别。客人若是才貌兼具者,她便邀其住于迷香洞中,以神鸡枕、锁莲灯伺候;差强人意者,则只用交红被、传香枕来招待。

宣城内外,欢场中人大多掂量着自己的分量,不敢贸然打扰她;而她的身价,却被炒得极高,一直以来蜚声不绝。

客观地说,史凤颇有几分生意人的精明,但细思之下,她这做法,只怕更是为了,在滔滔红尘之中,觅上一个安闲之所,来栖身栖心。

你看呀,那神鸡枕上所绘的鸳鸯,早已双栖交颈,她却因目光如炬,如今才寻着一个愿意托付自己的爱郎。这一宿,她比谁都欢悦,欢悦得,一场酣梦下来,连晨晓的光徘徊在前,也不曾觉察。

说来也怪,平日里她总是被枕中的鸡声唤醒,可在今日,它却无端端地失了灵。这是不是因着,神枕之所以是神枕,也是通达人情,得知她心意所属,这才不搅扰她的呢?

她一直相信,神鸡枕是一件灵物。

后人在《华夷考》中说过,武孟偶然拾得一瓦枕,就着枕头睡下。可很快,他便觉得有些不对劲,因为,枕中每一更都会鸣鼓起雷,接着又传出鸡鸣之声,三唱而晓。

武孟终于被骇住了,他以为那是鬼物,索性砸碎了它。

实在可惜,因为这神鸡枕中,不过是潜有机关,应和着夜气而已,哪里纳了什么鬼魅进去?历来,有见识的人,都称之为"诸葛行军枕"。

故事里的神话成分是显而易见的,但史凤却相信,这失灵的神鸡枕,于她而言,有着不寻常的意义。想必,失灵的神鸡枕,已让她一壁笑看着爱郎,一壁偷偷许下一个白头约老的心愿了吧?

若是,魂灵能就此停泊,再不必以鬻笑为生,这该多好!

枕前发尽千般愿,要休且待青山烂。水面上秤锤浮,直待黄河彻底枯。

白日参辰现,北斗回南面。休即未能休,且待三更见日头。

——(五代)佚名《菩萨蛮》

不知道,这位许愿的女子,又是何种身份。

只知道,她在枕上灼灼地望着他,心思百转,她想说——她忠贞恒远的爱,一如千年不烂的青山、不可浮水的秤锤、永不枯竭的黄河、白日难现的参辰、一意向北的北斗……

　　千般的愿,都是她的迷迷痴痴,恋恋依依,但话语在唇舌间辗转来回,出口的却是——就算某一天,青山烂了,秤锤沉了,黄河枯了,参辰现了,北斗移了,她亦不愿他们亮烈的感情,会被命运倾覆……

　　这些日子以来,她活的是情,过的是爱,但这都还不够。一生一世,才是她所欲所求的!也唯有如此,她才能在白发如霜的年纪,泪眼婆娑却满心欢喜地说,这辈子,我真的活过了。

　　爱意极深时,相思极浓处,心思也是分外玲珑的——天纵老,情难绝。她的愿望,在枕上娓娓地诉,幽幽地说,说有许多许多,千般千般,其实啊,她想说的,只是一种牵绊。

　　是的,字字句句,都是同样的牵绊……

　　而这样的誓愿,灼灼复灼灼,便是一块榆木疙瘩,都会被她打动的吧?之后,之后他们也许便会携手走入婚姻,在持荷童子样式的宜男枕上,许上一个香甜隐秘的愿。

　　而这个愿,再也不用说出口来,而只需要他们两手相牵,对视一笑,便已心照不宣……

　　"露房花曲折,莺入新年,添个宜男小山枕",若果如此,一生心愿足矣。

第七章　罗帐罢炉熏，近来心更切，为思君

那宵的红泪已融于记忆之外，代之而镌镂在心的，是那一程一程相续不减的膏烛之光，和那一泊一泊奇异诱人的芬芳气息。她，也许真是在那一刻，便爱上了他。

——小引

【夜来香】

青槐夹道多尘埃，龙楼凤阙望崔嵬。
清风细雨杂香来，土上出金火照台。

——曹魏歌谣

与父母告别时，薛灵芸[1]抬首打望着车夫，忍不住泪下如流。她知道，她将作别父母，被这辆车载往不可预知的未来。

帝王是永不会觉得后宫拥挤的，但她的父母却只有她

---

[1]　薛灵芸的故事，不载于正史，载于《拾遗记》《尧山堂外纪》《太平广记》《艳异编》等书。

这么一个贴心熨肺的女儿。可她没有选择。如果能选择，她宁愿嫁给一位闾中的少年，他们大多恋慕着她，总是在夜幕降临时，蹑手蹑脚地来看她。

当然，她从不曾露面。可纵然如此，时任常山郡守的谷习，还是奉主之命，以千金为聘，要把她献给皇帝。

曹丕，字子桓，她在心里默念这个并不陌生的名字，他是魏主，是这个国家的尊主，也将是她未来的夫主。

其实，他们本不该有交集——她的家乡常山郡本属孙氏，但孙权却在曹魏黄初二年八月底，选择投魏，得知曹丕对薛灵芸颇有兴趣，他自然要极力促成此事。

就这样，本该与政治毫无牵扯的她，却不得不作为政治的祭品，前往魏都洛阳。

且不说那么多的后宫佳丽，这个人，曾与甄氏女、郭女王有过那么轰轰烈烈的爱情，如今，能匀出多少心思给她？怕只是，一时的新鲜、一时的悸动罢了。

再说……想起倾国倾城的甄氏，还为他生下一双儿女，最终却不免失宠被杀，她不禁打了个寒噤。

作别了故乡旧土，作别了一双父母，也作别了夜半纺纱，麻藁照亮的贫穷生活，但未来是否幸福，不能以此富贵荣华为标尺，不是么？

登车上路，终不可免。

她用玉唾壶盛泪，惊异地眼见她的泪水，在壶中洇出一抹红液，又渐渐地凝如血色，这很像她泣血的心。

当她勉力拭去腮边珠泪时，蓦地在轰轰如雷的车毂声中，嗅到一股奇异的芬芳。她记得，她的车不是这样的，她一路颠簸而来,也没觉察到奇香萦绕。

这一路,一直有皇帝的旨意,让那绵亘十里的膏烛为伴,难道说,她所得的惊喜不仅如此么?她被自己的想法惊住了,颤着手擘开车帘。

眼前赫然出现十辆雕车,随着距离的拉近,她分明看见这雕车的轮辋上都镂着彩金,毂轵上都绘着丹青。

星月与烛光辉映着,车身上的光亮耀得她有些眼花,近旁的丫鬟这时已伶俐地打探来消息,附在她耳边,说那雕车上满缀着宝石,而皇帝就坐在雕玉的车辇中,亲自来接她了。

"还有,还有,"她补充道,"陛下所乘的青色骈蹄牛,据说可日行三百里呢。小娘子嗅着那股奇香了么?听说那是腹题国进献的宝贝,名叫石叶香,这香气不但好闻,还可避恶疾除晦气,这也是陛下特意为您挑拣的。"

薛灵芸心绪被她这话撩得一跳,竟不知答什么好。

耳中是轰隆隆的毂声,眼中是亮荧荧的膏烛,连星月之光都被黢黑的夜蚀得淡了些许,可这烛台上的灯火,却经久不绝,晃亮了她的心。

她想,以后是宠是疏,她还不确定,但眼下,她愿意为他打开心扉。

她的子桓很快到了,与她的想象有些差别。

大抵是在文墨翰藻中浸润得太久,这个本应冷面铁血的皇帝,在她面前却浅浅地涵着温和的笑意,他说:"古人云:朝为行云,暮为行雨。今非云非雨,非朝非暮。"

她一瞬不瞬地看着他,他的笑意也逐渐加深,拉着她的手说，她是他的夜来之神，故他赠她以夜来之香。

他很怜惜她扶风细柳的怯弱模样，甚至亲自为她摘去沉重的火珠龙鸾钗，说她连明珠翠羽也不胜其重，不宜再簪。

他很喜欢她静坐缝衣时的专注模样，甚至在很长一段时间里，只穿由她缝制的常服，眼里的宠溺之情，让她不觉沉陷。

她薛灵芸从来不贪，那宵的红泪已融于记忆之外，代之而镌镂在心的，是那一程一程相续不减的膏烛之光，和那一泊一泊奇异诱人的芬芳气息。她，也许真是在那一刻，便爱上了他。

黄初七年，魏主崩。他们只相伴了五年不到，然而，此后，纵是画楼雕栏，轻别经年，她犹记得，那点香，那许情。

那一晚，他下了车辇，对她说，她是他的夜来之神，故他赠她以夜来之香。

【鸭炉暖】

> 写得鱼笺无限,其如花锁春晖。
> 目断巫山云雨,空教残梦依依。
> 却爱熏香小鸭,羡他长在屏帏。
>
> ——(五代)和凝《河满子》

梦醒时,人是怅然的。

别后,开始想念。因着这深念,甚至连她床帐内的鸭炉,都是惹他生羡的——它能常伴伊人左右,可他却不能。

有多少次,鸭口里吐送的缕缕丝丝,都点亮了夜的心情。现下,屏帏尽处,也不知,她是否与他一般怅然,怅然在鸭炉之畔。

焚香,烹茶,插花,挂画。

文人四艺,也是闺中女子所好的雅事。焚香时,香炉自是其中最紧要的东西,非得好生拣选不可。如此一来,男子手赠香炉予爱人,也是常有的事了。

说来,商周时代的鼎,虽作烹食、祭祀等用,但却可以被视为后世香炉的滥觞。魏晋南北朝时期,佛学从与玄学日渐合流,到确立独立地位,也催生了香炉器型的研制。

当然,作为"红袖添香夜读书"的这种香炉,怕是要到唐宋之间,才真正流行起来了。

> 床上银屏几点山,鸭炉香过琐窗寒。小云双枕恨春闲。
> 惜别漫成良夜醉,解愁时有翠笺还。那回分袂月初残。
>
> ——(宋)晏几道《浣溪沙》

枕屏内，炉烟轻袅。

炉烟流转至幽窗外，依然是香盈盈的，但却濡上了风露的寒气。枕中，无眠之人寤寐辗转，一片情深刻骨，尽做了夜的书签。

爱美的人们，不只会希望用芳馥的气息，来增添情趣，或是安抚心情，他们也很在意轻烟是否以一线萦盈的姿态，悠游而去，载去邈邈神思。

于是，这便有了动物造型的香炉。

诚如《香谱》中所言，"香兽，以涂金为狻猊、麒麟、凫鸭之状，空中以燃香，使烟自口出，以为玩好"。是的，若要欣赏香烟的美态，不能去看大器型的香炉。

凝眸一望，香兽中轻溢的烟气，香逐游丝间，别有一番牵情惹意的美态。这其中的机关也是不复杂的，于金铜银瓷的香炉里，刻意制出一个空膛，再与口部相通即可。

置在帐中的香炉，尤为玲珑可爱，是女子们晚睡前的赏物，清眠里的雅意。除了小鸭的造型之外，狻猊、麒麟、鸂鶒的造型，也是不错的选择。

玉狻猊，金叶暖。馥馥香云不断。长下著，绣帘重。怕随花信风。

傍蔷薇，摇露点。衣润得香长远。双枕凤，一衾鸾。柳烟花雾间。

——（宋）毛滂《更漏子》

形如狮子的狻猊，传说是神话中龙之子，喜静好坐，亦喜烟火。于是，人们便将轻喷瑞烟的"使命"，慨然交付于它。

想一想，惯于吞烟吐雾的狻猊，若是绝了烟火，也是让人怃然的，所以不难想象，"被翻红浪"时，李清照对着"香冷金猊"的光景，心境有多哀凉。

大概是因其能食虎豹、率百兽的特性，故此狻猊造型的香炉，自有一番英武之气。于是，它们出现在女子帷帐中的概率小了一些，倒是常用于镇压地衣，方便贵族们设宴待客。地衣，也就是地毯，所谓的"地衣镇角香狮子"，说得真形象。

翠屏闲掩垂珠箔。丝雨笼池阁。露粘红藕咽清香。谢娘娇极不成狂。罢朝妆。

小金鸂鶒沉烟细。腻枕堆云髻。浅眉微敛注檀轻。旧欢时有梦魂惊。悔多情。

——（五代）顾敻《虞美人》

麒麟有祥瑞之意，自然受到青睐，而相对来说，鸂鶒造型的香炉，则更受闺中女子的欢迎。以至于，她们不满足于此，还时常用它装饰钗头。"宝函钿雀金鸂鶒"，便是一证。

"鸂鶒一双塘水暖，浮沉时近垂杨岸"，鸂鶒，是一种彩羽缤纷的水鸟，平日里总是雌雄双飞，形影不离，难怪让女子们对此生出丝丝绮念，无论是在钗头，还是帐中，都乐于见到它们的身影。

谁知女儿心？一个懂得女儿心思的男子，完全可以手制一个鹦鹉形的香炉，赠予佳人。

他们可以，在青天未晓之前，于香霭中促膝倾谈，心底的爱意，比那青烟还要悠长，直抵岁月深处，最柔软的时光。

他们也可以，在花间小别之后，于香云也似的氤氲里，怀念往事的模样。如此，那寂寞的红罗帐中，也总算有个情思安排处，让她寄放春心。

原来啊，有情人之所以羡他熏香小炉，与其说只为自己而情苦，不如说他是怕那"鸭炉从冷醉魂香"，怕她伶仃无依两泪潸！

"银床雨滴伴苍梧，香烬孤窗暗鸭炉"，明人朱让栩写得真凄凉。但愿，在每个湿气生寒的夜晚，帐中的人，便是孤衾茕茕，也始终有暖意相慰，有思情相拂。

【炉瓶事】

　　玉炉香，红蜡泪，偏照画堂秋思。眉翠薄，鬓云残，夜长衾枕寒。

　　梧桐树，三更雨，不道离情正苦。一叶叶，一声声，空阶滴到明。

　　　　　——（唐）温庭筠《更漏子》（一作冯延巳）

　　香烟流转，自玉炉镂空处。

　　红烛的光，每一滴都是在泪中熬出来的。微光摇曳，画堂中人，只要一相思，心事就落成了秋霜。离情别恨，都蘸在了眉上、鬓上、枕上、被上，连带着三更冷雨，一叶一叶，一声一声，都是梧桐的叹息。

　　也许，长夜无眠，女子会在空阶雨声之中，起身为自己添一炉香。不然，这个长漫漫的夜，将如此打发呢？

　　不管是予人还是予己，要蒸出一楹沁人的幽香，女子都需要香炉、香盒和箸瓶这三件什物，名曰"炉瓶三事"。

　　炉瓶三事茶几摆，汉铜宝鼎设中间，金银酒器调羹碟，茶杯象箸玉杯盘。上边俱用红绳系，彩袱遮盘颜色鲜。

　　　　　——（清）陈端生《再生缘》

　　在女文人的弹词作品中，元成宗时的尚书之女孟丽君，与都督之子皇甫少华，一生爱恋痴缠，陷于悲欢离合之中。这已让人惋叹不已。

更为可惜的是，《再生缘》和《红楼梦》，一样是断臂的维纳斯，故事中的女子结局如何，全凭我们去敷衍，去想象。别人续作的结局，是作不得数的。

在"娶新人翁姑心乐"一节中，陈瑞生对这"炉瓶三事"进行过描述。

可见，一直以来，我们都得把这三样给凑足了，方才能在觉来一枕春阴，或是夜半一衾秋雨之时，与香气相约，与往事相聚。

香盒和箸瓶，一个是用来盛香饼和香球的，一个是用来插放匙和箸的。为了取用方便，人们总是习惯将香料制成小饼或者小球。

《黄香饼方》中曾提到，将六两沉速香、三两檀香、一两丁香、一两木香、二两黄烟、一两乳香、一两郎台、三两奄叭、二两苏合油、三线麝香、一钱冰片、八两白芨面，用四两蜜，拌在一起，和成药剂，便可再用印模，将这混合香料，制成饼状。

《黑香饼方》里所说的配方，则是先炼熟了蜜，等到橄榄油化开了炼蜜，才先后加奄叭、白芨、炭末，再混合苏合油和麝香，将之揉得匀实了，最后投进印模中。

这般精致的小物件，自然应该被收纳在好看的香盒里。香盒又被称为香笴、香合、香函、香箱。竹、木、玉、瓷、金属、象牙、珐琅的都有，但以木制加漆的材质为主。

闲来欣赏香盒的样式，其间方形的固然不少，而传之于世的主要还是扁平圆形的。这并不难理解——且不说这个"盒"寓意为"和合"，寄托了冲气为和，或者花好月圆的愿望，但就圆盒子本身而言，显然较易收纳香饼、香球。

当然，香盒之中，也可置放香面和香条，只不过，人们并不怎么用线香。

有一点，是添香红袖们一定要注意的，那就是，无论香盒是方是圆，她们所选的香炉和香瓶，在风格上都得与之大致相应，否则这青闺中的风景，会被煞去好几分。

有人说，心切切的女子，是不适合爇香的。这倒是真的。

因为啊，箸瓶中所插置的火箸、香匙，与细腻的心思，柔曼的手势，才能相得益彰。

香炉中的火，依然微而不灭。女子们要先用火箸轻轻地拨松炉灰，通出几个孔隙来，而后，才能用香匙去压覆炉灰的表面，以免其很快聚成小堆儿，影响了炉中香气的释出。

当然，如果香盒中所盛装的，是香面，香匙自然也可以直接用来舀取香料。

此外，香饼和香球在爇燃时，不能直接扔在炉中，须得用砂片、瓷片、玉片等材质的隔火片，让它缓缓燃起清馨的烟气，悠悠吐绽悦人的芬蔼。

想来，要料理香氛，也非易事，故此闺中女子，置放炉瓶三事之所，定然是在她们身侧，是以，专用于盛放这套爱物的香几，也就应运而生了。

如此这般，一架高于寻常桌子的香几，便可有幸，在清昼或是深宵，承受女子的眷顾——同时，也与瓶炉三事一样，默默地倾听着她们的悲喜。

不焚香的时候，也是有的。

不过，炉中的微火，也不能任其自生自灭。为此，香炉之外，应该罩上一只纱罩，如此一来，既护了微火，又可使炉灰免于被风扬起，洒落满地。

王建说，"秘殿清斋刻漏长，紫微宫女夜焚香"，也许，要打发辰光，收拾意绪，没有比静坐焚香，更适合女子的了。

焚香心事如烟，每一缕烟，都熏染着秘不可宣的心事。

【倚熏笼】

泪湿罗巾梦不成,夜深前殿按歌声。
红颜未老恩先断,斜倚熏笼坐到明。

——(唐)白居易《后宫词》

夜晚很低,比女子的眉心还要低。

罗巾上泪迹斑斑,全是心伤。前殿的歌声,依稀和着新人的欢语。她到底是失宠了,不是吗?前缘却似已疑误,她的深帏里,已没有他微醺的鼻息。

可是,可是,皓齿如玉,云鬓斜簪,她依然还是旧时模样啊。他会来,他不会来,他会来,他不会来……检点着自己的心情,也是在计算着自己的分量。

夜来不寐,身子有些凉冷,该是让熏笼里的热意,来温暖她的长宵了。顺便的,也等一等,那个可能会来,也可能不会来的人。

一念起,一情生,便是百转千回,绵绵无尽。

这么一坐,便是一夜,终于,她将自己坐成了夜的芬芳。还好,孱弱的身儿还能倚靠着,那个散逸香气的熏笼,不致让她堕入绝望的深渊。

薰香炉子上,所罩的竹笼,被我们称为"熏笼"。本来,熏笼的存在,并不是为了女子们,在闲极伤极之时,作为倚靠之物的。

顾名思义,熏笼是与熏炉相配的笼子,一般为竹制。

上溯至两汉时期，竹罩笼便被置在香炉或是炭盆之上，用以烘烤取暖，熏衣熏被。

一边是实用价值，一边是精神享受，古人们嗜香的程度，是今人难以想象的。要想熏衣熏被，熏笼是必备之物。

熏笼别名为"篝"，呈现或方或圆的敞口式样，用时往下一扣，罩住香源即可。

竹篾条编得极为稀疏，遍是纹状的孔隙，可想而知，在热力发散的同时，其上所覆的衣被，已承住了芳馥的暖气，连带着女子修削的玉手，也成了一道绝美的风景。

> 与姬细想闺怨，有斜倚熏笼、拨尽寒灰之苦，我两人如在蕊珠众香深处。
>
> ——（明）冒襄《影梅庵忆语》

两人都嗜香，遍寻香药香方亲手研制这还不够，还时常一道"静坐香阁，细品名香"。主角是冒襄和董小宛。佳人香消玉殒后，这段"斜倚熏笼"的日子，便成了过往。

兵乱之中最见人心，相对她的付出，他实在做得不够。生命中的寒灰，也只在文字中不曾扬散，这实在是一种讽刺。

不过，当年熏笼之上，共品名香，同话风月的温情，怕是以后他左拥右抱的侍妾，无法带给他的。因为，在彼时，斜倚熏笼的，不是将自己浸在愁海中的深宫女子，而是情意相投如胶似漆的一双雅人。

这种感情，永不可复制。也唯有如此，我们才能意气稍平地，为那个为情而生，又为情而死的女子，写下多情的词句。

> 雨湿轻尘隔院香，玉人初著白衣裳。
> 半含惆怅闲看绣，一朵梨花压象床。
> 藕丝衫子柳花裙，空著沈香慢火熏。
> 闲倚屏风笑周昉，枉抛心力画朝云。
>
> ——（唐）元稹《白衣裳》

熏衣的时候，是一定要用慢火的。平展于熏笼上的轻衫小裙，要能均匀受香，却又分毫不沾烟气，都得靠这精细功夫。

如何控火呢？这秘密在于熏香丸中。太湿了，自然难以爇烧；太干了，则难免滋蔓焦气，大煞风景。最好的办法，便是用适量的蜜来进行调和。

除此以外，还有一事也不可忽略。

如《陈氏香谱》所言，"凡欲熏衣，置热汤于笼下，衣覆其上，使之沾润"，如果不用热水的蒸汽来洇润衣被，香气固然难以持久，质料也易染上烟迹。

被子倒也罢了，熏完衣裙之后，还得将之好生叠放，放上一夜，再穿上身去，如此才能令香气久氲不散。

值得注意的是，衣裙较之被子，毕竟小俏得多，故此将香炉、熏笼置在地上，它也不会被扑上尘土。是以，熏被这种事，只能移到床榻上去。这时，水盆和熏笼的设置，都应略作改动。

有一种熏制茶叶的做法，叫作"窨茶"，这是说，为了能喝上浸有花香味的茶叶，可以将茉莉花、桂花等花蕾，按一定比例与茶叶贮在一起，来取味增香。

不知，熏衣的简便法子，是不是从这里得到的启示？总之，唐时，便流行起浥衣香来。贮放衣裙时，在箱柜里也置上一包磨成粉末的香料，在取用时便会幽香暗透了。

当然，这种做法，也有防蛀防潮之效，算是一物多用了。也许是，防蛀防潮的效果，浥衣香到底还是不如樟脑来得强吧，因此，清代以降，时风便有了变化。

可惜，暗送清芬的浥衣香，长夜斜倚的竹熏笼，早已停凝于旧时光中，过去那种怡性逸情的生活，到底是离今天太远了啊！

第八章　双燕归来后，相思叶底寻红豆

　　藤与树，迅速交缠在一处，犹似一双两相依伴的爱侣，一对鸳鸯也栖息于此，晨昏不离。

　　人们说，那双鸳鸯，就是韩凭夫妇化成的；而那棵红豆树，就是他们爱的信物，爱的凭证。

——小引

【相思树】

　　风幌凉生白袷衣，星榆才乱绛河低。
　　月明休近相思树，恐有韩凭一处栖。

——（唐）王初《即夕》

　　战国明月，曾照古人。

　　时有宋国，起于殷纣王的庶兄微子启，因着"兴灭继绝"的传统，被周天子尊为"三恪"之一。前朝故地为国，商丘为都，就这样，周朝的辖地里，有了个宋。

　　这里也曾有过以讲"仁义"而跻身五霸之列的宋襄公，这里也曾诞育过墨子、庄子、惠子等先贤。所以，就算是

生于末世的小人物韩凭，亦是面上有光。

不过，他只是个小人物。小人物的悲哀，远远超出他的想象。

人们都说当今的君王"行王政"，所以，宋国的国力才能一次次碾压齐、楚、魏，却没多少人知道，当今的这位"圣主"，却也十分酗酒贪色。

韩凭好悔。悔不该，他以舍人之身在宋王身边谋职。如不是他侍奉在那人左右，他今日的悲剧，便有可能不会上演。

他有一个美丽的妻，何氏。婚后，他们的日子甜得似要淌出蜜来。所以他怀疑，可能是连老天都忌妒他们，不然怎么会安排一个宋王，来拆散他们呢？

妻含着泪水，被宋王的人强抢入宫。断线的珍珠，一滴一滴落在韩凭的心头，他悔！他怨！他恨！他甚至想，冲进宫中夺回他的爱人、他的尊严！

可他没有这样的能力——宋王已处他"城旦"之罚。所谓"城旦"，便是一种强制男犯筑城，女犯舂米的刑罚。筑城。他从一个尚有几分地位的小人物，彻底变成了受役终生的奴隶！

宋王无道，何氏被逼要侍奉他，心中早已萌了死志——纵然君王再冷酷再霸道，他也不能做那阴界的主，不是么？

她相信，在那个世界，他们终会再续前缘。她决定，给韩凭去一封信，约好时间为彼此殉情。"其雨淫淫，河大水深，日出当心。"她在信中这样写道。

暗中所托的那个人，应该是稳妥的——就算消息走漏，宋王截获了这封信，也未必能参悟个中隐秘。

等待的时间很长。何氏蓦然想起，一个老旧的故事——尾生久等恋人不来，竟生生地等到了水漫鼻息，抱柱而死的结局。

其实，不要问那值得不值得，纵使那姑娘晚来一步后，没有哭得肝肠寸断，没有选择踊身投江，何氏也懂得，尾生他不会怨，不会恨。

这真是阴差阳错啊！

本是一段约走天涯的感情，竟然变成了双双殉情，怎么不让人遗憾？而他们两人呢？本是一生一世，一双一对，谁想竟被王道逼至绝地，除了殉情别无他途。

何氏叹着气，暗想道：死总比活要容易。

很久之后，她听说了韩凭自杀的消息。几乎是在同一个时候，她看见了宋王冷冽的眼神，那里面有择人欲噬的幽光。

原来，消息已经走漏了。信上的隐语，宋王不明白，左右近侍也不明白，但有一个叫作苏贺的大臣，读懂了何氏的秘密。

这一刻，宋王咬牙切齿道："你说，你心中的哀思果真像滔滔大雨一般，没有流尽的时候么？信中的'河水'，说的是寡人吧？对，寡人是拆分了你们夫妻，可平心而论，寡人待你如何？你竟然说什么'日出当心'，死志已定！"

"想死，没那么容易！"最后，宋王抛下了这句话。

何氏这才明白，她连像那位姑娘，为尾生殉情的资格都被剥夺了。

有多少双眼睛，在暗中窥探着她的一举一动，一行一止。宋王要的就是要她苟活着，忏悔着，然后，要么痴心枯槁寂老残生，要么芳心另许淡忘前尘。

可这两样，她都不要！

机会来了。终于有一天，何氏伴君登台赏游。

事先，她穿上了一件早已被她刻意蚀得脆弱不堪的衣服。趁其不备，跃下高台时，饶是宋王眼尖，侍女手快，都只能捉住她不盈一触的衣襟。

碎裂而飞的，是蝶翼般的衣片；含笑而陨的，是花蕊般的娇容。死，真的比活着容易。后世语云：当为情死，不当为情怨。

宋王自然是不会成全她的死愿的，恼羞成怒之下，命人刻意将夫妻分开埋葬——这距离却又不是太远。

他要的是，一双新坟中的一双人，只能怅然对望，却永远也触不到对方手心的温度。最刻毒的诅咒，莫过于此。这个宋王，被后世称为"康王"，乃是宋国最后一任君王。

然而，宋康王却想不到，爱的力量可以穿透诅咒，穿透阻力。

不过一夜之间，何氏的坟头便生出一棵高大的红豆树，而韩凭坟上则蔓出了一株相思藤。藤与树，迅速交缠在一处，犹似一双两相偎依的爱侣，一对鸳鸯也栖息于此，相向耳鸣，晨昏不离。

人们相信，那双鸳鸯，就是韩凭夫妇化成的；而那棵红豆树，就是他们爱的信物，心的凭证。人们也相信，他们已在枝叶相触的那一霎，重逢于凡人所不能企及的所在。

【共一枝】

花丛冷眼,自惜寻春来较晚,知道今生,知道今生那见卿?

天然绝代,不信相思浑不解,若解相思,定与韩凭共一枝。

——(清)纳兰容若《减字木兰花》

除了韩凭夫妻的凄美故事以外,有关红豆的来源,还有一个令人唏嘘的传说。

相传,古时出征的一个男子,也不知是已然功勋卓异,还是成了白骨枯魂,他都是发妻日思夜念的春闺梦里人。

思得太深,念得太久,朝夕倚靠的大树,也就洒落了她翘望盼归的眼泪。她没想到,某日泪尽时,泪珠已凝作粒粒血滴。再后来,思心附托上去,这血滴便化成了红豆。

入土后,红豆生根抽芽,一阵疯长。满树的红豆,都长成心形,艳红如血,人们皆称之为相思豆。

也许是,名姓俱全,又有时代背景的故事,才更让人觉得真实可信吧,因此这个传说流传并不广泛,至少说,在文人笔下,不如韩凭夫妻的情事一般,随意拈来,为我所用。

纳兰是有红豆情结的。

如果表妹入宫确有其事,康熙就与宋王相仿佛,而纳兰自然便是"韩凭"了。这类比是较为恰切的,不同处倒也有——表妹不会自决于深宫,康熙未必知道他已夺人所爱，纳兰也终其一生不敢直诉情肠。

能为人们深信无疑的故事，总有它合理的逻辑。因为，后人纵然有意去敷衍风月，这风月也是在历史的缝隙里长出来的，不太可能尽是空穴来风。

也许，这是真的。

所以，这红豆，才粒粒如血，渲染着他永失我爱的无奈与绝望。

深悔。悔也没有用。其实，他不是不知道，她是不会埋怨他的，可今生的缘浅情深，他生的未卜难料，却仍是他的心结。

他觉得自己很像韩凭，像那个为爱而伤的韩凭。三分春色，心上愁痕，每一痕都或长或短，或真或幻，化为庭院静处的追忆。

追忆么？其实，所有的追忆，都只是空相忆，都必是无可追，它才会那样隽永刻骨，最终凝成人生的红豆，经得起时光的锤击，岁月的重压。

但这也好，红豆满树时，将一片清歌托给黄昏，将一抔伤情付与残月，总好过，无知无觉，无悲无喜地苟且一生，混沌一世。

烟暖雨初收，落尽繁华小院幽。摘得一双红豆子，低头，说着分携泪暗流。

人去似春休，卮酒曾将酹石尤。别自有人桃叶渡，扁舟，一种烟波各自愁。

——《南乡子》

许是这红豆情结太深了,于是,即便是"男子作闺音"的时候,他也自觉不自觉地,流连于盛开在红豆枝上的斑驳年华。

情至无可说处,已被思念的烟雨,打湿了。

是烟啊,烟暖雨收,却收拾不住,繁华少驻的人间。小院深幽,花红柳绿的光景,已成过往,似是在为将行的人,铺设离别的背景……

一双红豆子,一阕相思曲。

作别时,望各自珍藏这枚红豆,以待来日长聚。

想起石氏女百般劝阻尤郎,他却执意要出门经商,最终魂断他乡的惨剧。对于男子的前途,女子也有些忧心,所以她说,她会愁情满腹,又痴诚如一地等他还归渡口,就像当年王献之,迎回桃枝一样。

莲漏三声烛半条,杏花微雨湿红绡。那将红豆记无聊。
春色已看浓似酒,归期安得信如潮。离魂入夜倩谁招。

——《浣溪沙》

红豆还贴身藏着,光阴的下一页,已在书写别后的景况。

春天的夜,又再次酽人欲醉了。他们这是分别有多久了?一舫时光,一转沧桑,杏花微雨中,摩挲着红豆,检点着心情,这又是怎样的一种寂寞呵!

寂寞的人,流泪的烛,都是因着那人归期未定,虚耗了眼前的春光。看吧,连潮水都是如约而至,毫不延误佳期的呢！他的天涯路遥，怎不让她牵肠挂肚，坐卧难安呢？

红豆，还有往事的温度。伴此入眠，会不会，在梦境的深处，能寻见他的微笑？

今夜，你与谁共明月天涯，又与谁话红豆咫尺？

"肠断月明红豆蔻，月似当时，人似当时否"，纳兰还这样说。想来，在那个锦书难托，心音难传的年代，承受过离情别苦的人，都有过这样的担虑吧？

【暗相期】

凝羞隔水抛红豆，嫩桃如脸腰如柳。心事暗相期，阳台云雨迷。

玉楼花似雪，花上朦胧月。挥泪执柔荑，匆匆话别时。

——（宋）蔡伸《菩萨蛮》

遇见爱情的时候，所有的矜持自守，都抛一边去吧！

要抛的，却是隔水舟上，那粉面玉琢的俊郎。红豆，像她为他而煞红煞红的心，只要抛过去了，这一次纵是被婉拒了，这一生纵是被无情弃了，她也不悔！

想是这么想，可眼下，她却还含着羞带着怯，只敢从手指缝中偷偷觑他的反应。

犹记得，唐人皇甫松笔下，有位采莲的姑娘。因着岸上的少年风仪翩然，一时间，她竟任着小舟从流飘荡，忘了还棹。好吧！这也没关系。

有关系的是，此时此刻，她若不以物传情，他又怎会知晓她的心意？于是呵，莲子，莲子，便从她指尖掷去了岸边。

后来事如何，皇甫松没写，姑娘也无从得知，可她就此得到了启示。多少年后，俗语里头会说，"男追女隔座山，女追男隔层纱"，这道理她早就懂得了。

抛去，莲子也好，红豆也罢，都蕴着相思一片，深情一缕。

姑娘是幸运的，他回过头来了。

从惊愕，到欢喜，再到心动，一切都是那样的迅疾而自然。这也难怪，她大胆的举动，羞怯的神色，娇嫩的脸颊，还有不盈一握的柳腰，有着怎样的煽惑力，她是在心里置着一杆秤的。

意似痴，心如醉。一眼惊了他的眸，心事便不再是暗自相期，而是两处相应。

"阳台云雨迷"，她迷，迷恋从前的相思情，也迷恋当下的缱绻意。欢景总是难以久长的，聚聚合合，离离分分，都是爱情路上不可绕过的弯道。

既然是弯道，想来亦有坦途骤现的一日。说不准，今夜花间徘徊的浮光月影，今夜执手话别的愁眉泪眼，都是他日重聚时，一段不可多得的记忆。

红豆，一如她赤诚的心，抛掷了，便是交付了，便是笃定了。

挥泪相牵，匆匆话别，自此隔水的男子，又与她隔了时空。独自泛棹于空无一人的塘中，想起那段羞怯着也悸动着的过往，也许，今人歌中所言之愁，恰是映了她的心境吧。

"还没为你把红豆，熬成缠绵的伤口。然后一起分享，会更明白相思的哀愁。"洞彻世情的歌词，空灵婉柔的声音，像是在怨，像是在慕，像是在泣，也像是在诉……

怨，怨那荏苒时光，一边催生着缠绵的情意，也一边催促着聚散的轻易。

慕，慕那记忆里的爱人，惊愕着，欢喜着，心动着的一霎，那是她的魔咒，一点一点诱她深入，深入了其中，却觅不着泅渡的岸头。

泣，泣那渐失光泽的红豆，已不复往日的鲜红模样，难以慰藉她相思的哀愁，故她只能在潋滟的记忆里泛棹，一人舔舐缠绵的伤口。

诉，诉那半暖韶华的故事，以诗词的清凉，以歌曲的火烫。

传说，在印度的老时光里，曾上演过娜地亚和拉吉的故事。两小无猜，谈婚论嫁，本来是理所应当的事，但可惜，娜地亚的父母看不上铁匠家庭出身的小伙子。

眼见阻止不了小辈们的往来，娜地亚的父亲勃然大怒。

花园中的大树上缠绕着一条爬藤，羽毛般的叶儿，淡紫色的花儿。终有一日，孕出了长椭圆的果儿。被软禁的娜地亚，欣然剥开荚果，见那红黑相间的相思子煞是可爱，便想将它赠给拉吉。

这想法，到底是落空了。

拉吉，早已被她慈爱而固执的父亲，逼得自惭形秽，转身远行了。闻得此讯，娜地亚绝望至极，一气吞下了相思子。

有毒，相思子中有毒。

听说，相思子，观之可爱，食之有毒。很可能，饱蕴着相思浓情，却又包藏着剧毒的爱情信物，仅此一例了吧。

不禁想起，小龙女所受的情花之苦，杨过所受的煎心之痛。可不管身体发肤受着怎样的苦，心肝脾肺承着怎样的痛，他们还是选择了爱，选择了情，选择了长相思。

大抵，这世上，凡是至情至爱，都免不了至毒至寒，至邪至狠。就如红豆，被学者们列为危险之物，说它不可被含在口中，只要超过十五克，便易中毒遇险。

但是，爱情的毒又岂止十五克呢？

入我相思门，知我相思苦。原来，所有题为"相思"的故事，都一样有喜有悲，生情生毒——无论古与今，不分中与外！

【红豆词】

南国秋深可奈何,手持红豆几摩挲。
累累本是无情物,谁把闲愁付与他。

——王国维《红豆词·其一》

红豆词里,曾寄住过许多爱的传说。

传说中的爱情信物红豆,其实是海红豆,孔雀树、相思树,都是它的别称。这不同于我们所食的红豆,因此不必担心误食。

二十余米高的树,在夏日银花满树,在秋节果熟成型,荚果里心脏一般的红豆,不得不让人浮想联翩。是的,不知是王维记错了,抑或传抄的人抄错了,红豆并不是在春天长出的。

红豆累累,也许那里面寄住着昭明太子,在风光如画处,邂逅爱情的故事。她叫慧如,是一个尼姑。这样悬殊的身份,无论如何都很难不以悲剧告终。

故此,江阴颐山,就此多了一个相思成疾的人,多了一个卧病不起的人。

含泪种下红豆,这还不够,他追她而去的步伐,也在加速。人言道,正因那颗红豆承载着他俩的情魂,所以长得特别快,那么眼前那棵红豆树,便该叫作"相思树"。纵然本是无情物,付了闲愁与它,它便是为情而存,为爱而生的灵物。南国秋深,任由红豆在手心摩挲,累累成串。

最知名的红豆情缘,当属钱谦益这对夫妻了吧!

顺治十八年（1661）五月，十二年不曾开花结果的红豆树，居然在钱谦益八十大寿当年，"百花如珠，幽香浮动"。赏花的人，唱和的人都是不少的，其族侄钱遵王的和诗，是最为出色的一组。

这年九月，红豆果然长出来了。

院落秋风正飒然，一枝红豆报鲜妍。
夏梨弱枣寻常果，此物真堪荐寿筵。
春深红豆数花开，结子经秋只一枚。
王母仙桃余七颗，争教曼倩不偷来。
——（清）钱遵王《和诗》

将亲采的红豆赠予爱郎，柳如是无疑是幸福的。钱谦益喜不自胜，赶紧为之题诗，钱遵王便又和了一组诗。

他们的红豆树，是从海南移植过来的，能在常熟开花结果，已经很不容易。

这世上，熟悉柳如是的人很多，但懂得她的人很少。所以，她很清楚自己，为什么会在与陈子龙堕入爱河，与生命中的候选良人们有过酬唱之后，最终选择在崇祯十四年（1641），芳华正茂时，嫁给大她三十来岁的钱谦益。

淞江，芙蓉舫。不过一个小妾，也能凭着大哗舆情的水上婚礼，攫住世人的眼球，她真没什么不满意的。嫁给他，正是美人配名士，天生此一对。

起先，他们住在绛云楼。

其实，爱巢的男主人也让她失望过。别浦盈盈啊，为了已在旧朝破灭的理想，能在新朝一股脑儿地实现，他总是不停地去去来来，最后做了一个受人唾弃的贰臣。

她劝他不要为名缰利锁羁绊住，可他不听。好一番折腾后，钱谦益再次回到原来的起点。他有些狼狈，也有些无措，尤其是，顺治五年（1648）时，他被人牵连入狱。

患难方见真情，关键时候，还是她放不下他。女儿也在这时出生了，她是他们爱情的黏合剂。

顺治七年（1650）时，绛云楼毁于一旦，几番辗转之后，他们住在了钱谦益幼时住过的芙蓉庄。因着移来的一双红豆树，辉映着庄中的梧桐树，故此，钱谦益便将这个新的爱巢更名为"碧梧红豆庄"。

只可惜，其中的一棵红豆树，没能活下来，这分明是一种预兆。"梧桐半死秋霜后"，也许红豆树也时如此，对于未来，它是有着感应的。

就在钱谦益生辰后不久，红豆山庄遭人抢劫，家中已是荡然一空，就连他们给女儿预置的嫁妆，也被贼人尽数掳了去。这是个伤心地，再也住不得了。

作别碧梧红豆山庄后，钱谦益重病不起，于康熙三年（1664）辞世，柳如是亦投缳自尽，只余那一棵红豆树，还浓荫如盖，将一段爱情故事，传唱至今。

红豆葳蕤，频诉相思，每一颗都是有情人的心脏。

第九章　投我以木瓜，报之以琼琚

　　婚后的时光，无非是明月光下，绿鬓郎伴着红颜女；凤凰台上，赤玉箫和着绿玉笙。人世间最好的年华，最美的韶光，便也如此吧。

——小引

【玉音传】

　　尝闻秦帝女，传得凤凰声。
　　是日逢仙子，当时别有情。
　　人吹彩箫去，天借绿云迎。
　　曲在身不返，空余弄玉名。

——（唐）李白《凤台曲》

　　自从周岁起，弄玉便与玉石结下了不解之缘。
　　那一天，"拭儿"之礼时，满目琳琅之中，她挑选了一块别国进贡的碧玉。她的父君，正是被后人誉为"春秋五霸"之一的秦穆公。
　　小女儿爱极了碧玉，父君便替她取名为"弄玉"。
　　凤凰台上，慢慢地有了一个娉娉婷婷的身影。起初，城中的百姓不明白，为何百鸟会应着台上逸出的笙声翩然起舞。直到有知情人传出，秦公的幺女弄玉在那儿吹奏笙曲的消息。

早就听闻，这个小公主娇美明慧，世无其二，秦公见她十分珍爱那块碧玉，又喜好吹笙，便命人将碧玉打制成笙，时时伴携她左右。

虽无缘见弄玉公主一眼，但那凤凰台上洋洋盈耳的笙音，已让他们身心沉醉，沉醉得不知今夕何夕。

今夕何夕啊，不觉间，弄玉已至婚龄。

以她之貌之才，自然是该做国君夫人的，这个世人都心照不宣，邻国的公子们也都心旌摇曳，纷纷来访，生怕自己晚了一步，错失了一段好姻缘。

可弄玉不愿。她说，她要嫁的人，定是雅善音律的知音人。她希望，父君给她自由择婿的机会。

秦公惊住了，媒妁之言父母之命，这早已是不容挑衅的世道。和许多父母一样，他本是不答应的，可某夜，他在凤凰台上，窥见她独对玉笙暗自垂泪的模样，恍惚间，自己的心也震颤了起来。

彩羽的鸟，不再来了，因为弄玉不再吹笙。

霸主再怎么强势，在娇女的跟前，也不忍再坚持己见。依从她一次，也许她可以得到一辈子的幸福，也许他可以得到后半生的安心。

是缘分，就必然会来的，一切只是早迟而已。

仲夏的夜，月光水一般静缓流泻，泻在弄玉素色的帛衣上，遥望而去，凤凰台上便似有了一位姑射仙子。她吹着笙，目光悠远而幽怨。

灵山多秀色，空水共氤氲。微风中，漾来一缕箫声。箫声里有怨，那是知音人不曾得见的轻怨；箫声里也有慕，那是多情人悬心已久的恋慕。

就这样，他箫，她笙；她吹，他和。一声又一声，一曲又一曲。

在笙箫的合奏中，百鸟比平日还要欢悦，仿佛是在庆贺一双乐痴的邂逅。箫声时近时远，弄玉不知，他与她是有咫尺之距，还是有天涯之隔，但却知道，她的缘分已经到了。

深知女儿心意的秦公，自然要想方设法成全她的缘分。多方打听之下，他得知以箫曲打动女儿芳心的人，正是百里外太华山上的一位少年。

他叫萧史。正是鲜衣绿鬓的年华，容颜如玉，与那手中的赤玉箫相仿佛。秦公却不放心，生怕给女儿找错了郎君，于是，要验明正身。

第一曲，清风如缕，掠过秦公耳鬓；第二曲，彩云如聚，浮在弄玉身前；第三曲，丹顶的白鹤翩然飞来，开屏的孔雀悠然栖落……

没错，是他。萧史和弄玉相视而笑，两手相牵。

婚后的时光，无非是明月光下，绿鬓郎伴着红颜女；凤凰台上，赤玉箫和着绿玉笙。人世间最好的年华，最美的韶光，便也如此吧。

然而，他们始终心有遗憾。

这样的年代，板荡不息的年代，有多少得意之人，变成一无所有的贫儿怨女,便有多少昔日盛景,化为生前身后的断壁残垣。人事代谢太匆匆!

亏得父君的庇佑,他们才能在这俗尘中,经营自己的一方清净天地。但,他们没忘了,人世始终是人世,今日对花成饮的繁华,未必不会沦落为明日与草俱长的春愁!

再说,他们这种异于常人的生活方式,也并不为俗世所容。恼人的闲话,他们就算可以装作充耳不闻,心里也不会不存芥蒂。

最后的最后,他们选择归隐。

神话传说中,萧史和弄玉,终在一个吹箫捧笙的日子,在一对龙凤的召唤下,飘然而去,飞入月宫之中——他们已修成正果,延寿升仙了。

荏苒年光暗中换,他们再也没有回来。

可以肯定的是,见证了他们爱情的赤玉箫和碧玉笙,是被他们一并带走,并相伴终生的。因为,人们偶尔会在月色分外皎洁的夜,听见高低相和的乐音。

玉做的笙箫,像他们的心灵一样澄净。

鸳鸯枕,细细说。
红帐里,一炉沉香如波。
费多少,耳鬓厮磨。
对银灯,香衾还是,韶华无多。

【永为好】

> 丘中有麻，彼留子嗟。彼留子嗟，将其来施施。
> 丘中有麦，彼留子国。彼留子国，将其来食。
> 丘中有李，彼留之子。彼留之子，贻我佩玖。
> ——《诗经·王风·丘中有麻》

那一年，那一天。

土坡上，也许丛生着一片大麻，也许蓬勃着一块麦田，也许还茂盛着一座李林。女子已经记不清了，但这也不重要，重要的是，这里那里都留下了他和她深爱的足迹。

他的步伐是稳健而悠缓的，仿佛他缠绵的爱意。于是，他们的野宴，他们的野欢，都是绚烂的烟火，燃烧着彼此，也成就着彼此。

此心悠悠，一处同。

最后，他赠她以玉，莹洁光润的佩玉。他们定了情，余下的，应是父母的会面恳谈，再是，纳彩、问名、纳吉、纳征、请期、亲迎……

终于，在某个良辰吉日，他将她拥在怀里，做她一生的良人。

> 投我以木瓜，报之以琼琚。匪报也，永以为好也！
> 投我以木桃，报之以琼瑶。匪报也，永以为好也！
> 投我以木李，报之以琼玖。匪报也，永以为好也！
> ——《诗经·卫风·木瓜》

这个男子，看着似乎是有些痴拙的。

在交换定情信物之时，女子送她的不过是果子，他却赠她以玉佩。在旁人眼中，这可真是傻气冒泡的。

可只有他自己知道，爱情不是买卖，便不能用买卖的办法来计算。除了玉，他想不出，还有什么样的信物，能如此恰合他的心意。

心心相印，他是懂她的。在那两手相触的一瞬，透过他澄明的眼波里，她看见了他的心。最后，他说："匪报也，永以为好也！"

因为珍视，所以，他要他们永远在一起。可要永远在一起，又谈何容易？

君不见，后世有人昵昵痴痴，说她听着永夜漏寒，怨着情郎负心，不觉间已被如潮的思情，淹没了整个儿。伤心极处，她甚至说，"换我心，为你心，始知相忆深"。

这世间，到底是以物易物，还是以心换心，才能让爱情坚如磐石，才能让恋人永以为好？

无解。但眼下，只愿以物表心，以物传情的男子是真诚的，故而这一刻的两意相得，已凝成了时光的琥珀，隽永长存。

为什么说，他非送她玉佩不可呢？

原来，早在先秦时期，便有配玉在身的习惯。玉佩固然标志着身份贵贱，但人们佩玉在腰，也不仅是因玉之贵重，也是因着玉之品格。

"玉之美，有如君子之德。"仁、智、义、乐、忠、信，是谓"德"。

谦谦君子，当如玉，所以，他们说，"有匪君子，如金如锡，如硅如璧"；所以，他们，还说，"彼其之子，美如玉"。

所以说，"君子无故，玉不去身"，除非他有了爱人，或是知交。这时候，契合君子之德的玉佩，交与别人珍藏他也甘愿。是这样的，佩玉佩玉，佩的是德，赠的是情啊！

"有美人兮，玉佩琼琚，吾梦见之"，"白茅纯束，有女如玉"，当然，不唯男子每每被比貌或是比德于玉，女子亦如是。

颜如舜华的女子，在牛车之上，与男子同行时，那人心潮如沸，觉得她身佩的莹润美玉，像是在表露着她的心迹。

听，是什么在响，是玉佩的脆响么？不，那也是她在向他发出，永以为好的约誓！

说来，要将玉佩好生系在腰畔，也应配上一点装饰物才是。所谓是，"何以结恩情？美玉缀罗缨"，这罗缨怎么缀，必然还是要用"结"的。

系于腰间的彩色丝带叫作罗缨，这可不是寻常私物，等闲不可让人触碰的。待嫁的女子，要是愿为男子结缀罗缨，对方也不言拒，那么彼此的情意便都显豁了。

便如黛玉，定下心意为那人缀了罗缨，其心思幽折之处，有情人又怎能不心领神会，不为此心动怦然呢？可憾，后来她一时负气，竟一剪子结果了这缨玉之情。这一剪呵，便成了谶兆。

出嫁之前，母亲要亲手为女儿"结缡"。如果运气够好，女子人生的那一头，也许是"永以为好"的美美满满，但无疑，今生的这一头，却是"亲恩难报"的悲悲切切。

很久以后，母亲千叮万嘱的话语，与束结罗缨的手势，都铭刻在女子的记忆里，直到，银丝频添的她，为她的女儿结缡之日，都不曾淡去。

【解环佩】

子佩白玉而玄组绶,诸侯佩山玄玉而朱组绶,大夫佩水苍玉而纯组绶,世子佩瑜玉而綦组绶,士佩瓀玫玉而缊组绶。

——《周礼·玉藻》

古之君子必佩玉。

赠人以玉,需先看他们之间心灵是否契合,而君子佩玉的种类,则要以礼法来规束。是用白玉、山玄玉、水苍玉,还是瓀玫玉,乃至于配上何种颜色何种规模的组绶,都得由他们的身份来决定。

组绶,便是用来系玉的丝带,本来不过是起着穿联玉器的作用,但渐渐地,又用以系印,及至汉时,较为系统的佩绶制度便形成了。约三指宽的绶,其上织有丙丁纹,颜色和绪头,都有着等级之别。

官印颁下当日,组绶将与它一并伴着主人,直至他离职那日。

因为绶是较长的,所以在打成结带之后,还有余裕。垂下的部分曳于腰际,无疑是美观的,既然美观,女子们自然更是乐见其存。

因着这种心态,她们也是有样学样。

比如说,汉代时,皇帝时常将"绶囊"赏赐于臣工,与组绶一道挂在腰上,用以盛放印信,女子们瞅着方便,便也依样画葫芦,给自己也做上一个。

当然,她们是没什么印信可盛的,但小物件却很不少。

岁时流转，到了两宋时期，也许是女子们觉得绶囊与玉佩一并挂在腰间，会互相妨碍，于是，这绶囊便系在了胸前。

同时，自腰以下则用极长的组绶，套上玉环来贴压裙幅，免得裙角在行走时走了样。

因此，结环加玉佩的"玉环绶"，有个十分应景的别名，叫作"禁步"。通过"禁"的方式，来演绎"步"的清韵，这其中的深意，不言自明。

一边是禁，一边却是美。多年以来，由禁步续延而出的娟美风姿，真不知有几多。

不得不提的是，绶囊是系在胸前的，而后世还有一种玉饰物，也同样挂在那里。一个具有实用价值，一个用以修饰仪容，如何取舍还是由女子们自己说了算。

环佩，以金丝结成花珠，间以珠玉、宝石、钟铃，贯串成列，施于当胸。便用则在宫装之下，命服则在霞帔之间，俗名坠胸，与耳上金环，向惟礼服用之，于今亦然。

——（清）叶梦珠《阅世编·内装》

叶梦珠所说的环佩，在此时更宜称作"缀胸"，因其形制与佩戴之所，已与起初的模样，大不相同。"行步则有环佩之声，升车则有鸾和之音。"这是《礼记·经解》中的解说。

一般认为，大孔的璧，叫作"瑗"；中央有孔的玉器，叫作"环"，将这两者并在一块儿，便是最为原始的环佩。

"万点秋光上画屏，隔花环佩响东丁。"之所以会叮咚作响，便是因着玉与璧的碰撞，格外悦耳，不经意间，便已成为他人耳中的风景。

除了环佩,时常见诸记载的,还有杂佩。顾名思义,杂佩即是将各类玉制品,缀连一处而成的佩饰。珩、璜、琚、瑀、冲牙之类,都是可以的。

女曰:"鸡鸣。"士曰:"昧旦。子兴视夜,明星有烂。""将翱将翔,弋凫与雁。"

"弋言加之,与子宜之。宜言饮酒,与子偕老。"琴瑟在御,莫不静好。

"知子之来之,杂佩以赠之。知子之顺之,杂佩以问之。知子之好之,杂佩以报之。"

——《诗经·郑风·女曰鸡鸣》

想想看,这情形也真是有趣。

大清早的,夫郎不愿起身,反倒是说公鸡鸣唱是作不得数的,天上星辰都还闪着光呢。于是,妻只得柔柔地劝,要他起身去行猎。

言下之意便是,淹恋枕衾,不是男儿本事。

这下子,男子再也睡不着了,只得起身出门,她的祈愿却在这刻响于耳畔:一愿郎君所获丰盛,二愿两人白首偕老。至烟火的,也是至温暖的,两情静好的岁月,便该是这样。

知她情深一片,男子已是感动不已,腰间所系的杂佩,便是他拳拳心意的誓物。

转身而出,身后隐有杂佩叮咚,他的唇边也漾出了今日的第一缕微笑。

【与君绝】

问婢,婢出红巾曰:"娘子暂归宁,留此贻公子。"展中,则结玉玦一枚,心知其不返,遂携婢俱归。虽顷刻不忘小翠,幸而对新人如觌旧好焉。

——(清)蒲松龄《聊斋志异·小翠》

旧人小翠走的时候,留给了元丰一枚玉玦。

也许,不是每一个男子都如焦仲卿一般,放不下旧人留下的信物,放不下与旧人共度的晨昏,元丰心念着小翠,但也坦然接纳了新人。

他本是一痴儿,十六岁了连雌雄都还分不清,好在他有了小翠。这全是因着父亲王太常当年,没有赶走前来躲避雷劫的狐狸。心存善念的人,也该多有福报吧!王太常在科场和官场上一路亨通,一直做到监察御史。

当年那只狐狸为了报恩,便将美丽可爱的"乡下姑娘"翠儿,送到了恩人身边。新媳妇小翠虽说也经常戏弄傻夫君,也闯出不少祸事,但心却是善的,还帮他们对付了政敌王给谏,治好了元丰的傻病。

按说,一切都该圆满了,奈何人妖有别,小翠根本不能生育——且不说,人性的鄙陋之处,让她越发思念母亲,思念他们那个纯美的世界。

终于下定决心要走,于是她一面悄悄改变着自己的样子,一面劝服元丰去向钟家提亲。

迎了新娘,元丰惊异于她与小翠毫无差异的容貌言谈。

转身去寻小翠，她却早已消失于人海。摊开丫鬟转递的红巾，只见那上面系着的，是一块玉玦。

好狠的心，她竟是要与他永诀了……

可事实果真如此么？不，不是的，不是的。其实，她也知他长情，怕他一时承受不来，这才渐渐幻化成钟家闺女的模样，让他不必再对她牵肠挂肚，念念不忘。

她的心思，他岂能不懂？道是无情却有情。

什么是爱？为了爱，她能狠下心肠与君长绝；为了爱，她可以抹去自己在他心里的最后一点影像。让他可以对着新人，能够坦然；让他可以怀着旧人，也能释然。

情深，一至于斯！玉玦，并不如月。梧桐上的缺月，缺了还会再圆，但它从一开始便是残缺的，倔强地残缺着。

"玉玦，形如玉环，四分缺一。"唐人段成式，在《酉阳杂俎·忠志》中这样解释。形如环，上有缺口，号为"玦"，说的其实是"决"，是"绝"，也是"诀"。

说它是"决"，那是因为，它可以被美喻为主人的富有智慧的决断力。"君子能决断则佩玦"，说得多明白。

说它是"绝"，那是因为，父子朋友之间，若是恩断义绝，便可赠对方一玉玦或是金玦。如此一来，彼此心领神会，此后你走你的阳关道，我走我的独木桥。

当然，这关系要是延展到君臣之间，便意味着罪臣再难有翻身的一日。想必，这玉玦也是等闲不能送的，须得在心里权衡掂量，方可示之于人的。

玉玦中，也不尽是杀伐决断的果毅，与两两相厌的断绝。

最痴诚的爱，莫过于，在某一天，女子向上苍呼告，愿得其祉佑，佑她与情郎彼此相知，永以为好。

与君相知，她是不悔的——除非，巍巍高山，成为记忆里的沙砾，只遗了荒草蔓生的平地，任人踩践；除非，滔滔江水，成为记忆里的水滴，只余下干涸枯竭的旱土，供人凭吊。

再除非，雷声翻滚了寒冬，白雪纷飞了炎暑，阴阳聚合了天地……

其实，她知道，这些都不会发生，所以，所以她才以此立誓，一遍一遍向他诉说，她的心，但至彼时，"乃敢与君绝"！

铿锵的誓言，从来都是世间最好听的情话。只是可惜，我们没有太多的力气，去背负誓言的重量，于是，最后我们没有等到山无棱，没有等到江水竭，便已作别了心头旧爱；于是，最后我们不曾见过阵阵冬雷，皑皑夏雪，已然背转身去，与君长绝！

却原来，自己才是自己的神祇，怨天尤人，是最可怜可悲的笑话。

不知道，翠儿回到她原来的地方，有没有想起过，以前她骗元丰去捡布球的闹剧，以前他们扮作霸王虞姬的趣事，以前他犹疑地看着她美得陌生的脸，而她插科打诨，一笑置之的神情……

与君长绝，各自天涯，这不该是认真爱过的人们，最后的归宿。

第十章　玉纤倒把罗纨扇，屏山半倚羞人见

　　锦时芳年，在香君的怒斥声中，如桃花扇一般萎谢无踪，托迹黄尘。她撕扯着，也决裂着。换来他的黯然离场，余生长恨。

——小引

【桃花血】

　　白骨青灰长艾萧，桃花扇底送南朝。
　　不因重做兴亡梦，儿女浓情何处消。

——（清）孔尚任《桃花扇》[1]

　　如果明王朝没有覆亡，如果南明王朝能收复旧山河，李香君会以为，她还是秦淮河边画舫上，那个美丽无忧的歌女。

---

[1] 在戏剧《桃花扇》中，孔尚任将令人遗憾的结局改为，侯方域不曾降清，二人在祭坛相遇，被张道士以家国之恨一语点醒，双双入道。

那一天，杨龙友置酒为复社首领之一侯方域接风洗尘。"烟笼寒水月笼沙"，烟月、笙竹、女乐，和谐而悲伤地氤氲一处。"商女不知亡国恨，隔江犹唱后庭花"的诗句就这样浮出江面，涌至眼前。

叹！想起复社文人所写的留都防乱公揭，想起奸猾老辣的阮大铖，因犯众怒而被社友痛打，侯方域忍不住嗟叹出声。

没有早一步，也没有晚一步，李香君适好听得他的叹息，不免心有戚戚，曼声答道："不知亡国恨的岂止是商女……"

她不是怨他责备歌女懵懂无知、没心没肺，小杜《夜泊秦淮》一诗的本意原来便是谴责使唤歌女的糜烂文人，她懂。

她懂小杜，也懂侯方域心底的深沉哀伤。大明气数将尽，已是朝不保夕。而侯方域也不可能不对这样一位既有真知灼见，又有侠骨热肠的女子不感兴趣。

得一知情解意的红粉佳人，一直都是他除了抗清事业以外的另一个理想。一开始，他就知道，他们之间可以有儿女私情，也可以有家国大义。

第二日，杨龙友偕侯方域去媚香楼拜访香君。不巧的是，香君这会子正与姐妹们做"盒子会"，照惯例是不见客的。

香君养母李贞丽便教了他一个法子，将扇坠稳稳地抛往美人妆楼。

（大叫介）这几声箫，吹的我销魂，小生忍不住要打采了。（取扇坠抛上楼介）海南异品风飘荡，要打着美人心上痒！（内将白汗巾包樱桃抛下介）（丑）有趣有趣！掷下果子来了。（净解汗巾，倾樱桃盘内介）好奇怪，如今竟有樱桃了。（生）不知是那个掷来的，若是香君，岂不可喜。（末取汗巾看介）看这一条冰绡汗巾，有九分是他了。

你抛，我掷。爱情，便在这一抛一掷间，微微漾开涟漪。

生活却很现实，不予李妈妈一些妆奁花销，他是不可能有资格为香君梳拢的，杨龙友愿帮这个忙。但彼时，为他们所不知的是，这笔钱，是阮大铖以杨龙友之名赠予的。

定情便在这夕，月上梢头，题诗扇上，是为定情。

（末）夜来定情，必有佳作。（生）草草塞责，不敢请教。（末）诗在哪里？（旦）诗在扇头。（旦向袖中取出扇介）（末接看介）是一柄白纱宫扇。（嗅介）香的有趣。（吟诗介）妙，妙！只有香君不愧此诗。（付旦介）还收好了。（旦收扇介）

浓情如花酿，黑甜共一乡，被翻睡鸳鸯。

秘密总有被戳破的一日，何况，阮大铖本来就有拉拢侯方域的打算，香君也诧异于杨龙友慷慨的赠予。便在第二日，杨龙友实话实说。

侯方域真的还不够了解香君，他以为她只是侠骨热肠的女子，哪知她还是个疾恶如仇的义士。他永远忘不了她摘下珠翠，卸下罗衫，冷着脸请杨龙友退还三百两银的那一幕。

他愧，他也喜，蓦然间得到这样一个女子，是他三生有幸。

不久后，崇祯帝吊死煤山，阮大铖参与扶持福王为帝，一手遮天，大肆搜捕报复复社文人。侯方域无奈，只得避祸而去，投奔史可法。

为泄私愤，阮大铖献计买下李香君，送与田仰做妾。香君誓死不从，情急之下以死明志。

砰！她撞在桌边，昏厥于地。

那柄定情诗扇随她孱弱的柳身，晃晃而落，又被满溅了殷殷血迹，斑斑心伤。杨龙友有些慌，也有些臊，思忖再三，在那定情诗扇上，纵情点染，遂成桃花几枝入诗行。

机缘巧合，香君托师父苏昆生带桃花诗扇给情郎。她要交付的痴心，尽在扇中，他并不是不为所动，然而，荏苒八年已过，在情与命两难的抉择中，他选择了后者。

他终于堕了志气，折了骨气，和很多整天缩在女人怀中，寻找安慰的软弱文人一样，降了新朝！

香君不在乎，她后来又经受了多少折磨——乞降于清的阮大铖是不会放过她的。

但她看着他光秃秃的脑门，新崭崭的朝服，她只觉她的整个世界，是在这瞬，才天崩地坼，坍成碎片的。变节投敌，这是他！是他！是那个嗟叹着"商女不知亡国恨"的他！

嚓！锦时芳年，在香君的怒斥声中，如桃花扇一般萎谢无踪，托迹黄尘。

　　她撕扯着，也决裂着。换来他的黯然离场，余生长恨。但那又有什么用呢？他已失去了，他不够爱的她，还有他的国家。

【小团圆】

青青林中竹，可作白团扇。
动摇玉郎手。因风访方便。

——（南朝梁）沈约《团扇歌》

"摇风""凉友"，都是扇的雅称。

毫无疑问地，提起扇子，"生风取凉"是人们对它的第一印象。

早在远古时代，将随手取来的树叶或禽羽稍作修改，便是一把扇。除了引风，还能障日遮阳。扇初源于此，但其名尚为"障日"，在后世形制也都大有变化。

"舜广开视听，求贤人自辅，作五明扇。"仿照雉尾扇制成的长柄扇，是帝王仪仗中所用的一种掌扇（障扇），有着怎样的寓意，一望而知，毋庸赘述。这时，扇亦称之为"翣"。

及至汉时，"以扇逐暑"，才成为时尚。一如《淮南子》中所说，"夏日不披裘，冬日不用翣"。

大抵是因为，最早的扇来源于树叶或禽羽，所以，蒲葵扇、羽扇以及细竹篾编形制成的"便面"，比团扇出现得更早。

近世通用素绢，两面绷之，或泥金、瓷青、湖色，有月圆、腰圆、六角诸式，皆倩名人书画，柄用梅烙、湘妃、棕竹，亦有洋漆、象牙之类。名为"团扇"。

——（清）王廷鼎《杖扇新录》

从汉时起，团扇便成为主流。团扇有柄的灵感，显然还是来自于掌扇。从王廷鼎的描述中，不难看出，团扇的材质，与其所用的工艺。

的确，要做成一把好团扇，两面紧绷的手法，恰到好处的装饰，与丰富多变的样式，都是顶重要的。

宋朝之前，俗称为"扇"的，几乎都指的是团扇，"宫扇""纨扇"，都是它的别称。更好听的名字是"绢宫扇""合欢扇"，于妃嫔仕女们更为相宜。

团扇，团扇，美人并来遮面。
玉颜憔悴三年，谁复商量管弦？
弦管，弦管，春草昭阳路断。
——（唐）王建《宫中调笑·团扇》

合欢，合欢，听着就是一种圆满，只不过，现世的圆满，大多数不是圆了又缺，便是从头至尾只是心造的境，让女子溺在其中，无从解脱。

美人是妍妙可人的，手里所执的合欢扇，正是"团团如明月"，皎白的纨素，亦如她心灵一般净美。只可惜，"红颜未老恩先断"，如班婕妤，由承恩到失宠，不过在一夕之间。

还是她自己说得好啊，"弃捐箧笥中，恩情中道绝"，昭阳殿的歌吹，已被萋萋春草尽数遮断。过去，已经都过去了。

只是，她必然想不到，她的命运，会被后世的诗笔一直恬记着,"秋扇见捐"的典故,已将她牢牢钉扎于弃妇之列,再也扯不下来了。我想,班婕妤她或许更愿被人遗忘。

私夜必见污,葛屦必遭践。
生世不为男,托身况微贱。
悲痛只在心,憔悴更障面。
出入怀袖中,羡郎白团扇。
——(元)赵文《团扇歌》

不妨,将视线转开,来看看晋代中书令王珉,与嫂婢谢芳姿的情事。

扇是贴身之物,人有旖旎之情,可是礼法摆在那里,嫂嫂的威严也必须外露于行,于是,她狠狠鞭笞了芳姿,末了还命其唱歌赎罪。

情不知所起,一往而深。该唱点什么好呢?心里哀戚一片,出口已成缱绻。她想起,王珉时常执一把白团扇……

"白团扇,辛苦无流连,是郎眼所见。"她哀哀地唱。她不期待,女主人能垂听她的心声,她要的也只是个诉。是的,与其说是赎,还不如说在诉。

歌词很快传了出去,王珉也得知此事,可她怕他为她担心,只唱道:"白团扇,憔悴无复理,羞与郎相见。"

故事,再到后来,便真成故事了。芳姿是将满腹爱意埋在心底,王珉的想法如何,已不得而知。总之是,爱情一旦为身份所隔阂,便很难不走向荼蘼末路。

七宝画团扇，灿烂明月光。

与郎却喧暑，相忆莫相忘。

——（晋）桃叶《团扇歌》

应该是，有过遗憾的人，才会格外懂得爱，懂得珍惜他所爱的女子吧。于是，王献之虽然跛着脚，却依然甘愿在风急雨大的渡口，迎送他的恋人。

"桃叶复桃叶，渡江不用楫。但渡无所苦，我自迎接汝。"他深情款款，她也柔情惜惜，为他执扇，也为他吟诗。

相依的人，若能永相忆；相望的人，便可不相忘。这真是痴心女子，寄付于团扇之上的，最美好的誓约了！

"开合清风纸半张，随之舒卷岂寻常。花前月下团圆坐，一道清风共自凉。"在一个流淌着热意的暑夜，有动听的情话，有慢摇的凉风，便已是人间最好时候。

【比翼齐】

孟昶夏月水调龙脑末，涂白扇上，用以挥风。一夜，与花蕊夫人登楼望月，误堕其扇，为人所得。外有效者，名雪香扇。

——（宋）陶谷《清异录》

嗜香的古人，走到哪里都对此念念不忘。

不去计较孟昶终于亡国，花蕊夫人终于另嫁的憾事，只看当年彼时的明月楼中，那相偎相依的一双人儿，还是颇让时人羡慕的。

因着羡，白扇坠楼后，拾得的人便对那异香着了迷；因着羡，旁的人也忍不住要去复制那份美丽。一时间，雪香扇成了俏货。

用碧纱粘扇，盛暑御之，轻倩多风，眉睫清朗，一时仿效者颇多。

——《杖扇新录》

纨、罗、纱，都可用来制扇。

纨是一种细绢，因此，以"纨扇"来代指绢扇，也是常有的事。纨扇圆洁，且"皎洁如霜雪"，故而"冰纨"这样幽韵清凉的名儿，每每出现于诗文之中。

名头听着极美的扇，还有好些。轻摇着碧纱扇，任那沁人绿意，去皴染清风，漂绿眉睫，想想都令人绝倒。

宫商声相和,心同自相亲。
我情与子合,亦如影追身。
寝共织成被,絮用同功绵。
暑摇比翼扇,寒坐并肩毡。

——(晋)杨方《合欢诗·其二》

世间最是女子多情,恋上一个人,满脑子想的,便也都是浪漫的事,比如,在炎炎长夏,他们要在一起摇扇,这扇也不能是寻常的扇,须得是比翼扇。

要说比翼扇,自然得说起它的前生——麈尾扇。

据传,南朝梁简文帝萧纲,对前代的麈尾加以简化,并在纨扇上,加了两小撮鹿尾毛。比翼扇,则是将那上端改作鸟形,略作变化而已。

其实,不过是用这个来代表翅膀,象征神祇天女下凡而已,但人们一旦给它这样的名字,它自然也就变成了爱情的信物。

"来与子共迹,去与子同尘",只是因为爱,比翼齐飞便成了女子最大的心愿。

各种质料的团扇,一直到明清都仍在流行,这其中最具特色,也最奢侈的,怕还是茧扇了。顾名思义,这茧扇是以蚕丝为材料的。

为了蚕丝能细密地组钎,人们会事先用白苣的叶子喂养数十只蚕,待到它们吐丝前,便将之纳入银盘或漆圆盘里。

一直等到春蚕丝尽而终,再将其茧粘结成薄片,既光洁匀密，又柔韧有型。这时，再用茧片来制扇，便是极为稳妥的了。

春蚕到死丝方尽，总觉得在春丝成茧时，有一种不可言说的悲意，就此凝定。一如爱情之路，若是将自己围在原地，跳不出那个怪圈，那么辛劳奔走一场，最后被感动的，也许只有自己。

有句话，叫情深不寿。不过，古往今来，情深无悔的人从来也不少，于是，在历史深处，总有那么多的故事，会打湿我们的眼睛，乃至魂灵。

这样的一把茧扇，在赠人那一刻，其实已将幽秘的心思，镌刻其间了——只不知，接过茧扇的女子，是否明白此间的深意。

团扇因其纤美的外形，和美好的寓意，一直以来都是闺中女儿的爱物。应该说，时风的变化，主要还是由男子带动的。

很可能，早在南朝时，就已有了最原始的折扇。《南齐书》中所说的"以腰扇障日"，后世《通鉴》考证为：腰扇，即摺叠扇。

只可惜，目前尚无实物为证，且此扇虽有折叠之态，但应该以薄竹片、木片为料，不像后世今日的形制，用纸裱糊，或是用与制团扇一样的材质做扇面。

时风，从宋时开始变化。折扇，又称为"折叠扇""聚头扇"，所谓是"以蒸竹为骨，夹以绫罗，贵家或象牙为骨，饰以金银"，宋时的折扇已十分精美。

从传世书画作品中不难看出，至少在南宋时，女子已不全是使团扇的了。而这折扇，宋人自己却认为，是从高丽传入的。

这并不奇怪，先前未曾流行起来的东西，传出以后，又以被改进过的形制，被重新引入，这是再寻常不过的事。

到了明代，具有"卷舒之便"的折扇，大为流行，这应该是时代的选择。即便是，有些思想保守的人，慨叹说，先前只是妓女才用折扇，如今良家妇女竟然也乐意用这个，显然是风俗益发败坏了。

此等陋见，今人听之，一笑而已。

最有特色的折扇，莫过于油扇。取料做扇骨，裱纸题诗作画的程序，与一般折扇无异，但末了还要上油晾干。这样一来，扇弧可以做得很大，扇面也更结实，风力自然数倍于其他。

因此，油扇造价不菲，且为时髦之选，用来赠送情人，也是极好的。

说到底，扇之一物，起初本就是用于"生风取凉"的啊！兼顾实用价值和审美价值，这是再好不过的事了。

【却扇诗】

雾夕莲出水,霞朝日照梁。
何如花烛夜,轻扇掩红妆。
良人复灼灼,席上自生光。
所悲高驾动,环佩出长廊。

——(南朝梁)何逊《看伏郎新婚诗》

凤冠霞帔,大红盖头,应该是今人对古代婚俗最大的印象了。

其实,约莫从后晋至元朝,才在民间兴起了盖头。至于凤冠霞帔,更是后来富家女子出嫁时的装束,或是官员夫人的礼服。

毋庸置疑的是,此前新妇出嫁,也是要掩住面容的。犹记,《吕氏春秋》中说:"人有新娶妇者,妇至,宜安矜烟视媚行。"

安者,从容;矜者,谨慎;烟视者,眼波流动不直眄;媚行者,动止羞缩柔媚安徐。

这便是新妇初入门时该有的姿态。可是,亲朋好友们都预先将新妇看个够了,还余了什么给新郎呢?自然是面容。

要掩住新妇的面容,靠的正是团扇。

不过,这"看客们"看也不是白看,文人雅士一旦看了,提笔就得作一首诗。"何如花烛夜,轻扇掩红妆",写得真美,真风流。

成婚了，于叮咚环佩声中，伏郎迎来的红妆新妇，柳腰徐步，最是婀娜不过。而她在缓揭团扇的那瞬，莲脸半露——第一瞥里，也只有他能看懂的脉脉情长。

　　这必是一个终生难忘的夜。一眼望穿，不若"隔"，不若她隔扇投来的第一瞥里，杂糅了忐忑、期待、羞怯的眼波。

　　当然，这一眼，也可能含着惊喜。

　　晋人温峤凤仪俊美，却不幸丧妻。其堂姑刘氏，唯余一个娇美可爱的女儿，唯恐她没个好归宿，忙不迭托温峤牵线。哪知呀，温峤早有续弦之意，又不好直言，便试探说当此乱世，好婿难找，如他这般才貌的，是否称堂姑的意。

　　堂姑倒是没听出他的真意，只说能让女儿有个依靠，她便很满足。也许是，被红线牵系的人，总是心心相通的，温峤不过是"代"送了个玉镜台作为聘礼，新郎的真实身份，却早已被新妇看穿。

　　于是她笑，在行礼之后，拨开团扇时，娇笑道，还真是你这老小子。

　　自新妇出阁起，就要以扇遮面。扇是要一直拿在手中的，纵是在拜堂拜客时。低垂的扇，直至嘉礼已成，与君独处时，才可放下。

　　没承想，这一放，还真应了她几日前的想象。"既婚，交礼。女以手披纱扇，拊掌大笑"，这还是个俏皮女子，惊喜之中，竟拊掌大笑。

　　温峤此举，大概也算是"骗婚"吧？却骗出了个惊惊喜喜，和和美美，此等佳话风流，真是让人心往。于是，"温公却扇",遂成千古佳话,隽永流芳。

到了唐代,却扇这种婚俗,更为普遍了。不唯如此,催妆诗、却扇诗,都应运而生。

新人交拜、撒帐之后,新郎须得作至少一首却扇诗,并在诗中诚意拳拳地,请新妇移去团扇。试想,若是在那当头作不出诗来,可就闹了大尴尬了,于是,预先备上一首,或是打好腹稿,这倒是很有必要的。

莫将画扇出帏来,遮掩春山滞上才。
若道团圆似明月,此中须放桂花开。
——(唐)李商隐《代董秀才却扇诗》

婚礼气氛升温,经由侍儿扶来,新妇已是不胜娇怯。

有道是"千重罗扇不须遮"嘛,想要一睹新妇芳容,新郎的却扇诗,便被旁人催了又催。可是,新郎乍见了团扇之后,那若远若近的春山眉黛,已然怔了,急得只字难吐,傻在原地。

这便是个例子。

谁也没想到,这董郎是个大秀才,竟然也有如此窘迫的时候。还好,他运气不算太差,围观者中,还有人代他解释,这一切,只怪新妇太美。

有多美呢?团扇如月,有美一人,芳姿如桂。桂,是说新妇,其实也是在暗指桂科。所以说,这首却扇诗,是替秀才解围的诗,也是预祝秀才与新妇婚后两情合欢,他日"蟾宫折桂"的诗。

不知道，新妇听着客人的祝福，该有何种心情呢？

与"轻罗小扇扑流萤"的娇憨少女相异，团扇后的娇美新妇，必须是矜持婉约的。由动到静，是闺阁女子的必经之途，一旦由彼及此，便再也回不去了。

以后的每一时，每一刻，都与他牵连成一体；以后的每一脉，每一息，都与他萦系在一起。缘分极深处，便是忐忑与期待。

第二辑 饰幽情

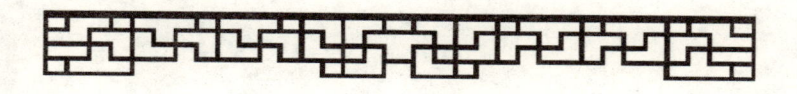

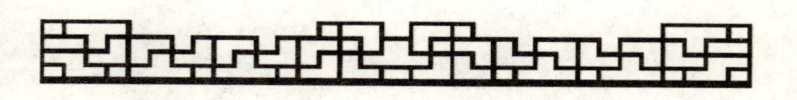

一片琳琅，饰了幽情。

理鬟挽髻，始于笄年。绮年玉貌，纤指玉臂，自有一段如雪肤光，等待着饰物的装点。那么，不妨以信物的名义，将此拳拳心意，一一递传。

发簪、凤钗、耳珰、臂钏、指环，也不知，诗里所咏所吟的，到底是前世的欢情，还是今生的清欢。又或者是，风起夕凉时，已然亘古不老的传说。

第十一章　簪髻乱抛，偎人不起，弹泪唱新词

　　天空云淡蓼风寒，透衣单。事无端，恨无端。潘必正想着与她初相见时，心也甜了，意也足了。她送他以碧玉鸾簪，也赠他以加冠之兆。

——小引

【忆鸾簪】

　　〔旦〕奴别君家。自当离却空门。洗心待君。君家休得忘了奴。有碧玉鸾簪一枝。原是奴家簪冠之物。送君为加冠之兆。伏乞笑纳。聊表别情。
　　〔生〕多谢多谢。我有白玉鸳鸯扇坠一枚。原是我家君所赐。今日赠君。期为双鸳之兆。

——（明）高濂《玉簪记》

　　离别的渡口，风很沉默。
　　但在交换定情信物的当口儿，他们已是两意相得，坚如磐石了。"早寄鸾笺"，是他们最后的约定。
　　金兀术南侵时，早有婚约的潘、陈两家，在兵乱中各奔前程。说来，倒也是指腹为婚的往事罢了，战火四逼中

谁还会为此执着地固守呢？

更为不幸的是，陈娇莲还与母亲失散了。乱世之中，一个浮萍一般的弱女子，该在哪里栖身呢？多年转徙无定的生活，让人倦极累极。

几番辗转，娇莲寄身在金陵城外一个女贞观中，庵主赐法名为"妙常"。就此，陈妙常在这清静地里，暂放了自己的魂灵。

这年春，有些不寻常。

春花飞洒，暮春渐去了，榜上无名的潘必正，觉得这春是似乎为他而凋零的。

落了第，哪有脸面回家还报双亲，只要姑母不撵他走，在这里多借宿几日，应该也是没关系的吧？凋伤的心境，盼等着情爱的滋养。

偏就那么巧，月下弹琴的陈妙常，毫无征兆地出现在他的眼前。

看她呵，红颜皓齿，与这一身道袍多不相称；看她呵，端雅从容，与这一隅蜗居多不相宜！

那一晚，月下的琴声有些寂寞，有些像是落花的声音。潘郎细细地听，幽幽地想，他们都是一样的人。

白乐天惋叹琵琶女，不过是因着"同是天涯沦落人"，潘必正深信这一点。因此，妙常的一行一止，都戳在了他的心窝上。

在合适的时间，遇上了合适的人，这就够了，其他的其他，潘必正都不在乎。他从来不觉得，她的身份会是他们感情的壁垒。

果然，潘必正打听到，她漂泊无依的曾经。而他对她的了解越多，也越发不能自拔。

她的文采与风姿，就像她指上的一曲《潇湘水云》一般，悠悠地拨动着他的心弦，他想，他也该以指上之弦，去倾吐自己的心声，试探她的心意。

溶溶月下，落叶惊残梦，背井离乡孤衾独枕的人，闲步于芳尘之外，默数着身际的落红，也默数着自己的心事。

她抚琴向明月，凄凄又楚楚；他便弄琴慰佳人，怜怜复惜惜。

"雉朝雊兮清霜，惨孤飞兮无双。念寡阴兮少阳，怨鳏居兮彷徨。"他是在暗示她，他无妻无子，孑然一身。

一曲《雉朝飞》听得妙常芳心暗动，但眼下她却只以《广寒游》回赠他。失恋了受挫了，潘必正明白，但不知为何，他却不甘心。

"一度春来。一番花褪。怎生上我眉痕"，她说得倒是认真，可她若真是个痴诚的皈依者，又怎会身穿道袍，口颂禅理呢？而且，如她果真隔了红尘，又何必去管那花开花谢，月圆月缺啊！

是的，她并不情愿做一个云心水心，寂然老去的女子……

短暂的失落后，潘必正终于通了灵犀，看见了她的凡心，看见了他们相爱的可能。接下来，一波爱情的攻势，一番词媾的撩拨，必不可少。

一时间，妙常已为他沉沉病染相思，凡心转盛了。她芳心尽露，自以为潘必正的出现，乃是天付的姻缘。所以，她暗暗地想着"萧郎同并,彩凤同骑",心上比面上还要火烫。

夜色新凉,几番羞解罗襦,本是旖旎无边。哪知,观主潘法诚见他二人情致殷殷,担心侄儿惹出麻烦,便狠心下了逐客令,让他再去复习应考。

离别的渡口,妙常雇了小船,追踪而至。

天空云淡蓼风寒,透衣单。事无端,恨无端。潘必正想着与她初相见时,心也甜了,意也足了。她送他以碧玉鸾簪,也赠他以加冠之兆。

依依难舍终须舍,她只能静静地等下去。

离情恼人时,今番又是春场到,她也不确信,她的祈祝能不能实现。还好,也许是爱情的力量总是超乎寻常地大,因此两下重相见,他已是进士之身,她亦是还俗之人。

更大的惊喜还在后头!一双有情人返乡回去,与家人叙话时,才发现,潘必正的娇妻,便是当初指腹为婚的那个娇莲!

慢把新词作话传,戏文里说得真好:收拾行囊过别船,从今好去了尘缘。玉簪重会天涯外,始信红丝万里牵。

【有所思】

女子许嫁，笄而醴之，称字。

——《仪礼·士昏礼》

步入笄年，少女的心事就不一样了。

十五岁那年，女子若已许嫁，便将满头青丝绾成一个髻，用笄来插定发髻。根据周礼，那一天，要行笄礼。之后，她们便得挽髻插笄，并缠五彩缨线于髻上，以示身有所系，只待成婚。

簪、钗、宝钿、梳、步摇、胜、冠子……都是女子的发饰，单股的、双股的、笄首有坠饰的笄，分别被称为簪、钗、步摇。

较之其他发饰而言，簪和钗更具实用性。世间事往往如此，愈是实用的，便也愈是贴身必备，理应成为发饰之中首选的定情信物。

一开始，笄的材质主要是骨头、木、铜等，及至春秋时期，玉笄类的发饰便成为贵族女子的首选。其横插发间的用法也与前有别，故而被称为"衡笄"。

为体现威仪，王后和诸侯夫人都要用假髻，假髻为"副"，衡笄在上，笄上加玉饰，则称作"珈"，为笄饰之最盛者，用以别尊卑。至于"副笄六珈"，则是说，六珈同用，左右分插。

汉朝以后，簪的称法才固定下来。此前，单股的玉笄，也有一些别称。这其中，最值一提的，便是"玉搔头"。

传说永远都是生动悦人的，于是，汉武帝这样的铁血皇帝，也必须有点风流佳话才像个样子。所以说，他到底有没有拔出李夫人头上的玉簪，来给自己搔痒，并不重要，重要的是，在整个长安城内，玉簪都成了俏货。

旖旎风流的情话，又怎可只安放在汉武帝一人身上呢？最擅长商业炒作的文人李渔，也写了个传奇剧，叫作《玉搔头》。主角是正德皇帝和名妓刘倩倩。从中也可看出，"玉搔头"作为玉簪的代称，直到明代都存留了下来。

除了玉簪以外，玳瑁等甲壳制成的簪，也是颇受女子欢迎的。

> 寒窗羞见影相随，嫁得五陵轻薄儿。
> 长短艳歌君自解，浅深更漏妾偏知。
> 画裙多泪鸳鸯湿，云鬓慵梳玳瑁垂。
> 何事不看霜雪里，坚贞惟有古松枝。
> ——（唐）施肩吾《代征妇怨》

在征妇的心里，与其说是在哀怨，毋宁说是在担忧。不然，又何必让那经冬而不衰的松枝，来映照她的心情呢？

坚贞的爱情，像是古松枝，也像是玳瑁簪。

玳瑁质坚，色泽亦佳，用来制簪，很是合用。"宫人簪瑇瑁，垂珠玑"，瑇瑁，也就是玳瑁，有汉一代，玳瑁簪流行于宫廷之中，不知曾装饰过多少女子的深宫岁月。

> 有所思，乃在大海南。
> 何用问遗君，双珠玳瑁簪，

用玉绍缭之。

闻君有他心，拉杂摧烧之。

摧烧之，当风扬其灰。

从今以往，勿复相思，相思与君绝！

鸡鸣狗吠，兄嫂当知之。

妃呼狶！

秋风肃肃晨风飓，

东方须臾高知之。

——《汉铙歌十八曲》之《有所思》

当然，质坚如玳瑁，若是女子狠下心肠来，同样可令其当风扬灰。

怪只怪，一颗痴心错付，这玳瑁簪已是她的不堪记忆。

所思所念的那人，在海之南。他们隔得很远，需以信物作为爱的维系。她想，最适合赠给男子的，应该是一支玳瑁簪。簪上还饰着珍珠、玉环，格外精致。

可是，现在她还要托人带给他吗？不。

就在先前，男子另结新欢的消息，传入了她耳中。其实，兄嫂从来就不看好他们，他们甚至说，你看那《氓》里言笑晏晏的男子，最后却这般三心二意。妹妹的准夫婿，还得要他们过来人才看得准。

当局者，如不被现实敲醒，永远是沉沦自失的。

事实由不得她不信，她爱的人，终于变心了。当爱情被距离打败，被时光摧毁，爱之信物也没有任何存在的必要了。

她曾多么热切地期盼，他得到信物时，展唇一笑，而后将她的爱意都珍藏起来，待到他二人重逢那日。那时，他柔柔地说："我娶你。"

　　罢了，罢了！秋风声里，乱鸣的鸟儿，是为她而乱的么？她不知道。她只知道，她的猗郁年华，要在玳瑁簪灰被风吹散的那一刻，才能得到救赎。

　　从今以往，勿复相思！

【草虫儿】

妇人头髻,在隆庆初年,皆尚圆褊,顶用宝花,谓之"挑心",两边用"捧鬓",后用"满冠"倒插,两耳用宝嵌大镊。

——(明)范濂《云间据目抄》

早在两宋之间,便有"头面"一词。

孟元老在《东京梦华录》中说,州南一带,到了元月里,都会结上彩棚,铺陈冠梳、珠翠、头面等物。这"头面",指的是女子成套的发饰。

一般来说,至少三支发梳,一对钗,一支步摇,才算一套完整的头面。到了明朝时,盛装风气尤盛,因此,头面便较之前要繁复许多。明代时,已婚女子出入于正式场合,会在头上戴一鬏髻。这鬏髻,虽然承袭了唐宋时的假髻、冠子的形制,可模样却不甚夸张,只呈现顶部略尖的圆锥形。

其间,内胎以头发、马鬃、金丝、银丝或篾丝编制而成,外侧则上覆皂纱。皂纱,也就是黑纱。

若说,在过去,女子们争奇斗艳的心思,也会放在发髻的造型上,这时则大可不必。因为,繁多的首饰插戴之下,鬏髻都几乎露不出来,又有谁去顾着欣赏秀发本身呢?

故而,鬏髻只是全套头面的底子,真正隆重耀眼的,是无论正反左右都要插戴的发饰。细细算来,这副头面,插在正面的,有分心、草虫簪;插在两侧的,有花头簪;插在底部两侧的,有掩鬓、压鬓钗;插在后部的,有倒簪而入的满冠……

至于说顶部,也有其特别的发饰,叫作挑心。这挑心对于整个狄髻而言,较为关键。自下而上,用"挑"的方式刺入发髻中心,可以起到固形的作用,真是不可或缺之物。

最常见的挑心,是佛像造型的。倘要追溯其源,还得说到北宋的庆寿公主。据说,公主收藏了不少大小不一的玉佛儿,用以给父皇替换着簪戴于幞头,或是冠子里。

这大概是因为仁宗素来自逊为寡德之人,每日被人山呼万岁,总觉受之有愧。

此事不论真伪,作为一桩美谈来看便行。当佛像终于进入发饰领域后,其内涵自然还是倾向于庇佑之意。所以,在弘治年间,江南一带"或戴观音冠饰,以金玉照耀眼目"的情形也很多。

因此,金镶宝玉佛挑心也好,银鎏金镶宝玉鱼篮观音挑心也罢,都是世俗气息浓厚,且又美丽端庄的发饰了。

自挑心往下看,鬏髻前方正中,有一簪脚朝上的发饰,名为"分心"。其佛像、观音的造型,与挑心相似。梵字、花卉、动物的造型,也是有的。

月娘头上止摆着六根金头簪儿,戴上卧兔儿。也不搽脸;薄施胭粉,淡扫蛾眉。耳边带着两个金丁香儿,正面关着一件金蟾蜍分心。

——(明)兰陵笑笑生《金瓶梅》

这"卧兔儿"是说,形如帽套,用条状貂皮围于额上的应季之物，因其设计合理，并不会遮住髲髻上的夺目辉芒。"六根金头簪儿"，格外华艳；金蟾蜍分心，则更是显眼。

分心底下，可以插戴一对草虫簪，时称"啄针"。

喓喓草虫，趯趯阜螽。未见君子，忧心忡忡。亦既见止，亦既觏止，我心则降。

——《诗经·召南·草虫》

也许，"草虫"的源头还在这里吧。所以，早在宋时，就有一首题为"草虫便面"的诗，"蝶舞蜂歌倦，蜻蜓看未休"，织妇经夏入秋，见此情形，难免黯然神伤。

采菜的女子，看着蝗虫跳跃草间，在外行役的丈夫，也益发让她挂肚牵肠。《毛诗正义》中说："草虫鸣，阜螽跃而从之，异种同类，犹男女嘉时以礼相求呼。"这解释倒是极为合理。

草虫簪的簪首，可以做成多种小昆虫的样子，下衬着"花草""树叶"。传世的金蝉玉桐叶簪，便是用金制蝉，用玉做梧桐叶的。

这种啄针，个头普遍较小，通常都是成对簪插。不过，想想《草虫》里那位因爱而忧的女子，这个"成双成对"，只怕也是女子们心事幽折处，最为缱绻的表达了吧。

最有意思的是，巧匠们往往将昆虫的触角制成弹簧。这样一来，女子莲步款款，虫儿也必轻颤悠悠，此间风情，不知摇曳了多少人的心旌……

簪上弧形的钿儿,鬏髻的正面便已簪戴好了,仔细修饰一下两侧、底部和后部,是接下来要忙活的事儿。总之,不弄个珠环翠绕,富家女子们是决计不会出门的。

末了,挂上一双葫芦形的耳环,才叫收拾停当。望一望镜中佳人,首先就得把自己迷醉了去!

【遗花阴】

东风桂影，低拂姮娥镜。镜里妆寒酥粉莹，越恁十分端正。

素光行处随人，柳边照见青春。一片笙箫何处，花阴定有遗簪。

——（宋）毛滂《清平乐·元夕》

东风沉醉的夜，所有的人都欢腾起来，连女子也不例外。

不过，在元夕当晚，若是将心爱的发簪遗失于花阴之中，可能是件憾事。究其原因，应该是簪首的设计，更令匠人们关注吧。

一般来说，圆顶形的簪首，样式较为简单，往往是用柱形的簪身来搭配；花顶形的簪身，镂刻着桃莲菊梅等花纹，簪身亦是柱形的；动物形的簪首，则主要选用龙凤燕鱼等吉瑞纹样。

较为注重簪身设计的，是簪首为如意形和耳挖形的发簪。前者，簪身圆扁皆可，且须接续着簪头略有弯转；后者，簪身略扁，上阔下窄，于极窄处做一弯转，以便形成耳挖。

说起簪身的材质，通常是用铜管或者粗一些的银针。故而，发簪或者因女子发丝柔腻，或者因受外力挤压，都有可能滑落发间。

或是因为这种原因，宋代便出现了一种长条形簪，条簪做成弯弧状，往往插戴于正面，簪身则是扁平的，位于簪首背面中央。

如此一来，簪首和簪身，一个是在造型上予人以新鲜感，一个是在形制上更为稳固，算是巧匠们的一大创新。明朝将此设计沿用下来，不过却称之为"花钿"或"钿儿"。上节中提到的弧形钿儿，便是此物。

大概是明人嫌这簪身还不够好用，渐渐地，又将簪首做成"发箍"样式，直接去掉簪身，将系带缀于左右两端，更为稳妥。

不一时，吴银儿来到，头上戴着白绉纱鬏髻、珠子箍儿、翠云钿儿，周围撇一溜小簪儿。

——《金瓶梅》

系好以后，鬏髻前方底部，又多了个花卉、云朵、龙凤、仙人图纹的弧形发饰，自有一番别致韵味。

旧时，好些美丽的传奇故事里，都有这样的桥段：闺阁女子们出门机会不多，偶然遗落的簪钗，往往是一个情爱故事的引子。

拾到簪钗的年轻公子，必是个正人君子。于是，或者在花阴幽深处，或者在花灯璀璨时，痴傻的守候，总能博来美人一笑。

再后来，一出风流佳话，便于红尘客栈中上演了。

咿咿呀呀，昵昵痴痴，喧沸的笙箫，总有冷却的时候，这段遗簪而得的爱情，却永不落幕，从一个故事里，转徙至另一个大同小异的故事里。

很俗套，但很少有人真正对此生了厌。这是因为，看故事的人，看的不是故事，而是自己的心情……

　　孔子怪之，使弟子问焉，曰："夫人何哭之哀？"妇人曰："乡者刈蓍薪而亡吾蓍簪，吾所以哀也。"弟子曰："刈蓍薪而亡蓍簪，有何悲焉？"妇人曰："非伤亡簪也，吾所以悲者，盖不忘故也。"
　　　　　　　　　　——（汉）韩婴《韩诗外传》

　　人生百年，不如意事多，肝肠欲断事少，但只消有那么一次，足以摧毁一个人的未来。最让人伤心的，莫过于明明相爱，却不能长相守了吧？
　　传说，孔子出游于少源郊野，蓦然见着一个哀哭不止的妇人。孔子一时起了悯心，便让弟子前去询问。可这答案让他也哑然一时，不知该如何劝慰才好。
　　妇人的夫君过世了，说句"节哀顺变"，也很是苍白无力，还不如不说的好。用过的发簪，是从他们新婚开始，便见证着相濡以沫的生活，聆听着相知如镜的情恋。她所泣所伤的，岂会是一枚发簪呢？
　　除了遗簪，坠履也通常与之合用，以喻旧物。
　　不忘旧物，自然也就意味着不忘旧情。这份情，于夫妻之间、至交之间，都是一种维系，一种超出生死之外的、永恒的爱。
　　清风明月，花阴犹在，陌上的遗簪坠履，等待过擦肩，也静候过归鸿。
　　刹那间，心已有所凭系，再不孤寂。

十二章　头上玉燕钗，是妾嫁时物

　　两厢对视时，手捻玉梅也只是为了掩去心迹，他们都怔了一怔，暗叹了一声："偏咱相逢，是这上元时节！"
　　当此绛台春夜，笙歌沸，笑声喧，想不对他心动，也是难了。

——小引

【玉燕钗】

　　钗燕余香衫袖间，蓝桥相见夜深还。
　　只应不尽婵娟意，犹向街心弄影看。

——（明）汤显祖《紫钗记》

　　唐宪宗元和十四年，春向玉阶添几线。
　　陇西才子李益，流遇长安。彼时，他年过弱冠，尚未娶亲。"不遇佳人，何名才子"，他总这样想，便有意托人为他寻一良偶。
　　鲍四娘是个热心人，自然应下了这热心事。思来想去，随她学丝竹的霍家小玉成了不二人选。说起这小玉，正是年方二八，才情如花，与这李郎实为良配。

可是啊，小玉寻常不离闺阁，安排二人相见极为不易，鲍四娘便道："今岁花灯许放，或当微步天街。十郎有意，可到曲头物色也。"李益闻言颔首。

元夕之夜，春风染鬓。

染袍衣京路尘，李益功名未全，总觉得自己有些灰扑扑的，可经过了好一番打扮，才敢出门去会见佳人。所以啊，他的好友崔允明、韦夏卿，与其说是陪他共赏花灯的，毋宁说是给他壮胆的。

李益也没想到，他们相见的缘分，全系在这紫玉燕钗上。

这日，小玉由母亲郑六娘和丫鬟浣纱作陪，信步花灯之下，蓦见前面几个秀才，忙不迭拧身避开。这一避，头佩的紫玉燕钗，堪堪挂在梅梢上，自己却不曾觉察。

"玉钗花胜如人好，今日宜春与上头"，小玉最爱戴的，便是一支新做的紫玉燕钗，若真弄丢了，该有多心疼。

岂料，小玉所寻的玉钗，正好被李益寻着了。

两厢对视时，手捻玉梅也只是为了掩去心迹，他们都怔了一怔，暗叹了一声："偏咱相逢，是这上元时节！"

当此绛台春夜，笙歌沸，笑声喧，想不对他心动，也是难了。梅梢月下，紫玉燕钗耀着明光，将李益的心也照亮了，于是他鼓起了勇气。

"自分平生不见此香奁物矣。何幸遇仙月下，拾翠花前。梅者媒也，燕者于飞也。便当宝此飞琼，用为媒采。尊见何如？"他笑问浣纱，却句句直戳小玉的心房。

浣纱恼了，小玉却不然。因为，鲍四娘已对她提过才子李益的大名。如此这般，请他归还玉钗，不过是拿乔罢了。眼尾眉梢，多少神情抛接，他俩已是暗许了两心。

次日，郑六娘眼见鲍四娘手持紫玉钗来，说那李益千般好，万般美，再瞥着女儿俏脸飞霞的模样，霎时便明白了。

女儿春心难掩，母亲开明大度，这事儿，也就成了。

三日后，五更过，花朝之夕好成亲。金鞍骏马他还没有，但这良辰吉日却是误不得的，向崔韦二友借马借仆人实属无奈之举。

但只要想这一段春光，终究分付了一心之人，那么还有什么能隔阂他俩的缘分呢？

春深景明媚，人盼花朝夜，这一夜，他自是才调风流俊秀郎，她亦是瑰姿艳逸娇容女，双双锦瑟华年，就此沉醉了东风，明媚了韶华。

玉钗归燕，夫妇齐眉。有了洞房花烛夜，图他个金榜题名，也很是应该。

花草又是一年春，李益春闱赴洛。旧家庭院中，不久后传来了李益高中状元的喜讯。小玉欣喜之余，却不知这时他已陷入危境之中。

一门贵盛的卢太尉，延请士子们入府进见，意在选婿招赘。念着那段钗中良缘，李益不愿前去攀附，反倒是一转身，就喜滋滋地回了长安。

哪知，前赴玉门关外，刘节镇处任参军，便是新科状元得到的待遇。很明显，卢太尉此举，是在公报私仇。

灞桥伤别已不可免，折柳盟誓时，两情脉脉，一春心事此后只交与阳关之思。小玉不悔，不怨，一切只因李郎痴心——以痴心映痴心，她还有何可怨？

要说有怨，也只是因她心疼他的遭际。

塞上经春气色新，没承想，于笳鼓惊云之中，李益却是如鱼得水。节镇刘公济是他的朋友；小河西、大河西二国，又在他的强硬姿态下，速来归降。

刀头上的功臣这般易做？因着意外，因着惊喜，镇守孟门的卢太尉更想将李益收为己用。于是，他立刻奏请皇上改任其为孟门参军。当然，在打定主意招其为婿之后，他也没忘了遣人送信给小玉，说李益已攀了他的高枝。

可怜，小玉看着夫君的《征人闻笛望乡》，也对这番诡言将信将疑。也难怪，李益前去孟门就职而已，哪能想到自己就此被软禁了起来呢？

人间何处说相思？为了访寻李益的踪迹，小玉耗尽了家资，甚至变卖了紫玉燕钗。

卢府正好买到了这支钗子，便生出一个以所谓的"鲍三娘"向李益献钗，并谎称小玉另嫁的诡计。如果不是李益够坚定，够坚贞，只怕他往后的人生，便会在悔憾中度过。

云开月明的日子，总算不太远。

侠士黄衫客之所以是侠士，便在于他总相信人心的良善，这才费心尽力地去给他俩制造会面的机会。误会澄清了，紫玉燕钗在下一刻重归小玉的鸦鬟。

不必说，此后皇帝为这一双受屈的苦主，讨回了怎样的公道；也不必说，一对鸳侣得到了怎样的盛宠——这只是锦上添花而已。

重要的是，钗中的缘分，已被他们紧拥不放，直至天荒。这一生，还那样长，今后的每一天，他们都要一起走。

【凤凰半】

钗子,盖古笄之遗象也,至秦穆公以象牙为之,敬王以玳瑁为之,始皇又金银作凤头,以玳瑁为脚,号曰凤钗。

——(五代)马缟《中华古今注·钗子》

两股交叉而成,是谓"钗"。

与簪有别的是,发钗一般分作两股。为了便于插戴,大约是从隋代开始,钗股便时常做成一长一短的模样。由于钗首做得形如花朵,故此被美称为"钗朵"。

及至中晚唐时期,钗首花饰益发简单,类似于鬓花,由此,那"流摇粧影坏,钗落鬓花空"的前人意境,也便很好理解了。此外,花鸟纹、缠枝纹、卷草纹等,都是钗首常用的纹样。

说起发钗所用的材质,最为引人瞩目的,莫过于荆钗和凤钗了吧。一个荆条编成,极为拙朴;一个金银玉料镂成,极尽富丽。

"贫贱夫妻百事哀",或许在这发钗上,都可看出一些儿端倪来。

应该说,即便是小户人家,女子们也多少有一两件银钗,也不至于只有荆钗"当家",但男子们极喜对外称发妻为"拙荆",听着倒让我浮想联翩。

犹记得,当年光武帝刘秀,本想将新寡的姐姐湖阳公主嫁给"威容德器"的宋弘,没承想,对方正襟危坐,道:"臣闻贫贱之知不可忘,糟糠之妻不下堂。"

那一霎，屏风后的公主，全然明白了。

私以为，大概只有"拙荆"一词，才能形象地诠释无价的情义，不弃不离的真心吧。再有，女子们也时常自谓为"寒妻"，"持身但如冰雪清，德耀荆钗有令名"，也是她们孜孜以求的目标。

至为令人感动的，是这样一个女子。为了爱，她欣然接受了王十朋的荆钗，拒绝了巨富孙汝权的财帛。

一出"荆钗为聘"的情感大戏，考验着高中状元的王十朋，考验着百般逼婚的万俟丞相，也考验着被后母逼令改嫁的钱玉莲。

真正的感情，是经得住考验，抵得住威压的。他们忠贞相爱，以荆钗为誓，以生死为约，幸而不负今生，亦不负卿。

美人开池北堂下，拾得宝钗金未化。
凤凰半在双股齐，钿花落处生黄泥。
当时堕地觅不得，暗想窗中还夜啼。
可知将来对夫婿，镜前学梳古时髻。
莫言至死亦不遗，还似前人初得时。

——（唐）王建《开池得古钗》

如同今人追求钻戒一般，凤钗也是过去女子们的极致追求。只不过，黄金凤钗与情投意合相比，终归还是后者难得吧。

美人拾起的凤凰宝钗，兴许也蕴藏着爱与憾，追求与失意，不过，这已是前尘旧事了。

一长一短，双股犹在，只那黄金的双凤凰，被时光噬去了一半，被黄泥夺去了辉芒。

曾经的那位美人，可有遗憾？

美人在想象里，描摹着旧时的光景。那必是一段伤心摧肝的故事——凤钗堕地了，旧情也觅不得了，寂冷的夜窗里，泪水都已冰凉砭骨。

待字闺中，美人将会逢着怎样的一位夫婿呢？她也不知道。镜奁打开时，梳着古时的发髻，思着旧年的事，伤情已提前涌来，漫入胸臆，不由得叹道："莫言至死亦不遗，还似前人初得时。"

> 昔日倡家女，摘花露井边。
> 摘花还自比，插映还自怜。
> 窥窥终不罢，笑笑自成妍。
> 宝钗于此落，从来非一年。
> 翠羽成泥去，金色尚如鲜。
> 此人今何在，此物今空传。
> ——（南朝梁）汤僧济《咏渫井得金钗诗》

时光的古井，到底瘗埋了多少烟水往事，只怕是无人能知。而多情的人，在打捞起湿漉漉的古钗时，早已神驰物外。

女子啊女子，在撷花对井自视时，必是鲜妍明媚，一笑一倾城的吧？不知出于何故，她竟将宝钗落于此间，不曾想着重新拾回。

点翠的工艺，最是脆弱，如今已全然无迹。唯有那鲜灿的金色泽光，还晃闪闪的，娓娓诉说着不甘埋没的心情。

"此人今何在，此物今空传"，繁花满枝的故事，两两相忘的红尘，分别是要给后人，打上一个怅然无解的心结啊！

【前缘误】

　　云九玉钗，上刻九鸾，皆九色，其上有字，曰"玉儿"，工巧妙丽，殆非人制。有得于金陵者，因以献公主，酬之甚厚。一日昼寝，梦绛衣奴致语云："南齐潘淑妃，取九鸾钗。"

——（明）王世贞《艳异编》

　　在一开始，这支玉钗便攫住了她的目光。

　　玉钗之上雕着鸾凤，其实并不稀罕。但这支玉钗上的九只鸾凤，却是一凤一色，皆出自天然，毫无拼接的痕迹。

　　也许，世间只此一块九色玉石，世间也只此一支九鸾玉钗。

　　当然，她也注意到了，钗边所刻的"玉儿"二字。不过是一名儿，也不值得她大惊小怪。况且，驸马的仰望姿态，公主早已不乐见了，而他也便是在她插上九鸾钗时，才流露出了男人看女人的单纯神色。

　　于是，这支九色玉石的凤钗，没理由不成为公主的爱物。

　　新科进士，相貌堂堂，公主登上了宝辇，便决心做他最美的新娘。她总觉得，父皇李漼的选择，是不会错的。父皇是那么爱她，以至于不惜掏空国库，来成全她的一生尊荣。

　　所以，时人都说当今的同昌公主，才是世上最幸福的女子。故她不信，她会镇不住一支来历不明的玉钗。直到，新婚后的第二年,她被梦境所魇住。

梦中的绛衣奴,说公主所据的玉钗,是他主人的殉葬之物——九鸾钗。

哦,潘淑妃么?南朝齐的潘淑妃,那是一个怎样的女子?

听说,她是东昏侯萧宝卷的贵妃。这个萧宝卷,其实本不是侯,而是一个皇帝。自然,失了那根权杖,也便意味着他迟早将走向人生末途。

随他的女人,自然没什么好结果。

她本是大司马王敬则的乐伎,被风流多情的皇帝看中以后,一时冠绝后宫,甚至做了原太子萧诵的义母。不出意外的话,她应是未来的国母,乃至太后。

很可能是,这世间谁的运气都不会太多,前半生所挥霍的那些,都须以后半生的血泪来抵偿。所以,潘玉儿的神仙、永寿、玉寿三殿,和文人或称颂或贬斥的步步莲花,就那样一点一点透支了她的精魄。

自然,同情她的人从来也不多,"自作自受"四字足矣。"阅武堂,种杨柳,皇上卖肉,潘妃卖酒。"民间的歌谣,传唱得极响极亮。他是昏君,她是奸妃,史书早有定论。

金陵粉黛,都不若她柔若无骨的妙足,故而,也难怪,她愿以一死逃脱"新郎"田安启的怀抱,却仍旧逃不脱尸身为无名小卒所辱的命运……

倾国的丽人,就这样凄寂收场。陪葬身侧的,大抵便是这支曾插于发鬓,又匿迹于黄尘中的玉钗了吧?

做了这样的梦,同昌公主也不是不忐忑的。

这是在午后，一个槐荫满地的午后。人说，白日梦向来都是失真的，但此事非比寻常，与驸马和心腹侍女相商，都不能让她得到心安。

九鸾钗，再也用不得了，恭敬地盛在妆奁中，倒是可以的——潘玉儿的孤冢早就无从寻访了，那个绛衣奴，也不曾再入梦来。

没几天，公主病了，一病不起。韦保衡也相信，这是因着这枚美得发邪的玉钗。贸然丢弃古物，只怕会得到更大的惩罚。他们不敢。

广召名医，动用巫祝，都没有用，末了还引得皇帝雷霆震怒，一气斩了二十多个御医，贬谪了三十多个大小官员——贬去边地，其实与死也没有多大的区别。

原来，父爱竟能可怕到这种程度。

更为可怕的是，后者多少出于驸马对政敌的诬陷。可笑啊可笑，公主青葱的生命才刚刚逝去，昔日的枕边人便收拾了心情，忙着去"经营"他的事业了。

我总在想，如若公主在天有灵，必会良心难安的吧？

琴棋书画固然不在话下，在寻常锦被上绣出三千彩色鸳鸯，更是世所仅见的巧艺。美貌与才德，她都占得全了，理应得到一个最为出色的男子，理应得到一段最为炽烈的感情。

身在帝王之家，幸耶？

前缘已误，悔之莫及，这情天孽海，终究还是淹没了她。

唯有一支来而复去的神秘玉钗，行经她的十八年华，而后消失于无人问津的暗夜，仿佛它从不曾来过……

【盘金缕】

> 官样衣裳浅画眉，晚来梳洗更相宜。
> 水精鹦鹉钗头颤，举袂佯羞忍笑时。
> ——（唐）韩偓《忍笑》

春色一帘，帘中有影。

人说，女子至为娇美处，乃是回首嗅青梅，红茸唾檀郎，临去秋波那一转。我总以为，这话却未将女子的娇态尽数囊括。

方才梳洗已毕，浓黑的青丝仿佛要先于眉色，流进旁人的心底，轻轻地挠抓。不知因何故，女子蓦地笑了，透香的衣袂，旋即被她牵扯出来，在此间做了遮面的琵琶。

一张俏脸，只让人看了个眉眼，恰是一种极致的诱惑。诗笔就此收束，女子何以忍笑，已然无解，唯有她那发髻上头所簪的水精鹦鹉，在那里袅袅地颤动。

鹦鹉状的钗头，怎会轻颤起来呢？这里不得不提唐时的一种金银丝加工工艺。

> 凤凰相对盘金缕，牡丹一夜经微雨。明镜照新妆，鬓轻双脸长。
> 画楼相望久，栏外垂丝柳。音信不归来，社前双燕回。
> ——（唐）温庭筠《菩萨蛮》

画楼，栏外，双燕。

这又是一个关于等待的故事。此处所说的"盘",不是说以金线盘成对凤花纹盘在衣上,而是说女子钗头,镂有一双运用结条工艺,制成的金丝凤凰。

凤凰相顾而视,亲密无间,正是一派旖旎光景。钗头还顶着一簇儿牡丹,颇有一经微雨的娇艳。只是,因为相思的焦灼,这样的发饰,反而显得新妆美人玉容憔悴。

所谓"结条",是唐代的一种金银丝加工工艺,与今日的花丝工艺相仿,不独用于发钗。用纤细柔韧的金银丝,去编织盘结女子所用的冠子和日常所用的茶笼等物,都是使得的。

只是,要做一个结条冠,所耗的金银丝着实不少,这样的奢侈品,自然不是一般女子消费得起的。倒是结条钗较为平民化,能长久地簪插在美人鬓上,为之增色添彩。

巧匠们在制作结条钗时,将金银丝拉得极细,也编得稀疏一些,于是,发钗上盘结的纹样,分毫没有绞缠过密的痕迹,倒是轻灵秀美,别有韵致。

应该说,结条钗这种发饰,有的也有少量翘花和垂饰,但毕竟没有大片的流苏,故而严格讲来,与步摇有所区别。不过,女子们如若簪上结条钗来,一步三颤的风韵,也不输于步摇,这又是何故呢?

之前提过,明代女子所用的草虫簪。我总以为,这草虫簪头的设计,当是向唐时的结条钗鉴取了灵感。为了让钗上花饰格外轻盈,结条钗上可以增添一些螺旋形的垂丝,或是用银丝做的细小弹簧,牵出编结的蝴蝶儿。

软,袅,舞,贴……

这"软",是"檀画荔枝红,金蔓蜻蜓软",蜻蜓金簇,有着透明质感的小翅儿,轻轻一触,竟如活物宛在眼前……

这"袅",是"碧玉冠轻袅燕钗",飞燕展翅的诗境,就这样袅娜于云鬓之上,落到现实中来,令人一瞥惊艳……

这"舞",是"翠钗金作股,钗上双蝶舞",菱形花饰的蝶身上,嵌着一粒儿琥珀,女子莲步轻移时,便会双双飞舞……

这"飐",是"结条钗飐落花风",便是女子慵然小睡时,风吹落花,亦会不经意地,带得那编结的花饰悠悠地颤……

真真儿是,爱煞了这些词儿,爱煞了这些入情入画的诗。

宋有词牌名曰"钗头凤",这个极美的名儿,在后世几乎就要成为陆游、唐琬的专属,成为爱情悲剧的代言……

可我还是想,单纯地,很单纯地只为唐朝女子们,描摹一种颤袅袅的美来。"蜂须蝉翅薄松松,浮动搔头似有风",不,这不是风,而是一支钗,一支美丽的结条钗。

第十三章　宿处留娇堕黄珥，镜前含笑弄明珰

隔着千山万水，邢秉懿不知道，他可曾在暗夜里，摩挲过她的耳环，亲吻过她的创痕。

她只知道，他遥尊她为皇后，给了她最美最好的名分。可这不是她真正想要的！心里的煎熬，远胜于身体所受的蹂躏，终于，她死于绝望。

——小引

【雁影分】

日短中原雁影分，空将环子寄曹勋。
黄龙塞上悲笳月，只隔临安一片云。

——（明）陈鉴《无题》

"到时传语大王，愿早如此环，遂得相见，并见吾父幸道无恙。"邢秉懿匆匆摘下平日常戴的金耳环，含泪向曹勋道别。

她希望，他能带着她的这份殷殷心意，去见她的夫君。

她所说的"大王"，是大宋朝第九位皇帝赵恒的弟弟，

康王赵构。抚着她已完全空瘪的肚腹,邢秉懿却什么也没多说。

宣和四年(1122),康王赵构行成人礼,那时候他们之间便有了割不断的联系。

父亲邢焕本是开封人,当他还在孟州汜水县主簿任上时,女儿已被选为康王王妃。一朝为王妃,她便注定走上一条与他休戚相关的路。

其实这话应该这么说,他荣她未必能荣,他辱她则势必受辱,古来多少王妃都有过这样的经历。所以,从某种意义上来说,嫁入皇家倒不如嫁给田舍郎。

不过,她也不悔。因为,无论侧室们如何争奇斗艳,都不曾凌驾到她的头上去。她知道,他还是疼她这个嘉国夫人的。

"端王轻佻,不可君天下",在彼时,擅写"瘦金体"的公公赵佶,曾被名臣章惇这样评价过。好在,邢秉懿的夫君却不像他。

可以说,放眼大宋皇室,如他这般可日诵千言,可挽弓一石五斗的人,真没几个。

对这些,邢秉懿是与有荣焉的。然而,也正是因为他的优秀,在靖康元年(1126)春寒料峭时,金兵首次包围开封府时,他被送入金营中为质。

她很担心。幸而,赵构到底还是平安归来了。

不过,她知道,大宋已是残喘多年的老叟,再也经不得一丁点儿捶打推搡。果然,就在这年冬,金兵的铁蹄声再次响彻于开封城外。

赵恒这个皇帝当得很不容易。父皇把家国的重担推给了他，他也在这关键时刻，失了主意，唯有派遣他的九弟赵构前去议和。

邢秉懿不知道，这一去他还能不能回来。可她不愿悲悲戚戚地拉着他的手，与他说些生离死别的话——那太不吉利！

她只幽幽地说："我等你回来，腹中的孩儿也等你回来。"

不久后，消息传来，赵构行至河北磁州时，被守臣宗泽劝下。好歹，他听了宗泽一言，于是，当开封陷落、磁州告急时，赵构转回了相州。

就这样，奇迹般地保住了皇室的余脉……

在这一个被史家称为"靖康之耻"的惨变中，受伤最为深重的，便是皇室的成员。据说，唯有大宋第七位皇帝哲宗赵煦和两度被废的皇后孟氏逃过一劫。

然而，玉牒上端端写着邢秉懿的名字，她怎么可能逃得掉？

所有的女子都一路号啼着。在被押往金国的路上，她很难过。那么多过去相熟的女子，一个一个被凌辱被虐杀；而她以有孕之身也没逃过这样的劫难——先是逼她骑马堕胎，再是在汤阴县时，盖天大王完颜宗贤对她施以暴行。

如果她够幸运，她一定能自沉河底，或是自决于墙垣，但她没有这份运气。

唯一让她欣慰的是，太上皇赵佶让武义大夫曹勋，持半臂绢书，前去与赵构会合。邢秉懿也赶紧拖着残躯，请曹勋将信物一并携上。

这些日子以来的种种苦难，她不愿言说，也耻于言说。为了让他安心，她只说，他若早些归来，便好。

离乱之人，身如飞蓬啊！其实她又何尝不知，他们很难后会有期！可她依然希望，无论他身处何地何境，都不要忘记夫妻二人相守多年的情分。还有，若他能湔雪前耻，恢复宋室国祚，即使她早已粉身碎骨，也是思之无憾的。

她说望他早归，真正的用意，是在激励他收复河山啊！

可惜，这一次，赵构的担当远远逊于她的想象。面对着残山剩水，比起收复失地而言，他更愿意将眼前的"临安"变成他日的"永安"！

半壁河山，很快繁荣起来，赵构似乎很满意了，于是北伐的事更是被他搁在了一旁。隔着千山万水，邢秉懿不知道，他可曾在暗夜里，摩挲过她的耳环，亲吻过她的创痕。

她只知道，他遥尊她为皇后，给了她最美最好的名分。可这不是她真正想要的！心里的煎熬，远重于身体所受的蹂躏，终于，她死于绝望。

后来，史册上会记录高宗皇后于绍兴九年（1139）崩于五国城，时年三十四岁的遗憾；史册上也会描画，高宗以议和称臣的代价，索回了她的灵柩，并在灵前痛哭失声的伤情；史册上还会渲染，他将她追谥为懿节皇后，并让吴贵妃的侄儿吴珣、吴琚娶她娘家女儿的盛德。

可是，魂断异国的她，在临死前只明白，他所负的不只是她，而是国家……

【玉之瑱】

青宜之山宜女,其神小腰白齿,穿耳以锓。

——佚名《山海经》

旧时,女子以耳饰修饰仪容。

最早的耳饰,叫作充耳,或名耳瑱。

这样的耳饰戴着,是很有些喜意的,因此,男子戴着,是"充耳以素乎而,尚之以琼华乎而",兴兴头头地前去迎亲的;女子戴着,则是"玉之瑱也,象之揥也",亭亭玉立地展露风华的。

但同时,充耳,又不仅仅是耳饰那么简单,所谓"瑱",其实是"镇"。"镇也。悬当耳旁,不欲使人妄听,自镇重也。"汉人刘熙在《释名》中这般如是说。

不妄听之人,自也不易动妄念,不易行妄举,这是古训。记住这古训,人才能懂得自尊自爱,自珍自惜。

因此,说祸国殃民的宣姜戴着"玉之瑱",其美不似凡女,不过是一反讽而已。

如同旧时的服饰一样,不管在形制色彩上头,有几多流变,起初深蕴其中的内涵,也从未被人忘却过。至少,女子们记得。

作为臭名昭著的周厉王之子,宣王姬静是很不容易的。史上所说的"宣王中兴",不知费了他多少思量,才得以昙花一现。

是的,那不过是昙花一现。可如不是王后的苦苦劝告,或许周朝的短暂复兴，也将成为空谈。

姜后来自齐国，素日里最是贤惠不过。渐渐地，她发现她的夫君稍有政绩便得意忘形，已有荒怠朝政的迹象。忧心忡忡，该怎么化解呢？劝是一定要劝的，但其分寸把握，尺度拿捏，都是对她智慧的考验。

一只柔荑，无意滑至耳边。一刻前，她还在支颐苦思，蓦然间便灵机一动，生了主意。她相信古训的力量，于是尽数摘去了发簪与耳瑱，跪于永巷请罪。

她口中所说之罪，句句说的是自己，却又如刀如斧，字字都指向周王的失德。她用心，他也会意。从那时起，她便是他的耳瑱，她便是他的古训。

讨伐戎狄、淮夷，勤于政务，周朝就此有了复兴的迹象。只可惜，周宣王晚年时却听不进人言，最终没能成为一个真正的明主。

"靡不有初，鲜克有终"，人世间种种事情，倘使只有个善始，却没得个善终，多少都是让人遗憾的。但亦有，在霸业上头善始善终，却从没与一位女子相爱始终的男子，出现于青史之上。

凄恻动人的长门一赋里，有阿娇金屋坍塌的记忆；疑点重重的巫蛊之祸间，有卫子夫含冤而死的记忆；绝世独立的北方佳人中，有李夫人红颜薄命的记忆……

这些记忆，却都只属于这些女子，雄心勃勃，也铁血殷殷的刘彻，却未必对辞世的美人们有过多少悔意——他身边月貌花容、各臻其美的女子，从来都不会少。

最后伴于刘彻身边的美人，是钩弋夫人。

巡行至河间，病美人在他眼中，无疑是捧心西施一样的存在，故而年逾六十，见惯了各色美人的雄主，都愿为之解鞍少驻，亲自掰开她蜷紧的拳头。

没承想，她的右手心里，竟有一个小小的玉钩。只这一眼，她的玉钩，便勾起了刘彻的爱意，勾起了她的缘分。

犹记得，紫霞仙子说："上天既然安排他能拔出我的紫青宝剑，他一定是个不平凡的人，错不了！"或者，钩弋夫人心中所想，亦是如此。

这世上，唯有此人能掰开她的拳头啊！

小皇子因着母亲的盛宠，先是被称为"钩弋子"，再是将被册立为太子。但这又如何？当繁华落尽时，刘彻不愿她晚他一步离世，有机会变成另一个吕雉，于是，她只能去死。

欲加之罪，何患无辞。

传说，那日钩弋夫人匆忙褪去发簪、耳珰，跪着谢罪，跪着乞命，但这些都没有用。长久以来，除了盛宠而逝的李夫人，这一颗似铁郎心，又曾为谁真正颤动过？

命中注定的，到底是缘还是怨？褪去的耳珰，早不知去所，唯有，绝代佳人的幽魂，还在甘泉宫外，寂寞地叹息。

这一声似是在说："我的如意郎君是位盖世英雄，有一天他会踩着七色的云彩来娶我，可我猜中了开头，却猜不着这结局。"

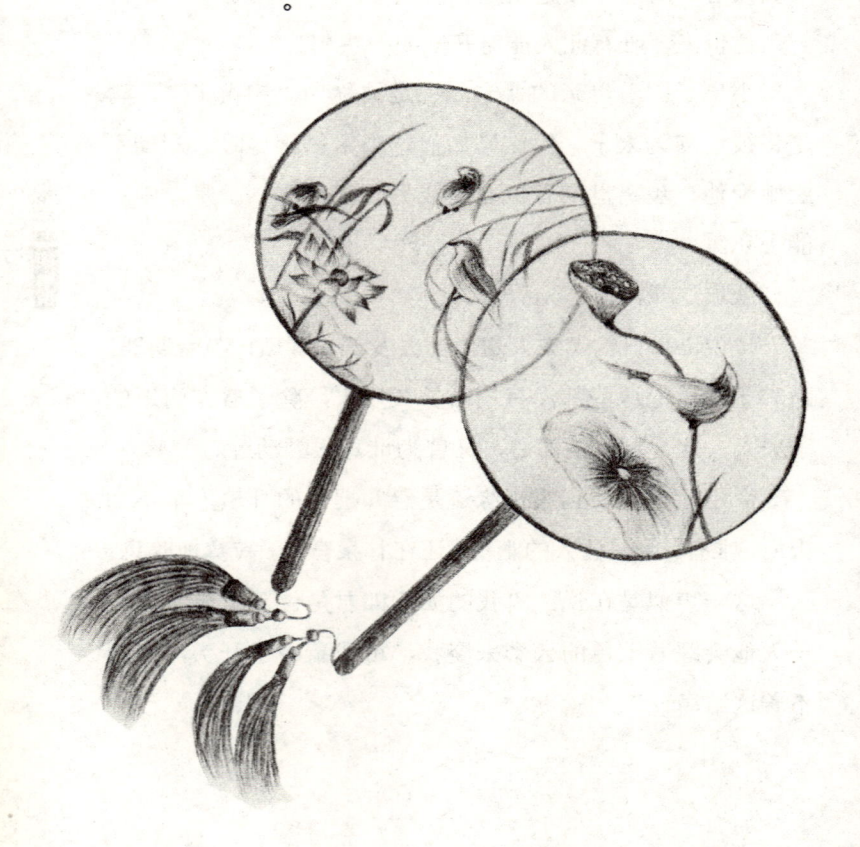

团扇,复团扇。
流萤双双,寻常见。
素绨莫嫌针线繁,
新凉后,裁剪明月又一年。

【明月珰】

> 有女怀芬芳，媞媞步东厢。
> 蛾眉分翠羽，明目发清扬。
> 丹唇翳皓齿，秀色若珪璋。
> 巧笑露欢靥，众媚不可详。
> 容仪希世出，无乃古毛嫱。
> 头安金步摇，耳系明月珰。
>
> ——（晋）傅玄《有女篇·艳歌行》

蛾眉，明眸，丹唇，皓齿。

美丽的女子，总是惹人注目的。清芬之气，自她怀中溢出，氤氲于东厢之间。展唇一笑，那笑靥即是妙不可言，世所难及。

传说，越国美女绝天下，毛嫱一笑，便是"鸟惊人松萝，鱼畏沉荷花"。不过，时光潺湲而去，谁也不曾赏鉴过传说中的美丽。倒是，眼下这明媚鲜活的美人，一径痴住了路人。

头簪着金步摇，耳系着明月珰，也是美人应有的打扮。

这里所说的明月珰，即是琉璃耳珰这种饰物。于耳垂之上，耳珰晃晃地摇曳着，颇有一步一流光，一步一溢彩的艳韵。

早在原始社会，玉石、陶、煤精所制的耳珰，便已作为饰物，受到女子们的青睐。有遗物可寻的，还属先秦时的琉璃耳珰。至于说，耳珰见载于文字之中，则要延宕至汉时了。

起初，汉人女子，虽佩戴耳饰，但自小困于传统观念，她们是不忍伤耳损肤，违背孝德的。"穿耳施珠曰珰"，《释名》中说，过去蛮族女子乏了礼教，多有淫奔之举，家人便令其穿耳垂珰，以为警戒。

不想，中原自有一套"耳瑱"里的训诫之意，而所谓的蛮族亦有一叠儿"耳珰"里的警戒之语，没承想，还是形状更为明丽的耳珰，成了汉魏时，女子们耳上的绝对主角。

大抵，女子的一颗爱美之心，还是占了上风。

约莫在十岁以前，女孩的母亲或长辈，便可用米粒或花椒，在其耳垂上来回揉摩。待到耳垂麻木之后，贯上丝线的针尖，便会于长者指尖，穿透过去，如此再三，直至形成小孔，方才作罢。

且穿且言，既是在转移女孩儿耳上的痛感，又是在引导她们如何养成懿德，可谓是用心良苦了。难怪，三国时诸葛恪会说："母之于女，恩爱至矣。穿耳附珠，何伤于仁？"

收腰圆筒形的、钉头形的，和穿系珠珥的造型，是彼时最流行的样式。

之前说过，"穿耳施珠曰珰"。因着"头上蓝田玉，耳后大秦珠"这样的诗句，一般人都认为，耳珰必是珠形的饰物，但这却是个美丽的误会。

准确说来，耳珰中收腰圆筒型的部分，是用以塞入耳垂之中，便于定型的。不过，其余垂的珠玑坠饰，在视觉上看来，还是较为圆润。

至于说，钉头形的，和穿系珠珥的造型，都是耳珰常见的样式。故而，穿耳、簪珥和系于耳部这三种佩戴的法子，在汉魏时期，都是并存不悖的。

有趣的是，所谓簪珥，是将耳珰系于簪首，为其垂饰的——它根本不是耳饰。

簪珥也叫"笄珥"，一般是出于礼制之需，要求后宫女子在正式场合佩戴的。故此，《后汉书》中才有"皇后谒庙服……假结，步摇，簪珥"的记载。

当然，对于普通女子来说，耳珰的佩法还是名副其实的——直接穿入耳洞，或是系于耳上。那位被傅玄盛赞过的美女，便是"耳系明月珰"的典型。

她来了，步态风流地来了，饶是岁月的苍苔已然向晚，她也不曾失了自己的灼灼艳色。

相对于金、玉、银、骨、象牙、玛瑙、琥珀等材质，琉璃是最受欢迎的一类。这大概是因为，"琉璃色泽光润，逾于众玉"。

于是，被美称为"琉璃"的玻璃，也被誉作"明月"。

回望旧时明月，明月皎然如画。画中，有美一人翩然而来，"腰若流纨素，耳著明月珰"。

那是刘兰芝吧？离别之日，她已是弃妇。可纵是如此，她也不能蓬头垢面，面罩秋霜地离去。她所要做的，是让自己美一些，再美一些。

是的，直到那一刻，他才明白，她耳上垂系的明月珰，恰如她澄明如一的心性。此后，陷在那片明月光中，他的眼中再无其他……

梦里梦外，明月依旧，而他的爱还在不在？颊上有泪滑过，冰凉。

【未嫁时】

昔年无偶去,今春犹独归。
故人恩既重,不忍复双飞。

——(南朝)姚玉京《无题》

鸳侣失伴,固然是可悲的,但更为可悲的是,年纪轻轻的女子,被逼令改嫁时,竟愿用最为极端的方式,去捍守自己的爱情。

一刀下去,耳垂上鲜血淋漓。须知,耳饰是娶亲时所必备的聘礼,她这显然是在以此起誓——誓言的重量,让她敢于直面耳上的痛楚。

这时,再嫁其实是太过寻常的事,她不需要贞节牌坊,也不需要万千颂言。她要的,只是能在回忆之中,一腔相思不受任何搅扰。

她永远记得,她的夫——襄州小吏卫敬瑜——不幸溺水而亡,而她的眸光,在见到梁上燕巢里,孤燕单飞的时候,益发黯然。

经冬复春,呢喃双燕,已然失伴。她再也撑不下去了。夫亡七年后,玉京病卒。传说,孤燕亦访着她的香冢而来,啾啾而鸣,伤心而死。

后世女子,如姚玉京一般心意决绝的固然极少,但短期内难以从苦海中挣脱的,却是不计其数。

忆把明珠买妾时,妾起梳头郎画眉。

郎今何处妾独在,怕见花间双蝶飞。

——(元)张惠莲《竹枝词》

睹物思人,亡夫的面容,依然清晰得让她心痛。

当初,他以明珠为聘,真心相付。婚后的时光,静缓而悠长,她曾一度以为,她的画眉郎,将与她一道从韶华正好,行至黄泉碧落。

一路走来,人生虽终不免红粉成灰,鲜衣不复,但至少,他们一直在一起。耳上的明珠,依然硕硕莹亮,而她身前,却再无折腰画眉的男子,笑意粲然地凝注着她。

"何以致区区,耳中双明珠",经年深情,映着明珠之辉,织成了她余生也无法挣脱的网。而她未必以为那是缧绁,有一种苦,叫作甘之如饴。

君知妾有夫,赠妾双明珠。
感君缠绵意,系在红罗襦。
妾家高楼连苑起,良人执戟明光里。
知君用心如日月,事夫誓拟同生死。
还君明珠双泪垂,恨不相逢未嫁时。

——(唐)张籍《节妇吟》

有夫之妇,若是对追求者心生拒意,欲要婉转相谢,大概将此"双明珠"直接还与对方,便已能表明心迹了吧。

若要深究诗意,其实还是擅写"伪情诗"的张籍,以之暗喻自己不愿被平卢节度使李师道收买的决心。不过,这并不妨碍人们把这诗往浅里读。

因为，人生百年，"还君明珠"以表辞谢，"恨不早逢"以成佳偶的憾事，一点都不少。"恨不相逢未嫁时"，在对的时间不曾遇上对的人，说什么都晚了，只怕，唯能以诗寄意，以诗疗伤，方才能让自己好过一些。

明珠，其实是"明月珰"的另一个别称。

汉魏时的明月珰，到了唐代时，便沉寂了很长一段时间。诗文里对此虽多有渲染，但双明珠却不是主流。"金环耳际摇"，彼时的游春女子，已有戴耳环的习惯了。

"胸前如雪脸如莲，耳坠金环穿瑟瑟"，耳坠这种下悬坠子的耳饰，出现的时间较耳环而言，更早一些。将珍珠、宝石、琉璃珠子，串作一处，光华便随着螓首轻扬的瞬间，流转于耳畔，俏丽可爱之处，当不减于明月珰。

不过，大概是唐人不喜受拘束，故而习惯归习惯，耳环与耳坠，都不是她们装扮自己的必须之品。很多女子甚至不用耳饰，倒是对梳篦等物颇感兴趣。

宋明时期，礼教思想在女子们的耳上，曲折地反映了出来，连皇后、嫔妃也不例外。这么一来，年深月久的，穿耳戴环的时风，自然流行了起来。那种富丽精巧的耳坠，在明代有"络索"之称。

饰耳之环，愈小愈佳。或珠一粒，或金银一点，此家常佩戴之物，俗名丁香，肖其形也。

——（明）李渔《闲情偶记》

明末清初时，流行一种名为"丁香"的耳饰。这是说日常所用的耳饰不需做得太大，小巧精致，如椭圆形的丁香一般，点缀于女子淡妆之下，便已足够。

　　至于说，丁香所用的质料，还需视家境而定，金银珍宝、铜锡玉石，都是使得的。

　　当然，丁香只适用于日常，有明一代，正式场合所用的耳饰大多较为奢华。以金银横压出花瓣、花叶，中嵌宝、珍珠的做法，极为盛行。

　　当年，严嵩被籍没的家产中，仅耳环就有几十种。金点翠珠宝耳环、金厢玉灯笼耳环、金累丝灯笼耳环……光是这名头，都听得人不由咋舌。

　　更令人称奇的是，此奸臣竟终生未纳小妾，始终对发妻不离不弃。

　　写至此，想起李渔所说的"一簪一珥，便可相伴一生"，心里已是五味杂陈，欲辩而忘言了。

第十四章　调朱弄粉总无心，瘦觉寒余缠臂金

　　这已让羊权受宠若惊，何况萼绿华还脱下她腕上的一双金玉条脱，将它置在他手心。临走前，她说："君慎勿泄我，泄我则彼此获罪。"

　　是不是因为这个原因，所以她才会选择在他梦中现身。羊权暗想。

——小引

【一梦阑】

　　　白石岩扉碧藓滋，上清沦谪得归迟。
　　　一春梦雨常飘瓦，尽日灵风不满旗。
　　　萼绿华来无定所，杜兰香去未移时。
　　　玉郎会此通仙籍，忆向天阶问紫芝。

——（唐）李商隐《重过圣女祠》

　　每个月，总有六个晚上，是羊权不敢深睡的。

　　大江东去，星霜屡变，这时在位的已是晋室南迁后，第五位皇帝司马聃。因其年仅两岁便继位为帝，故此由其

母后褚蒜子临朝摄政，都乡侯何充辅政。

晋朝无疑是被门阀撑起来的，按说，出自泰山羊氏的羊权，腰紫曳金最是自然不过，但不知为何，在他心中所念所望的，却不是这些。

升平三年（359）十一月十日，上弦月微茫不定，悬在中天。羊权倦意很重，这晚便早早睡下了。

蓦然间，香车辚辚，悠然而至。一列儿水佩风裳，环佩叮咚，将羊权从睡梦中拽了出来。他揉着惺忪的眼，于漫漶的视线中，看见为首的青衣女子，不过双十年华，此时正含了笑意倚窗打望着他。

"你是……"他喉头涩住了，不知该说什么好。

青衣女子衣带当风，缓缓而入，正是仙姿逸貌，世所仅见。随她一并而来的，似乎还有天上的月。这一刹，羊权仿似置身瑶台月下，只觉幽人往来之意，便如此刻。

青衣女子香含秋露，笑意微微，说他可唤她为"萼绿华"。她现居南山，本为杨氏，年虽不大，却早已修成正果。此来羊权处，乃是见他虽生于高门之中，却甘愿清贫自守，居于林泉之中。其清迈之气，令她着实钦佩。

她吟道："神岳排霄起，飞峰郁千寻。寥笼灵谷虚，琼林蔚萧森。羊生标美秀，弱冠流清音。栖情庄惠津，超形象魏林。扬彩朱门中，内有迈俗心。"

他亦回道："我与夫子族，源胄同渊池。宏宗分上业，于今各异枝。兰金因好著，三益方觉弥。"

寒宵欲曙，这一夜很快便过去了。萼绿华飘然而去，将残梦未醒的羊权留在此间。原来是梦，一梦阑时，羊权有些恍然，有些怃然。

然而，梦境里的一切浮泛起来，让他不禁心有所盼，将眸光投向窗前的条桌上。那是……火浣布手巾、金玉条脱！

梦里，萼绿华赠他的物什，竟然都真真切切地出现在他的面前。

火浣布，《列子》中说，"浣之必投于火，布则火色、垢则布色，出火而振之，皓然凝乎雪"。传说，火浣布若是脏了，只消投入火中一烧，即可恢复无瑕之貌。

这已让羊权受宠若惊，何况萼绿华还脱下她腕上的一双金玉条脱，将它置在他手心。临走前，她对他说："君慎勿泄我，泄我则彼此获罪。"

是不是因为这个原因，所以她只愿在他梦中现身。羊权暗想。

螺旋形的条脱，垂在萼绿华纤秾合度的手腕上，越发显得她丽质天成。羊权微阖上了眼，摩挲着斯人之物，渐渐进入冥想之境……

第二次会面，不是在梦里。她盈盈浅笑的模样，是那样的真实。

静寻欣斯会，雅综弥龄祀。谁云幽鉴难，得之方寸里。
翘想樊笼外，俱为山岩士。无令腾虚翰，中随惊风起。
迁化虽由人，藩羊未易拟。所期岂朝华，岁暮于吾子。

羊权赠诗于她，饶是情动于心，她也不欲告诉他，自己其实是九嶷山中的得道女罗郁。

别离时,萼绿华说,以后每隔四日,她便来看他,与他挑灯夜话。因此,约期将至的那晚,羊权总不肯睡得太沉。

有一天,窗外风雨骤乱,窗内闲敲棋子,灯花频落——萼绿华失约了。万般焦灼中,羊权蓦地想起,因为思念,他派人偷偷打听她的踪迹。

他开始后悔了。

他也曾听过孤儿谢端的故事。那个人忠厚恭谨,生活却极清贫。他没想到,他在田间捡到的田螺里,会藏着一个惊人的秘密。

田螺里的姑娘,悄悄地为他烧火煮饭,也在被发现后,叹息说自己本是水素女,此番既然已泄了天机,只能提前返回天界了。

羊权怅然叹道:他没有守住秘密,也许他的"田螺姑娘",便也不会再来了。

很久以后,她到底还是来了。

最后一次相见,萼绿华说,他不应当试着暗中打探她的行止。原来啊,她确是那个九百岁的得道女罗郁!

一直以来,她是见他极有道缘,想来渡他的啊!

不由得叹,他所以为的旖旎情事,原来却是一场水月,一朵镜花……

【摇宝钏】

蛮丝系条脱,妍眼和香屑。
寿官不惜铸南人,柔肠早被秋眸割。
——(唐)李商隐《李夫人三首·其三》

不知道,得到萼绿华赠予尸解之药的羊权,最后有没有些许憾意。也许,在他隐影化形的那一刻,已不得不跟万千欲念挥别致意了吧?他得说服自己,他们之前,其实什么都不曾发生过。

然而,条脱一物,在现世中却流传了下来,成了女子所用最时尚的饰物之一。

多情天子一直都记得,他那仙姿佚貌的李夫人,极喜佩戴条脱。在过去,南方所产的丝,穿起条脱来,正是上好的腕钏一副。她时常戴着它。

神思飘摇处,黄泉碧落都似近在眼前。而她从迷障之中穿行而来,眼底的笑意,也依稀萦转着香料的气息。于是,他带笑而看,不惜为她铸像留念。

文宗问宰臣:"条脱是何物?"宰臣未对,上曰:"《真诰》言,安妃有金条脱为臂饰,即金钏也。"
——(宋)吴曾《能改斋漫录·辨误》

不知为何,唐文宗李昂时,臣子们竟然不识条脱,以致堂堂天子,竟以安妃的臂饰为例,告诉他们,这就叫"条脱"。

后来,清人和邦额在《夜谭随录·秀姑》中曾提到,"女脱臂上紫金条脱为赠"。此前，明人陈继儒也考证说，"条脱，臂饰也"。

但仔细思来，这些说法，其实都不够准确。所谓的"条脱"，又名"跳脱"，论其形貌，与后世的手镯较为相似。"何以致契阔，绕腕双跳脱"，《定情诗》里说得很清楚了，条脱是女子佩于腕上的饰物。

钏这种饰物，一直以来都细分为臂钏和腕钏，这金条脱便是一种腕钏。

又一日，问宰臣："古诗云，轻衫衬跳脱，是何物？"宰臣未对。上曰："即今之腕钏也。"

——（宋）尤袤《全唐诗话·文宗》

同一件事，尤袤所述才更合古制，想来，还是吴曾等人弄错了。如今日的玉镯一般，条脱自然不可能是金银材质的了，玉条脱也一度十分流行。

据说，温庭筠才情绮丽，博学多识，在令狐绹国书馆中，殊宠备至。彼时，宣宗在位，极喜新调《菩萨蛮》，令狐绹便让其代笔填词，用以谄媚。不料，温庭筠对外泄了密。

又有一次，令狐绹问他，玉条脱为何物，温庭筠便抛出《南华经》里的句子来解释，又说这并非什么冷僻之书，言下之意，便是说这位人上之人，浅陋无学。

令狐绹岂会听不出这讽意，于是，因才见疏的人，又多了温庭筠一个。后来，他自个儿也为此自伤道："因知此恨人多积，悔读《南华》第二篇。"

这是真为自己的直率性情而悔，还是伤于身世故作怨语,此处不作深究。要说,这令狐绹不识得玉条脱,其实也不奇怪,因为日常所见的腕钏,还所以金银材质的居多。

即便有玉条脱,也是白玉镶金的那类。不过,这种工艺难度较大,约莫在五代时,才渐渐稳定下来。

山横眉黛浅,云拥髻鬟愁。天香笑携满袖,曾向广寒游。素腕光摇宝钏,金缕声停象板,歌罢不胜秋。十指露春笋,伴整玉搔头。

——(元)袁华《水调歌头·宴顾仲瑛金粟影亭赋桂》

素腕之上,宝钏流光,摇曳着多少人的心旌。一席之上,遍是痴迷沉醉的目光。

必须说明的是,腕钏和镯子还是有区别的。手镯是单圈的,而条脱却是螺旋形的,看起来像是好几个接续相连的手镯。故此,佩戴之时,腕钏自然而然地缠绕于腕上,显得更为俏丽活泼。

要将这样一双腕钏脱下来也很容易,上下两头皆有活扣,紧松由己。然而,时移世易,在腕钏与手镯之间,女子们益发倾向于后者。

也难怪,戴在腕上的饰物,简单大方一些,或许更便于劳作吧。而除了富家女子们,又有几个女子,能闲闲地赏看腕上的华彩,不须劳作持家,不须相夫教子的呢?

不过,这些对她们而言,该是一种甜蜜的负担吧?只是遗憾,腕钏的宛转风流,已然不见,唯有于故纸堆中,去翻检觅寻了。

【缠臂金】

银字笙寒调正长,水文簟冷画屏凉。玉腕重因金扼臂,淡梳妆。

几度试香纤手暖,一回尝酒绛唇光。佯弄红丝蝇拂子,打檀郎。

——(五代)和凝《山花子》

闺中女子,是闲度着风日的。

从竹簟上起身,焚一焚香,听一听笙,都是惬意的。于画屏之外,如玉皓腕,被臂钏不紧不松地环住,柔荑轻拂时,颊上已薄薄地匀了一层铅粉。

若是情郎欲来搅扰,趁着酒意微醺,偷偷打打他的胳膊,也是使得的。而也就是在这嬉笑打闹之间,女子的媚意,已从臂上的钏儿,一径儿流入了情郎的心怀。

"何以致拳拳?绾臂双金环",说得真好。

其实,臂钏异与腕钏的,不是环形盘绕成螺旋圈状的形制,而是佩戴的位置。于是,女子手臂愈长,臂钏的圈数也可愈多。

因其工艺不同,有镂以花纹的,也有素而无纹的,故而,臂钏又有花钏、素钏之别。

锤扁了金银条后,螺旋圈状的臂钏,就如数道圆环一般,圈附于女子臂上,看起来自有旖旎不尽的意味,缠绵始终。故而,臂钏有个极好听的名儿,叫作"缠臂金"。

最形象的,莫过于苏东坡在《寒具》中所述的情形,"夜来春睡浓于酒,压褊佳人缠臂金"。这老饕果然是又会吃又爱美的,因此哪怕对着寒具(馓子),也能看出个美人图来。

当然,寒具是扁平的,缠臂金却是浑圆的,所以,也只有睡浓于酒,尚未醒来的美人,才可能"压扁"了臂上的缠臂金。这自然是打趣了,想那缠臂金的材质,岂会轻易被外力压得变形。

> 鸳鸯绣罢阁新愁,独抱云和散书楼。
> 风竹入统归别调,湘帘卷月笑银钩。
> 行天雁向寒烟没,倚槛人将清沪流。
> 自是病多松宝钏,不因宋玉故悲秋。
>
> ——(宋)张玉娘《晚楼凝思》

玉娘所爱之人,是沈佺。

中表之亲,青梅竹马,订起婚来都合着天时地利,羡煞旁人。怎知,那婚姻中最重要的,却是人和?人已不在,如何相和?

家有才女,父亲张懋本就寄托甚厚,对于无心功名的未来女婿,是不太满意的。无奈之下,沈佺赴京应试。玉娘的闺中愁情,一天天深重起来。

沈佺不得不去,准岳父说的一句"欲为佳婿,必待乘龙",是他心上的刺。可这一去,他却没能再回来。沈佺死于伤寒,而玉娘则死于哀思。

哀极痛极处,病损了玉臂,也松去了臂钏。或许,往日那里能环上十二三圈的钏儿，如今却只承得住三四圈的重量，就那样晃晃地，缀着她的心，一同坠下坠下，坠入一片深秋清寒……

秋色老，思往事，对景无从追省。

女子的心思总是相仿的，恨别爱郎的朱淑真，亦是无心去调朱弄粉，反而抚触着熟悉的饰物，说她是"瘦觉寒余缠臂金"。

想想也是，思情的深海，的确是不可轻陷的，因为，女子们一旦陷落此间，再想泅返先前的海岸，都不可能了。如此这般，觅不着思念的泄口，思情便淬了刻骨的毒药。

事实上，上臂修长丰腴的女子，更适合佩戴缠臂金；太过细瘦的臂儿，不仅撑不起它复沓悠转的美，反而还有一种恹恹弱质之气，发散出来，看着让人好不心疼。

不过，缠臂金的设计极为合理，其上调节环的大小，都是可以扣着手臂的粗细来的，因此，它才能胖瘦皆宜地，一直从汉时流行至明代，成为女子臂上一道道绝艳的风景。

山上层层桃李花，云间烟火是人家。
银钏金钗来负水，长刀短笠去烧畲。
——（唐）刘禹锡《竹枝词》

时常劳作的女子，手臂大多还是滚圆结实的，因此，约指、手镯等物，对于她们来说，可能还不如缠臂金好用好看。

那是一个美丽的季节。山上有桃李之花，屋舍有炊烟之气。下山去汲水，水很清亮，她们臂上的金银钏儿，也烁烁闪闪的，辉映着她们的笑颜。

但在下一刻，她们便要用环戴缠臂金的手臂，带起指掌的力气，去砍柴生火，耕地烧肥了。这般情形，落在旁人眼中，又该是一种怎样健爽而妖娆的美呀！

【沾宝粟】

条脱闲揎系五丝。

——（宋）李清照（失调名）

北宋有一风俗较有特色。

端午节时，人们会以五色丝线织成细彩带，缠于臂上。捋起袖管来，纤细的臂，艳丽的条脱，倍增节日的喜气。值得注意的是，此"条脱"非彼"条脱"，不过借名而已。

节令的繁闹，最宜以五丝彩带来渲染，"绕臂双条达，红纱昼梦惊"，照这么看来，这丝带条脱，男左女右地系着，正好凑成一双儿。

其实，至迟不过在东汉时，端午节那日，已有以五彩丝系臂的做法。青、白、红、黑、黄色，不仅对应了阴阳五行，还象征了五方神力，难怪人们说它可以驱邪魔，祛病痛。

想来也是因着这个缘故，这特别的条脱，又被称为"长命缕"。此外，"续命缕""辟兵缯""五色缕""朱索"等，都是它的别称。相比孩子而言，女子一般不在脚腕、脖子等处系五丝。

现如今，女子们尤为喜爱手链，很有可能，是受到了端午时俗的影响。

除了缠臂金和长命缕，女子们还有一种臂饰，被称为臂环。缠臂金固然也算是一种臂环，但其实它只是臂钏的形象称法。为示区分，臂环一般指的是，状如一个手镯的女子臂饰。

> 金粟妆成扼臂环,舞腰轻薄瑞云间。
> 红儿生在开元末,羞杀新丰谢阿蛮。
> ——(唐)罗虬《比红儿诗》

诗中所用典故,来自于"红粟玉臂支"的故事。

虽说《杨太真外传》是文学作品,但红粟玉臂支这种物事,却是存在的。忆昔开元全盛日,变着法儿谄媚贵妃,已是大家心照不宣之事。为了讨好贵妃,各色人物都忙不迭要做她的琵琶弟子。

据说,每学会一支曲子,弟子们都要趁机献宝以示敬意,这时舞女谢阿蛮便落了一个尴尬——囊中空空,并无长物。

贵妃心中了然,为了安抚这个穷弟子,便将一枚红粟玉臂支当中赐予了阿蛮。这是说,此臂环所以红玉为料,这上头至少还使用了金粟工艺。

这红粟玉臂支,得来并不容易,乃是高祖击破高丽的战利品。后来,繁华落尽,马嵬成殇,阿蛮为感师恩,在华清宫跳起《凌波曲》,一曲舞罢,又献上红粟玉臂支。

彼年,他们曾于七夕佳节,闲话牛郎织女,以为他们一生一世,永不离分。却不知,后来,六军驻马不发时,他竟这般孱弱无力。

他可是要做英雄的呵,那枚红粟玉臂支虽说并非他的战利品,但作为英雄的后人,他有权力将它赠给自己心爱的女人。

睹物思人，唐明皇心生悲意，凄然落泪……

罗虬笔下的美人，大概也是惊住了他的眼眸吧。玉做的臂环，共分三段，被鎏金铜片的转关一一衔住，可随意开合调节。

那"转关"，其实就是后世所说的合页，将金筐宝钿与交胜金粟的工艺，一同施加上去，不知是怎生奢华的形容，只怕是会反客为主，尽数夺了玉胎的光彩去。

雕玉押帘上，轻縠笼虚门。
井汲铅华水，扇织鸳鸯文。
回雪舞凉殿，甘露洗空绿。
罗袖从徊翔，香汗沾宝粟。
——（唐）李贺《十二月乐辞·五月》

贵妃，阿蛮，红儿，阶前独舞的情形，大概比不上凉殿里，仲夏时的珠歌翠舞吧？

腰如柳，脸似莲。这样的盈盈步态，翩翩舞姿，是观者所见的。他们自然不知，女子们舞得有多卖力，淋漓香汗，渐渐地沾湿了玉臂，濡上了臂环。

这个夜晚突然璀璨起来，却不知，是因着臂环上宝钿、金粟的纹饰，还是女子们汗水的光芒。亦不知，女子们最初的愿望，是为谁而歌，为谁而舞……

第十五章　约指金环瘦不持，罗衣宽尽减腰围

她送他的，是一枚金指环。

"环"，也就是"还"。不过，他还能回到她的身边吗？那一天，谯城一战中，元树没想到，以白马之血为盟的协议，也不能防止魏将樊子鹄使诈。

——小引

【望君还】

玉儿已逐金环藏，翠羽先随秋草萎。

唯见芙蓉含晓露，数行红泪滴清池。

——（唐）刘禹锡《和西川李尚书伤孔雀及薛涛之什》

十五岁的元树，很庆幸他来到了南梁，在这里除了有较为安定的生活，还有他平生最爱的女子朱玉儿。

他本是南梁的死对头北魏宗室的一员。太和二十三年（499）时，孝文帝驾崩了，太子元恪顺利继位，彭城王元勰和元树的父亲咸阳王元禧等人，是新皇帝的辅政大臣。

元树很小就知道，父亲并不是个贤王，比起彭城王来差了一大截。果然，景明二年（501）那年，皇帝元恪赐死了元树的父母。

原因很简单，谋逆。

父亲是不是真的谋逆，元树也说不清，但可以肯定的是，宠幸外戚又刚愎自用的皇帝，怎么也不可能放过他的父亲。因为，元恪实在不是一个心胸宽广的皇帝。

元恪恨极了元禧，所以他不仅取消了他众多孩子的宗室地位，还将他曝棺荒野，不允安葬。元树兄弟们在彭城王元勰的接济下，一天天挨着日子。

正始二年（505），二哥元翼带着弟弟元昌、元晔，趁夜投梁。由于走得太匆忙，他没能带上元树。寻求政治避难的人，往往能够得到地方的优待，元翼也在梁帝萧衍这里，便慢慢安顿下来。

但其实，元树也无所谓，因为南梁再好，到底不是他的家。可他想不到，元恪听信了国舅高肇挑唆之言，在三年后残忍地杀害了于国有功，于元树有养育之恩的元勰。

元勰无罪被杀，元树怒了，也彻底绝望了。第二年，元树尽他所能，带着元显和一起投梁——准确说，是投奔他的三位兄弟。

对于这位年仅十五的年轻人，萧衍格外优待，先是将他封为魏郡王，后又改封为邺王，官至员外散骑常侍。这些他都欣然受之，但他天生是个将才，又对北魏地理和军事布防格外熟悉，萧衍怎么可能不"重用"他呢？

可是，萧衍愈是重用他，他愈是难过——作为边防大帅,他每一次获得"事业"上的成功,都有可能让昔日的故人,今日的敌人成为一具白骨。

元树明白,皇帝虽然欺人太甚,而故国的百姓却是无辜的。所以,能不杀的他便不杀,能赦免的他一定要赦免。比如,他劝阻了梁将湛僧珍屠杀北魏的降军。

然而,以后史笔会怎样评说他这个叛国投敌的人呢?没有几个人,能看懂衣饰光鲜的俊郎,那脸上一闪而过的凄情——除了朱玉儿。

玉儿只是他的小妾,但这不要紧。两厢里,她对他用尽深情,他也对她倾心以待,这就够了。他们约好了,要一起相伴终老,直至白发满头,齿落为冢。

好景不长,永熙元年(532),梁帝萧衍瞅准北魏几易皇帝,内乱迭起的良机,命元树率军伐魏。玉儿心里没来由得慌,便将手上的金指环送给了他。

喁喁细语,纵是在元树被押在永宁寺中,也不曾被他遗忘。他记得,她说,望君还。

她送他的,是一枚金指环。

"环",也就是"还"。不过,他还能回到她的身边么?那一天,谯城一战中,元树没想到,以白马之血为盟的协议,也不能防止魏将樊子鹄使诈。

终于回到洛阳了,以囚徒的身份。

虽然身为囚徒,元树却并未觉得永宁寺会是他的葬身之所,因为这二十三年间,北魏的皇帝,如今已是元修了。父亲元禧早就入土为安,被恢复了名号,幼弟元坦顺理成章地袭了爵。

兄弟相见，应是万分亲热才对。元树却没想到，元坦想要他的命。理由不难猜到，他比元坦更为年长，二人的才德更有云泥之别，元坦担心他会夺走自己的爵位。

亲情，一旦被距离稀释，一旦被权力浸泡，就全然变味了！元树说他是"求活而已，岂望荣华"，也斥责元坦是"腰背虽伟，善无可称"。

元树心寒如冰，一心等死。也许是这时北魏的掌权人高欢，希望能得到为他所用的人才，他打算赦免元树。消息传来，元树也是太高兴了，竟忘记了暗处窥视他的眼。

他托人将金指环送回玉儿身边，也是在暗示她，他终会回到她的身边，与她携手余生，再不分离。高欢得知此事，震怒不已，他不可能容许一个潜在的敌人，会投往敌国。

元树被秘密处决了，最高兴的人自然是元坦。要给哥哥元树下葬吗？当然不。自惭形秽的他，最痛恨的便是元树这样德才兼备的亲人！

明月依旧朗照，英豪早成枯骨，多年后，元贞总算能为父亲下葬，而那个微贱不值一提的女子，再未出现在史册上；那枚金指环，也再没能见证他们的情恋。

美丽的玉儿，是寂然终老，还是恸然而逝，谁都不知道。

唯有，唐人刘禹锡提笔笺字，在写下七绝之后，如实录下这段悲情往事："后魏元树，南阳王、禧之子。南阳到建业，数年后北归，爱姬朱玉儿脱金指环为赠。树至魏，却以指环寄玉儿，示有还意。"

【聘同心】

其俗，娶妇先以金同心指环为聘。

——《晋书·四夷传·大宛》

在一开始，女子们的婚姻不是由指环来媒合的。

上溯至原始社会，指环一物便见之于各类遗址中。其间，较为常见的，是骨、铜材质的，而嵌有绿松石的昂贵指环，也偶有见到。

有传，指环在宫廷之中，曾有一特殊用法。后妃群妾们因有月事或孕事，不便侍奉君王之时，便会将指环戴于左手，将羞于直言的话语婉转表达。如此一来，可禁戒君王的御幸，以免两厢不悦，扫了兴致。

大抵是指环戴在指间，有着一种特别的美态，渐渐地，她们便不舍脱下它来，索性平日里，将指环戴于右手，以示区别。

一直以来，时风都兴起于宫廷——指环也不例外。于是，对于这种时尚，百姓们都乐颠颠地要去追逐。不过，也就是在这追逐之中，指环的"禁戒"意味，便慢慢地淡化了。

长久以来，约指、手记、代指、戒指，说的都是指环。

明人都邛在《三余赘笔》中说："今世俗用金银为环，置于妇人指间，谓之戒指。"由此可见，炫美与禁戒的意思，还是一直并行的。

只是，说归说，做归做，世俗加于女子的，或许是"禁戒",而女子还以世俗的,又为何不可以是烈烈灼灼的美丽呢?

有关指环的起源,"宫廷说"不过是其中一种而已,但我猜,此说影响甚广,并不是因着它的说服力,而是由于这传说中的暧昧成分。对于宫中之事,人们总是引颈以望,巴不得多一些色灿如桃的掌故,来增添茶余饭后的谈资。

事实上,东汉时期,顺帝曾赐赏孙程等功臣以金钏、指环;北周时期,皇室也曾对李贤赐赏过金戒指。往外看去,早在罗马帝国时,金戒指便是一种荣誉的象征,有功者当得之。

这指环中,又岂会只有禁戒之意,风流之韵呢?

其实,指环此物,至少在西汉时期,还不是那么受人待见。擅跳"翘袖折腰"之舞的戚姬,曾是吕后心中的针刺,可她某次戴了一枚,由百炼金所制的指环,却意外地惹来了刘邦的嫌厌,这又是何故呢?

因为,指环在时人看来,多与神鬼相关,由此,他们自然对这神秘物事,生出了畏心。曾于《异苑》中见着一故事,说晋朝有一士人,买得一名为"怀顺"的鲜卑女。这怀顺,平时行踪总是极为诡秘,最后还将指环挂在赤苋之上,音尘尽绝。

这故事,大概是说,怀顺是由赤苋变成的。

《异苑》里还说,沛郡人秦树,迷途之中投宿于一少女家中。虽只一夜,没想两人已是情意缠绵,次日他道别之时,少女心知此后难逢,便赠他一枚指环,泣道:"与君一目睹,后面无期。"

秦树心有不舍，回首时所见的，却是一古墓。

也许，少女夭亡之后，也是不甘未曾有过一场刻骨情恋，便被命运丢弃于寂冷阴世，所以才有意要与秦郎相遇的吧？只是，人鬼殊途，徒叹奈何？

不管指环起源几何，传说几多，总之是，随着时光的延宕流转，金指环也走入了人们的视野。从墓葬情况看来，惯于戴金指环的，还是以北人居多，想来，即便到了汉代，指环也不见得就是汉人的寻常饰物。

不只是大宛，《外国杂俗》和《胡俗传》中，都有"诸问妇许婚，下全同心指环，保同志不改"，"始结婚姻，相然许，便下金同心指环"的记载。

同样是在《定情诗》中，三国的繁钦却提到，"何以致殷勤，约指一双银"。由此看来，汉人以指环为定情信物的做法，应该是在魏晋南北朝时期，受到了中亚旧俗的影响。

一边禁戒，一边美丽；一边神秘，一边示爱。指环里的意蕴，比我们想象的还要深浓。

一双银，问许婚，志不改，相然许……从这古旧的句子里，随意择取几字，都让人不由得心生绮念。那一天，天清云淡……

一位金发碧眼的胡族女子，或是一位瑰姿艳逸的中原女子，在这样的天气，迎上了男子粲然的笑颜，以及他手心里最为诚挚的聘礼。

他说："同心指环为聘，汝可许之？"而她笑着伸出纤指，只低低地应："好。"

【纤纤手】

　　手执一玉环指,谓曰:"此妾常服玩,未曾离手,今永别,用不相遗!愿郎穿指,慎勿忘心。"
　　　　——(唐之前)佚名《八朝穷怪录·萧总》

　　那一回,时春向晚。
　　风流儒雅的萧总,出尘脱俗的巫山神女,在短暂的邂逅后,各自还归来时的路。别离时,烟云正重,残月在西。欲说的话,已是欲说还休。
　　她看向手中的玉环指。
　　彼时,他未必想到,此时今日将成永诀。而眼前的叮咛,终究会凝成回忆的书签。珍藏在心的,不只是神女的这番言语,还有他的答言:"幸见顾录,感恨徒深。执此怀中,终身是宝。"
　　仙凡有别,情事终成过往。而由指环牵系出的人间情恋,或许会有可能开花结果。

　　乡人魏益德将娉之,未及成,而武帝镇樊城,尝登楼以望,见汉滨五采如龙,下有女子擘絖,则贵嫔也。又丁氏因人以相者言闻之于帝,帝赠以金环,纳之,时年十四。
　　　　——(唐)李延寿《南史·卷十二·列传第二》

　　也许,丁令光注定与萧衍结缘。

南朝齐永明二年（484）时，丁令光出生于樊城。女子未及笄年，已有明艳动人之姿，追求者并不在少。同乡之人魏益德，也有聘娶她的心意，可他到底还是没能心愿得偿。

因为，南齐刺史萧衍看上了她。

年方及冠，萧衍堪堪大她六岁。此时，萧衍正好镇守樊城，登楼远眺中，一时间诗兴大发。突然间，汉水岸边五彩交辉，其形恰与蛟龙相仿佛。他惊住了。

正在这诧异间，其下一个分剥棉絮，浸水漂洗的女孩儿，出现在他眼前。

她干活是极认真的，那玉软花柔的模样，如春日梢头的蓓蕾，任是谁看着都想一亲芳泽。萧衍便在这一霎，为她动了心。

其实，比起萧衍来，魏益德已经早了一步，但萧衍毕竟与皇室有些渊源，自小又是个文武兼修的俊杰，魏益德也不得，自动自觉地让步。

当然，萧衍下决心迎娶丁令光，也因为相面者的预言——出生之时，满屋紫气，这么多年来，她与旁的女孩儿一同在月下纺织，也从不会被蚊虫叮咬。

这女子，不寻常呐！

不管怎么说，此时他们是开花结果了。他交予她的定情之物，便是一枚金指环。盈盈探出修长的手指，女孩儿与眼前的陌生人，便这样牵系在了一起。

此后，她从旧朝权臣的小妾，变成了新朝皇帝的贵嫔；她又从生下美而慧的太子，到死后极尽哀荣。丁令光的传奇故事，似乎完美得足以压倒当世的所有女子。

但我想，她虽然善良沉默，但从前萧衍正室郗徽，是怎样因妒生恨，变着法儿折辱她的事，她也不可能尽数忘却。不计较，不争抢，不代表她不记得。

很多惊世传奇的背后，都有另一番不为人知的酸楚。

幸而，她哑忍着那些酸楚，终于走出了个柳暗花明。是啊，她的人生，从十四岁那年，被一枚金指环圈住开始，便注定没有回首再来的机会。

指环，是指中之环。

循环往复，永无终时的，不唯指环上的任意一处。就如行经昨日的钟摆一般，即便回到那个刻度，也已带着今时的心情。

二八好容颜，非意得相关。
逢桑欲采折，寻枝倒懒攀。
欲呈纤纤手，从郎索指环。
——（隋）丁六娘《十索诗》

倒是，挺喜欢大胆直露的女孩儿。

身为乐伎，位卑身贱，但丁六娘却是爽性可爱的，所欲所求的，都不怕直接说出来。而她的要求，是琐物——衣带、花烛、红粉、指环、锦障、花枕……

这些琐物，其实都不贵重，但她就是要缠腻腻地索求，娇滴滴地诉说。

因为，相思的距离可以很近，也可以很远，不管是在两情炽热的当下,或是两两相忘的他日,唯一可供她纪念或是祭奠的,也只能是这些爱的誓证了……

既如此,那么,请为我纤纤之手,着一枚指环,付一分真心!

【重相忆】

> 若与儿有缘，知儿手上金指环者，则为夫妇。
> ——敦煌文书《太子成道经》

在敦煌莫高窟中出土的文字古写本里，有一个《太子成道经》的故事。故事里，净饭王希望太子能对人间多一点眷恋，遂欲为之聘娶一妻。太子闻言好不欢喜，便称，父王应该先为他做一个别致的金指环。

太子择偶的方式很是特别——偷偷戴上，却不令人知晓，如有女子能预知他手上戴有金环，便是他的有缘人。而这有缘人，他很快便寻得了。

太子有意，耶输陀罗也有心，这桩好事，也就这么两厢情愿地成就了。从"太子当时脱指环"，娶耶输陀罗为妻的故事里看来，指环已有较为明确的定情之意。

佛教里的示爱方式，落入凡尘之中，即是圣洁无瑕，又富于号召力的。故而，俗世男女之间，也渐渐习惯于以指环来定情了。

只不过，唐初时，指环也只是一种定情信物，而非订婚和结婚的必需品。很可能，唐传奇里，对各种离奇情恋的渲染，适好促成了这一转变。

> 捻指环相思，见环重相忆。
> 愿君永持玩，循环无终极。
> ——（唐）李景亮《李章武传》

这时候，王氏还不是一缕幽魂。

也是缘分使然，王氏寡居闺中，抵住了那么多男子的诱惑，却不曾放得下李章武的一言一笑，和他温柔的气息。可他终究还是要走的。

将回长安时，他留给她一匹交颈鸳鸯细绫，又赠诗道："鸳鸯绮，知结几千丝，别后寻交颈，应伤未别时。"

王氏回赠他的，是一个白玉环。

她念着他的好，也望他捻着指环儿，能一再一再地忆起她，忆起从前的好时光，忆起从前的相思情。情至深处，是回环不息，永无终止的。

一再一再，永远永远，除了指环，还有什么信物可以这般，含蓄地为她传情，深幽地为她表意？相思相忆之后，许是下一次的相见……

但可惜，王氏在生时，他们没有这个机会。

再相见时，已是阴阳悬隔。王氏终因相思成疾，不治而逝。最终还是会面了，因为李章武的不能忘情，一缕幽魂也愿冲破两界的阻隔，来与他相会。

可是呵，人鬼间的密会，就算寻补了前恨，也难以再寄望于后来。九泉之下的人，迟早还是要回她自己的地方，步入下一个轮回的。

别路无行信，何因得寄心？在下一个轮回之中，他可还会认得她？

遂为言约，少则五载，多则七年，取玉箫，因留玉指环一枚。

——（唐）范摅《云溪友议》

不知道，韦皋以为眼前这位歌姬，即是玉箫转世时，是怀着怎样的一种心情？

转世这词儿，实在玄不可言。

或许，他只是遗憾，因着他误了约期，以致玉箫在等待中绝望死去，故此才一心以为，纵是她已在新的轮回中，换了一个新的身份，都不会忘了来寻他。

于是，他感慨不已，道："我由此始知生死之分，一来一往。"

三十多年前，他不是什么西川节度使。游历于蜀地，借住于姜刺史府上，这便是他认识侍女玉箫的机缘。"日久生情"一词，搁韦皋和玉箫身上，倒是十分贴切的。

叔父催行已久，韦皋要赶回家乡，唯有先与玉箫作别，并以指环为誓，赠诗曰："黄雀衔来已数春，别时留解赠佳人。长江不见鱼书至，为遗相思梦入秦。"

鹦鹉洲头的等待，自此而始。到了第八年春日，玉箫绝食而死，因为，她不曾等到他，她以为他已将她视作人生过客，红尘一粟。其实，并不是不想问，可是她怕她去信以后，问来的，只是他决绝冰冷的话语。

是的，休相问，怕相问，相问还添恨。

"韦家郎君，一别七年，是不来矣。"最后，她这样说。姜家人心知她放不下旧情，连带着她的玉指环，将她送土为安。

我以为，这已是故事的结局——一个情终不悔，一个爱至半路，便已转身不顾。

　　但在传说中，韦皋得知此事后，极为憾悔，遂为她广修佛像，助其往生。原来呵，他并非有意违期，而是戎马多年，觉得玉箫再也不会为他等候，故此索性抛忘前尘，一心向前。

　　却原来，她爱得如此执着，他却在无形中，成了负心之人。既然他已知错，传奇故事的作者们，也总是愿意为他们去缝补，去撮合……

　　说到底，玉指环的传奇故事，也是在为玉箫亮烈的爱，而心疼的呀！我知，这其实是一种善意，可我还是想说，红尘男女，如真的相爱，请一定一定，许给对方，一个今生今世，一个春去春回。

　　因为，来生太长，而她的手你未必能牵得到。

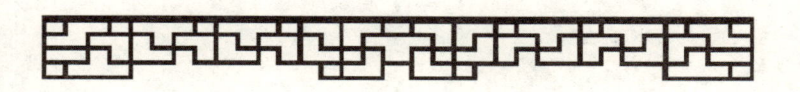

第四辑 时世妆

一日新妆,报以君心。

临镜而视,镜圆如月,人如花。丽妆新成时,闺阁中的香气透窗而出。脂粉铺前,男子挑花了眼,只是为着一心之人。

梳篦、兰泽、花钿、妆粉、胭脂、石黛、口脂。

妆奁里的韶华,流淌于指间,混沌而欢喜。辰光有限,

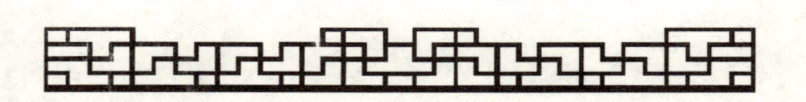

唯爱的誓诺,不可轻负。

第十六章　忆昔君别妾，分破青鸾镜

他相信，他让他们破镜重圆，不只是放手，更是放生。积善行德的事，他杨素做得也不多，这次却真是动了恻隐之心。徐德言不愿在隋朝任职，杨素也由他。

听说，唐太宗贞观十年，夫妻同穴而葬，陪葬的唯有一枚失而复得、破而重圆的铜镜。

——小引

【镜重圆】

陈太子舍人徐德言之妻，后主叔宝之妹，封乐昌公主，才色冠绝。时陈政方乱，德言知不相保，谓其妻曰："以君之才容，国亡，必入权豪之家，斯永绝矣。若情缘未断，犹冀相见，宜有以信之。"乃破一镜，人执其半。

——（唐）孟棨《本事诗·情感》

谁都没想到，陈朝不过三十三年，便毁于后主陈叔宝之手。

乐昌公主的哥哥,便是陈朝的最后一个皇帝。公主早知,多年的如沸笙歌,已销蚀了一个皇帝应有的锐气。

她想,他可能完全没有珍惜这个位置——尽管他的脖子上,至今还留着宫廷政变留下的刀痕,太建十四年(582)的惨剧,当真是吓煞了她。

陈叔陵也是公主的哥哥,这很残酷。

不过,彼时的她并不曾想到,她的家国会在旦夕间,被取北周而代之的隋朝攻灭。她清楚地知道,亡国公主会有怎样的下场。她们虽然不会如大多皇子一般,因受猜忌而死,但也免不了被发配为奴,或是嫁人为妾的厄运。

她有心爱的人。

他叫徐德言,是梁陈间大诗人徐陵的孙儿。作为陈朝数一数二的才子,他理所应当与陈朝最尊贵的公主结为伉俪。

昨日,他们还是旁人艳羡的佳偶,今日便是各自天涯各自悲。没有人有空去理会亡国奴的心情,但有嗤笑的声音催她上路。

不得不分手了。她咬着唇,将妆台上的铜镜摔作两半,密密地叮咛道:"各留一半,以备他日相会。"她还告诉他,正月十五日,长安城内会有人沿街叫卖铜镜。

这份誓诺,是用那面常年照影的铜镜,来种下的。

镜中,自有他为她鬓上簪花,为她晨间画眉的旧忆。他捧着半块铜镜,心碎欲裂——可转念间,他却想到,只要他们能勉强活下来,他日或许还能劫后重逢,再续前缘。

心存此念,徐德言背转身去,拭去泪水。

公主要去的地方，叫作长安。隋都长安，离他多远？他已不敢用"距离"这两个字来衡量。

终于，他打听来了隋朝安置亡国奴的办法：后主被幽于长安，皇室被放逐远地，女眷被征入宫闱，还有……还有少数出色的女子成了功臣的妻妾。

凭公主的才情样貌，她得到的应是最后一种"待遇"。徐德言所料不差，公主的确是被赐给了功臣，只是他还没能马上打听到，这人姓甚名谁。

因着文武兼修，又八面玲珑，杨素是隋朝身份至为显赫的大臣之一。作为南征时统军的主帅，他在战后被擢升为尚书右仆射。

南方佳丽地，陈朝娇媚人。杨素虽从不缺女人，亦对公主十二分宠爱。他也知道，她的心思还在故国萦回，但他刻意不作深想，她心中真正惦记的，到底是故国，还是故人。

在半块铜镜中，她一次次重温着旧忆，重温着往事的温度。如水光阴中，她在异国他乡盼来了新年里的元宵日。然而，第一年、第二年，她的贴身女仆都没能为她带来佳音。反倒是，女仆因为要高价"兜售"半面铜镜，被人误作了疯婆子。

公主没有放弃，纵然是世人以为她也是个疯子！

不是没想过他另成家室的可能，也不是没想过他遭遇变故的可能，但她依然在失意的旋涡中，苦苦地挣扎，哀哀地企盼。

她到底还是等到了！

第三个元宵之夜，坊中有一俊郎，将他的半块铜镜和他在城中的地址交给了女仆。

"镜与人俱去，镜归人未归。无复姮娥影，空留明月辉。"他还写了这样一首诗。不见这诗还好，见着这诗，公主悲从心起，再也无法自持。

再三恳求之下，杨素答应让公主与徐德言见上一见。当然，解铃还须系铃人，他的本意是让她感他的恩，而后彻底抛忘前尘，安安心心地伴他终生。

旧爱与新欢，齐聚于杨素府中，气氛说不出的尴尬。徐德言的面容愈是憔悴，公主便愈是割舍不了往日情爱。她很想，好好争取未来的幸福——因为她曾听下人说起，杨素对于夜奔而出的红拂女，也没怎么计较。

即席赋诗，她吟的是："今日何迁次，新官对旧官。笑啼俱不敢，方验作人难。"杨素被他们震住了——她说她愿他再娶新人，他却说他决意遁入空门。

何必强人所难，自讨没趣？杨素自问。

他相信，他让他们破镜重圆，不只是放手，更是放生。积善行德的事，他杨素做得也不多，这次却真是动了恻隐之心。徐德言不愿在隋朝任职，杨素也由他。

听说，唐太宗贞观十年，夫妻同穴而葬，陪葬的唯有一枚失而复得、破而重圆的铜镜。

【照孤鸾】

监可取水于明月,因见其可以照行,故用以为镜。

——(东汉)许慎《说文解字》

传说中,上古以大盆为镜,取名曰"监"。

这个"监",也就是"鉴"。及至秦朝,大量铸造的铜鉴,几乎替代了此前的瓦鉴,同时,也改变了人们以水照面的习惯。

于是,"照花前后镜,花面交相映"的前人诗境,才有可能从红尘的泥壤里生长出来,而与君共话,与君共老的静好时光,方才有了触目可见的凭依。

虽说如此,可铜镜的起源,似乎与美女没什么关系。

传说,黄帝有意选娶貌丑而贤德的嫫母为妻,以做榜样。嫫母之贤,仅从她根据劳作时的灵感而发明出铜镜,便可看出。不过,《物原》中却说,"轩辕作镜";《述异》中也有轩辕磨镜石的记录。

其实,夫妻本为一体,传说的矛盾之处实在不必深究,倒是黄帝所说"重美貌不重德者,非真美也;重德轻色者,才是真贤"这句话,让我心思百转,浮想联翩。

几乎是,有镜之处,必有美人——即便容貌不美,而在镜前认真理容的女子,也是值得旁人尊重,亦可称之为美人的。因为,德容言功,是女子为妻为母的准则。

相对秦镜来说,汉镜不仅工艺更为精良,其上的铭文亦有着隽永意蕴。用于庆祷或是宣示威武的铭文为数不少,而我所念所爱的，莫过于"大乐未央，长相思，愿毋相忘"这样的句子。

物换星移，多少朱颜于镜中凋零，多少日月于镜外暗换，我们都不知道。今我所见，那古镜上的青苔，无一不是时光的伤疤。可纵是如此，因着镂刻的工艺，那些古远而温暖的话语，依然清晰可见、历久如新。

岁月在此刻凝停，欢喜却不可自抑的，如一潋一潋的涟漪，在深心里一点一点地漾开。因为，我们在这里，看见了爱情的温度。

> 佳人失手镜初分，何日团圆再会君。
> 今朝万里秋风起，山北山南一片云。
> ——（唐）杜牧《破镜》

绝句里，语浅意深，亦有着爱情的温度。

每一句都是在替古人担忧，为佳人心疼。幸而，最后的结局，让人欣慰。

然而，少有人知的是，徐德言与乐昌公主的故事，只是对"破镜重圆"这个掌故的承继，其来源却至少是在汉晋之时。

东方朔曾著有《神异经》一书，有关"鹊镜"的记载，令人着实感慨。传说，早前民间便有夫妻将别，"各执半镜为信相约"的旧习。故而，一对年轻夫妇临别在即，夫郎归期难定，妻便决定效仿古人，以此立誓。

可人与人毕竟是不同的，如若少了决心来撑持，再美好的信物也是虚设，再响亮的誓约也终将破灭。比如，在这个故事里，妻后来耐不住空帷寂寞，竟与别的男人私通起来。

半镜犹在，春心已乱，没承想，人是自毁誓约的人，镜却不是冰冷无情的物，这半块铜镜，竟蓦然间化作鹊鸟，飞至远行人的身边悲鸣。

在那一刻，发妻变心的事实，夫全然知晓了。心有多痛？不言亦可想象。很多年后，唐才子王勃，也对此事感慨遥深，道："鹊镜临春，妍虽自远。"

"靡不有初，鲜克有终"，再次想起此语，心里微惊。一句话，也可以是一面镜，一面洞彻俗尘的明镜。无常的人世，善变的人心，反复的人情，从来也不鲜见。

值得玩味的是，自从有了鹊鸟报信的传说，世间便有了铸镜为鹊形，或是在镜后饰以鹊纹的习惯——而这样的铜镜，往往是已婚女子的专属。

朋友笑问，举凡男子，送这样的鹊镜于妻，是在宣情示爱，还是在提醒着她，要在婚后对旁的男子禁情绝爱？想了想，我答：也许都是，也许都不是。

因为，为爱离索，为情困顿的人们，都渴望着偎守一份恒久的爱，都害怕失去一段挚诚的情，所以，一边宣情示爱，一边禁情绝爱，这又有何不可？

君不见，"愛"之一字，唯有一心而已。

除了鹊镜，鸾镜与鸳镜，也是女子们闺阁中的爱物。

前者，典出于东晋时的《鸾鸟诗序》，说的是罽宾王所获的孤鸾，三年不鸣，偶然见着镜中之影，悲鸣而死的故事。它从镜中看见的，到底是什么呢？是它自己，还是它的过往？

后世，离居于夫君的妻子，或是爱而难求的女子，便被称为"鸾镜佳人"；夫妻生死离别，阴阳相隔，便被喻为"孤鸾照镜"。

佳人与鸾镜，许是绝配，所以，每当杨柳如丝，驿桥春雨时，画楼上的女子，才会格外地惆怅，为那江南岸头，早已断绝的音书。

"鸾镜与花枝，此情谁得知"，但佳人依旧独坐楼阁，等千帆过尽，等归鸿回头。

【惜妆奁】

> 汉国明妃去不还，马驼弦管向阴山。
> 匣中纵有菱花镜，羞对单于照旧颜。
>
> ——（唐）杨达《明妃怨》

自春秋战国，秦汉时期而来，隋唐五代是铜镜发展史上，最后一座高峰。之前，铜质合金虽结实耐用，其亮度却还嫌不够。

到了唐代，工匠在此间掺加了提亮光泽度的锡，算是一创举。而唐镜中另一创举，当属菱花镜了。有关菱花镜的理解有二：一是因其映日而生的光影状如菱花，一是自唐而始有了一种菱花外形的铜镜。

明妃昭君的菱花镜，自然是前者。因为，唐代之前的铜镜，其外形主要是方圆二种。当然，如鹊镜未必只指鹊形铜镜一般，状貌不是菱花形的铜镜，若是镜背刻有菱形花纹，也可作此称。

唐代的菱花镜影响着实深远，仅从诗文中，惯以"菱花"代指铜镜，便可看出。彼时，铜镜背面亦是有着铭文的，且常以诗句形式呈现。

> 照日菱花出，临池满月生。
> 官看巾帽整，妾映点妆成。

至今存世的一面铭瑞兽镜，将这首五绝镌于栉齿纹修饰的凸弦纹圈之外。婚后，她伴着他整饰巾帽，他也陪着她点染红妆。所有的深笃之情，绵长之意，都在这循环无终的镜沿上了。

宋辽金时，菱花镜以六葵花形最为常见，但棱边却做直了些许，还出现了带柄、长方、鸡心、钟鼎等形制。元代铜镜的纹饰做得较为粗疏，且略过不提。之后，明代一度仿造汉唐之镜，但形制却小得多，故而其纹饰搁在今日，大多已漫漶难辨。

值得注意的是，铜镜作为日用琐物，绝不可随意丢置妆台，因而，收纳铜镜的盒子或套子，也便应运而生了。

镜乃照胆照心，难逢难值。……暂设妆奁，还抽镜屉。……真成个镜特相宜，不能片时藏匣里，暂出园中也自随。

——（北周）庾信《镜赋》

妆奁，可指嫁妆，亦可指梳妆用的镜匣，而铜镜，被安放于抽屉之中，也是极为妥当的。拿出铜镜来，女子在出门之前，必要着意打扮一通。

先是，"黛蘸油檀"眉眼俏丽，"脂和甲煎"唇瓣红艳；再是，量了髻鬟长短，一簪戴了玉搔头儿、双凤钗；末了，"衫正身长，裙斜假襻"，才可折身出门。

去哪儿？其实也不远，不过是"暂出园中"罢了！

隔着古纸见此情状，不由莞尔。女子爱美之心，竟一至于此。不知为何，突然想起杜丽娘来。春光摇漾的那日，云鬓梳罢,她却对镜半日,整了花钿,也不肯步出香闺。

"没揣菱花,偷人半面,迤逗着彩云偏",没承想,不经意间,镜儿偷照了她的芳容,她可羞得拧过头去,连发式都歪了好些。

好说歹说,最后丽娘还是出了闺阁——毕竟,不到园林,怎知春色如许?至于说,在下一刻,那姹紫嫣红的春色,会种植于心,蛊惑得她不知所起,便情深如许,则不是她所能预知的了。

因为怕羞,她倒不曾带着菱花镜,可当此贱薄韶光,她肯走出那一步,总是好的。不然,将自己围在那个华丽逼仄的阁楼中,岂不辜负了锦绣三生,巫山片云?

寻常时候,女子与妆奁两厢默对,闺阁中的辰光,似乎也变得不那么难挨。试想,梳篦、簪钗、花钿、妆粉、胭脂、石黛、口脂……一样一样地抚着触着,流连着,指缝里窄窄的光阴,也可以变得欢喜而绵长。

周朝的妆奁,多数以铜、陶制成,出土文物中,顶部上那跪坐的一双男女,竟然一丝不着,这是在暗示什么,女子羞怯怯地打量几次,就省得了。

到了战国秦汉之时,漆妆奁便大行其道了。

汉明帝刘庄,怀念太后阴丽华的时候,凝注着奁中旧物,已是泪下沾襟,不能自抑。他想起了什么呢?恩深情长如他双亲,当年在妆奁之前,必也是眉间眼底,都流烁着爱意的吧?

与其说他怀的是人,不如说他怀的是情。

到了唐宋年间,金银、漆料的妆奁,成了主流。而年复一年日复一日，妆奁的层数也多了起来，饰艺也更为精巧，镶金嵌宝也是常有的事，因此，除了"镜奁"这一别称，"香奁""宝奁"的名头，也慢慢响亮了起来。

再后来，"凤奁""鸾奁""翠奁""珠奁"等美称，也一个比一个耀眼，让人目不暇接。

蓦地想起，古时工匠们造物，历来讲究个器以载道，这么说来，妆奁许多的样式、名称，倒真是能"一沙一世界"地折射女子们的审美意趣了。

【临镜台】

朝来临镜台，妆罢暂裴回。

千金始一笑，一召讵能来。

——（唐）徐惠《妆殿答太宗》

丽妆新成，徐惠却并不急着去见皇帝。

这是个聪慧的女子，古来，一笑千金的美人最是难得，也最让人难忘。她深谙此道，却又言诸于口，此间的娇憨绵动，令得皇帝忍俊不禁。

当然，她有这等胆量，也因着她一向敢于谏言，深得君王宠幸。一篇《谏太宗息兵罢役疏》，其间的睿言智语，绝非寻常女子可比。

后人将这桩韵事称为"娇语解围"。

略加思忖，便不难得知，先前她之所以误了君王的传唤，很可能是为旁的事儿绊住了手脚，可她却明白一个道理，"镜台梳妆"的韵致，足够让威严素著的男子，顷刻间软下心肠来。

不屈己，亦不媚人，但却能动人，这便是一种极深的智慧了。

故而，后人曾作诗称赞道："拟就离骚早负才，妆成把镜且徘徊。美人一笑千金重，莫怪君王召不来。"

镜台，顾名思义，便是嵌装镜子的梳妆台。

一般来说，根据形制大小，铜镜有用于穿衣和梳妆的区别。一旦要使用无柄的梳妆镜，便需将它挂在镜架，或是镜台上。

相对镜台来说,镜架的样式简单得多。通常情况下,是利用一个镜座竖起长杆,铜镜背面的镜钮,是可以悬插于杆头的。为了物尽其用,长杆中有时还有一些小盒子,以备小物件的盛放取用。

想当年,温峤以玉镜台为聘礼,"骗"来了新婚夫人,可想而知,镜台的规制,远比镜架要大,要华贵一些。

事实上,在晋朝时,皇太子纳妃,就必须备上一座玳瑁细镂的镜台作为聘礼。温峤这个做法,也算是合了时俗。

> 玲珑类丹槛,迢亭似玄阙。
> 对凤临清水,垂龙挂明月。
> 照粉拂红妆,插花理云发。
> 玉颜徒自见,常畏君情歇。
>
> ——(南朝齐)谢朓《咏镜台诗》

有些遗憾,诗中所说的镜台,而今没什么实物可以赏看,但品读起来,南北朝时的镜台之美,今人还是可以感受一二的。

很显然,巧匠们是从亭阙的造型上,获得了这份灵感。于是,镜台上所预设的悬镜处,便被做成了丹槛飞甍的模样。

欣赏镜台的人,亦不曾亏负了这份美。故而,镜台上盆中的清水,和垂悬的明镜,都触发了他的情思。而且,他以为,镜台之前,应坐着一位傅粉红妆的女子。

簪花鬓前,镜中的美人已是楚楚动人,让人生怜了,可即便如此，她仍担心自己红颜未老，却为君心所厌。一时间，顾影自怜，竟对着镜台发了怔。

看来，临镜而照的女子，并不都是徐惠——娇憨的情态，敏捷的文才，也许比女子的容貌，来得更重要。

即今装饰废，凋零衢路间。
姮娥与明月，相共落关山。
——（南朝陈）陈叔达《入阙咏空镜台诗》

寂落的镜台，空无一人。

映照过的梳妆美人，发生过的旖旎情事，都不在了。人间种种，但凡由繁华转入荒芜，都会颤震着人心，令人浮想联翩之后，转出悄然一叹。

然而，自然没有几人，会因为畏惧日后的荒芜，而拒绝眼前的繁华。相传，北魏胡太后有一个七宝镜台。其奢巧之处，哪怕是后世的巧匠，都为之咋舌。

所谓"七宝"，是指紫金、白银、琉璃、水精、砗磲、琥珀、珊瑚等物，镜台之内还有一个妇人雕像。只要启开镜台上的三十六扇门，雕像的影子，便会被层层累累地映照出来。

这样的繁华，她不愿孤守。美仪容的男子们，能在这儿看她梳妆打扮，听她娇语成痴，才是她极致的快乐。

只是，倘若她能预知悲惨的后事，还会不会纵情无度地，游走于红尘梦中呢？

明镜,如你的眸。
闲窗恼照,又是一年悠悠。
思往事,明月倚楼。
妍态自芳,怕是心期已无休。

第十七章　宿夕不梳头，丝发披两肩

这一生，于他们而言，也许不过就是一青丝，一情思。
他们终于以不被人所理解的方式，将前缘旧梦，葬在了岁月的深壑中，所求的，只是不亏负曾经的地老天荒。

——小引

【旧云髻】

自从别后减容光，半是思郎半恨郎。
欲识旧来云髻样，为奴开取缕金箱。

——（唐）行云《寄欧阳詹》

行云与他相见的第一次，他说他叫欧阳詹，字行周。

他们相识一次宴席之上。那不是清暑殿，那也不是广寒宫，热热闹闹的气氛，才是骚人雅士们所乐见的。

与姐姐止云不同，行云虽少了些温婉意，却多了些文翰气，歌舞之中一颦一笑，都让人如睹书卷，如视归人。仕女卷轴，就这样在他眼前打开了来，让他眼前一亮。

而欧阳詹，清简自持，并不是那惯看风月之人，这样与众不同风韵清雅的郎君，也让行云颇为惊异。

在那惊鸿一瞥中，就决定了，她是他的惊为天人，他是她的倾城绝恋。

今上为李适，贞元八年（790）时，闽南人欧阳詹与二十余人同为一榜所取，居韩愈之前，名列第二。此间无不是大才荦荦之人，故此时人美之为"龙虎榜"。

中原人士时常说，"闽人未知学"。作为闽南登科的第一人，欧阳詹很为南人长了些脸面，后生们大多以之为榜样，信心倍增。

但其实，他还很孤单——历来，便没有不孤独的先驱者，如果不是状元宰相常衮每于游娱燕飨时，必召他同席，予他勇气，他是不会长途跋涉，只影孤形地前去长安应试的。

更远的路还在社交圈中，南人本就不为朝廷所重，好容易通过了吏部的铨选，也未必能有个好前程。及第后的六年里，四试于吏部，他也等得很心焦。

其间，欧阳詹宦游于各地，没承想，在太原遇到了行云。心是悸动的，爱却必须讳藏着，因为她只是太原一个小小的官伎，应酬会宴佐酒助兴，才是她人生的模板。

他们本不该有交集。

可不知为何，欧阳詹总觉得，于碌碌红尘之中，他们不会只是陌路擦肩，不会只是相忘江湖。

次日，她以书致意，莲步姗姗，走进了他的生命。一言一语，都是情；一行一止，都是缘。只要是知音，纵是距了蓬山万里，亦是无妨。

知音有多难得，情爱便有多珍贵。他懂得，她不愿走那风尘路，也不愿做那鬻笑女，既然悦了两情，他便迟早要为她落下官籍，许以名分。

名分可以有先来后到，感情却未必如此，他对自己的心再清楚不过。

定情之夕，烛影摇红，这是对她的尊重。她艳饰相待，他则为她解下如云的发髻，痴痴昵昵地说："此情可待，他日迎汝。"

她也含泪唤他的字。"行周，行周……"每一声都在他心间种上了相思的蛊，经年的劫。

作为一个宦游人，他始终是要走的。临行那日，他的誓诺让她忍不住掩面涕泪。

> 驱马渐觉远，回头长路尘。
> 高城已不见，况复城中人。
> 去意自未甘，居情谅犹辛。
> 五原东北晋，千里西南秦。
> 一屦不出门，一车无停轮。
> 流萍与系瓠，早晚期相亲。
>
> ——《初发太原途中寄太原所思》

末了，他抚着她的云髻，说："至都，当相迎耳。"

还京之后，经过一些波折，他终于等来了"国子监四门助教"的任命。

官阶不过从八品上，确实是委屈了他。然而，在其位谋其政，不管内心有多郁愤，选贤举能、奖掖后进的事，他都乐此不疲地去做。

闲下来时，他在记忆里描摹着她的菱花妆、如云鬓，一心想着要寻一个合适的机会，迎她过门。可未曾想，他在忙于公务的同时，行云已因相思成灾，生了重病。

她也知她命不久矣，便散了她乌可鉴人的云鬓，剪下青丝一缕，装入匣中。若他心中还有她，若他还会来看她，这青丝，便也是她的情思。

"自从别后减容光，半是思郎半恨郎。欲识旧时云鬓样，为奴开取缕金箱。"

真遗憾啊！也就在她写下绝笔诗，香消玉殒不久后，欧阳詹的仆人来了——他是来接她的。阴差阳错，半生已误。他们是真的缘分耗尽，陌路以终了么？

展开诗笺，绝笔诗已让欧阳詹哀恸不已；打开匣子，她的青丝更萦住了他的情思。许是不愿他二人，成为彼此的萍踪过往，她殉他以情，他也殉她以命。

十日不饮不食，他是一意寻死。

世人皆知，韩柳二人力倡古文运动，却鲜有人知，欧阳詹也为此出过不少力。也许这是因为，他死的那年，才不过四十五岁。

是的，贞元十四年时，他才正式走上仕途，但仅仅两年后，就托迹于黄尘，决然而去了。

这一生，于他们而言，也许不过就是一青丝，一情思。

他们终于以不被人所理解的方式，将前缘旧梦，葬在了岁月的深壑中，所求的，只是不亏负曾经的地老天荒。

【老鸦色】

玼兮玼兮，其之翟也。鬒发如云，不屑髢也。
　　　　　　　——《诗经·鄘风·君子偕老》

女子是很美的。

如果说，衣饰的美是外来的，并不能说明什么，那么，请来看看她的如云秀发。

"髢"是假发，只有发量稀少的女子，才会有必要借它修饰仪容，而这个，她却不需要。只可惜，这位光艳照人的女子——宣姜，却因着德行秽恶，反是让作诗的人欲抑先扬，贬损了一通。

有贬损，自然也就有夸赞。

"吹箫引凤"的故事太浪漫，萧史和弄玉的爱情也很动人，于是在彩绘花砖上，他们长长的直发，垂披脑后，坠于腰际，便颇有几分今人所说"待我长发及腰，少年娶我可好"的意思了。

一开始，长发披肩是常态，纵然在后来，各式发髻，为女子们热心追逐，那发丝逶迤、倾洒如瀑的模样，都有着无可言喻的魅力。

念之不忘，便是一种极致的魅力。

或者有意，或者无心。汉武帝为卫子夫所吸引，陈后主为张丽华而倾倒，都是因着她们的发。绾起来，如云如雾；放下来，如瀑如镜。

于是，他们堕入了爱的云雾身处，等闲不可抽离；他们亦在其间,照见了自己的年少青葱、飞扬得意。

男子如此痴迷,也算常态。有着一头让人称羡的好发,竟然可让情敌"我见犹怜",便更是一段让人惊叹的传闻了。

窗前梳头的李氏,"发垂委地,姿貌绝丽",岂是人间凡品,本是怒气冲冲,持刀而入的公主,也被震得怜心大起,毫不犹豫地放下屠刀,立地成佛了。

这"佛",便是宽容,便是默许那个叫"桓温"的负心汉,尽享齐人之福了。原来,美到极处,不一定会引来同性相斥,倒有可能会让人倾心以待。

不过,我并不以为,这真是一桩佳话。

试问,世间女子,谁又不曾想过,携一人之手,终一世之情的呢?不是谁,都有文君那样的勇气和才情,以一首《白头吟》,换得浪子回头的。

"愿得一心人,白头不相离。"从青丝满头,到白发稀零,有多少人能守得住,曾经的痴心情长?

西施晓梦绡帐寒,香鬟堕髻半沉檀。
辘轳咿哑转鸣玉,惊起芙蓉睡新足。
双鸾开镜秋水光,解鬟临镜立象床。
一编香丝云撒地,玉钗落处无声腻。
纤手却盘老鸦色,翠滑宝钗簪不得。
春风烂漫恼娇慵,十八鬟多无气力。
妆成欹鬓欹不斜,云裾数步踏雁沙。
背人不语向何处?下阶自折樱桃花。

——(唐)李贺《美人梳头歌》

有人说,这是诗人赠予娇妻的诗。

若心有所爱,则所爱之人,皆是可比西施的。天色将明,妻睡意犹酣,鬟髻早已是松散无形,欲坠未坠的了。因着清香缕缕,让人错觉那乌发,是悬浮水上的檀香木。

咿呀一声,辘轳声惊起了美人。打开镜匣,松开鬟髻,发丝一瞬间披散直泻。

很长,便是她站在象床上,依然透迤撒地,漫出香气。

很柔,便是玉钗顺发而落,依然坠地无声,不致碎裂成尘。

很黑,恰若鸦羽一般,那又不是纯粹的黑,而是黑中带碧,葱葱郁郁,淋漓着鲜洁青春的气息。

很滑,恰若膏脂一般,那也不是寻常的滑,而是宝钗无从簪起,唯见葳葳蕤蕤,一片腻云的光润。

什么是秀发,在男子看来,主要是"长、柔、黑、滑"这四个标准,大概只有如此,才衬得那黑者愈黑,白者愈白。不然,哪有什么"鬓云欲度香腮雪",可以欣赏,可以描画?

这其中,最难得的,怕是这个"黑"了。因为,要把短发养长,需要的是耐心,要改善粗糙发质,也可以选用上好的香泽,但满头青丝,乌黑可鉴,如墨如鸦,多半还靠了天生的资质。

当然,天资极好的女子,受了大挫一夜白头的事,也是常有的。这多半还是为了情,而为了这情,消损了肝肠,消减了容颜,到底又值得不值得呢?

在那个不时兴染发剂的年代,该有多少女子,曾祈祝过一头乌润的长发,曾盼等过一份真挚的感情啊!

【双梳子】

青丝缨络结齐眉，可可年华十五时。
窥面已知侬未嫁，鬓边犹见发双垂。

——佚名《竹枝词》

笄年已至，女孩与女人的界限，已鲜明于发式上。

青丝，情丝。那鬓边双垂的发，将会邂逅怎样的情缘呢？心意相属，颔首许嫁，光是想想，都令女孩羞喜不已。

女子许嫁与否，发式是无言的说明。

婴儿诞下三个月后，男孩留小束头发，女孩的留发，则要剪作十字形，一个是"角"，一个是"羁"，合称为"男角女羁"。

进入总角之年后，头上的两个小髻，便已生得极为活络可爱。亦有少许余发散下，被人唤作"髦"。再大一些，女孩梳的是丫鬟，左右两鬓小小的发髻俏生生地梳着，有种花蕾将绽的幽微之意。

男盼双十，盼的是加冠之后，谋一份功业；女盼十五，盼的是及笄之后，谋一份真情。

实在无法数算，古往今来，女子们在婚后都梳过哪些发髻，今人单是念念那些名字，都已觉满口生香了。不过，少女们婚前的发式虽然单一，生活却可以朝扑粉蝶，夜数流萤。而这些，却是婚后的少妇们再难拥有的……

唐人段成式在《髻鬟品》中，曾载有百余种髻名，大致可分为结鬟式、拧旋式、盘叠式、结椎式、反绾式、双挂式这六类。

明人徐士俊又在《十髻谣》里，盛赞了凤髻（步摇髻）、近香髻、飞仙髻、同心髻、堕马髻、灵蛇髻、芙蓉髻、坐愁髻、反绾乐游髻、闹扫妆髻这十种发髻的媚丽多姿。

其间，最为值得一提的，是这个拧旋式的发髻。顾名思义，拧旋式，即是将青丝分作几股来梳编，再以拧麻花似的法子，将其旋扭盘结于发顶或两侧。侧拧、交拧、叠拧，都是常用的手法。

甄后既入魏宫，宫廷中有一绿蛇，每日后梳妆则盘结一髻，形于后前，后异之，因效而为髻，故后髻每日不同，号为灵蛇髻。

——（宋）无名氏《采兰杂志》

甄后所梳的灵蛇髻，便属拧旋式的发髻。

梳的、绾的、鬟的、结的、盘的、叠的……一颗慧心，十分灵气，都在这繁复多变的发式中，一一得以呈现。而后，簪、钗、宝钿、梳、步摇、胜、冠子……一样一样地，拣选着插于髻上。

常言所说的"锦上添花"，在这里，发式是"锦"，发饰为"花"。

要想理出好看的发式，用具必不可少。所谓"梳篦"，齿稀用于梳理发丝的，叫作"梳"；齿密用于清除发垢的，叫作"篦"。"一梳梳到底，二梳白发齐眉，三梳子孙满堂"，美好的愿景，一旦被安放其间，梳篦的意义也就深厚了起来。

元人姚燧，曾赠妻一枚玉梳，《虞美人》中一句"新妆又得水苍梳"，想来定会让云发丰艳的妻，于惊喜之外，再多一些感动的吧。

骨、木、竹、角、象牙，无不是制作梳篦的材质，其中又以犀角、象牙为最贵。由于男女都需时常打理发髻，所以梳篦自是离不得身的，大约在魏晋时期，插梳之风就蔚然兴起了，到了唐代，至于极盛。

自然，男子是没有插梳的习惯，不过，他们可以欣赏富丽秀致的梳篦，饱览女子发间的秀色，也是一种幸运。

至于插戴方法，单插于前额、髻后，分插左右顶侧，都是使得的。到了晚唐、五代时期，女子活得益发豪气，插个十来把梳篦的情形，也是有的。

日日楼心与画眉。松分蝉翅黛云低。象牙白齿双梳子，驼骨红纹小棹篦。

朝暮宴，浅深杯。更阑生怕下楼梯。徐娘怪我今疏懒，不及庐郎年少时。

——（宋）吕胜己《鹧鸪天》

画眉已毕，女子的婉娈之色，还要用梳篦来增添。

一双象牙白齿的梳子，一对驼骨红纹的小棹篦，都是他为她准备的爱情信物。有趣的是，他非但不讲甜言蜜语，还说他若不送她礼物，只怕她这个半老徐娘会埋汰他，说他是庐郎的。

庐郎，也就是唐朝那个庐郎。

彼时，庐郎宦途坎坷，身为校书郎时已是老大不小的了，这时崔氏被他娶进门来，便有了些怨语："不怨庐郎年纪大，不怨庐郎官职卑，自恨妾身生较晚，不见庐郎年少时。"

其实，这话即便只是怨语，而不是玩笑话，可夫妻二人的心怀一经袒露，之后也该是心结尽解，情好款密的吧？

至于说，吕胜己"怕"徐娘说他是庐郎，当然更是打情骂俏了——其实，他二人的关系，真不知是怎么个蜜里调油法了！

去时不由人，归怎由人也。罗带同心结到成，底事教拚舍。心是十分真，情没些儿假。若道归迟打棹篦，甘受三千下。

——（宋）张幼谦《卜算子》

会打情骂俏的不独吕胜己，这位呢，将要暂别情人，怕她疑虑重重，心情不善，忙说了个归期。还说自己若是误了归期，甘愿挨打。

用什么打？棹篦，三千下。这也真够滑头了！

想想这词中所述情形，看的人都不由莞尔，不知听的人，又是何种心情呢？

【熏兰泽】

扰扰香云湿未干,鸦领蝉翼腻光寒。
侧边斜插黄金凤,妆罢夫君带笑看。

——(唐)赵鸾鸾《云鬟》

幽香暗透中,湿发上还萦着水汽。

若,没有净润的香泽,也便没有她绿葱葱的头发,和发丝晾干后,美丽的蝉鬓。便是有夺目的金钗,动人的红妆,这个夜晚的艳色,也会淡去几分。

在过去,"沐浴"的"沐",即是指"濯发"。旧时人们,很早就有洗发护发的观念。

"合疾而遗之潘汁",这说的是,洗头用"潘"——淘米水。除了淘米水,皂角、猪苓都是洗发必备品,不过,后者加了香料,造价昂贵,倒不是一般人能消费得起的。

秦汉时,"三日一洗头、五日一沐浴",成为不少人的共识,南朝梁简文帝萧纲,更是亲自撰写了三卷《沐浴经》。可以想见,原本就常守闺阁的女子,想要拥有"扰扰香云",也是不难的。

伯兮朅兮,邦之桀兮。伯也执殳,为王前驱。
自伯之东,首如飞蓬。岂无膏沐?谁适为容!
其雨其雨,杲杲出日。愿言思伯,甘心首疾。
焉得谖草?言树之背。愿言思伯。使我心痗。

——《国风·卫风·伯兮》

可是啊可是，若是女子身边，并没有这么一个能欣赏她"扰扰香云"的男子，她这净发理容的心思，便会打去不少折扣。

看吧，女子的夫郎因着威猛刚毅，成了安邦定国的勇士，成了护卫君王的前锋。可是，每一次出征，很可能就是他们最后一次别离，她怎能不怕不忧？

家里不缺膏脂，但她缺了心，丢了魂。于是，东行后，飞蓬一般的发，便扬洒在风中，与她凌乱的愁心相仿佛。

再也，收拾不住了。

"女为悦己者容"，此言非虚，能纯粹爱着自己的女子，无论古今都不是太多。其实，闺阁女子们洗发护发，自有一套独有的法子，倘若有心为自己美一回，怎么也比"首如飞蓬"来得好，不是么？

七夕当日，因着浙江等地的女儿们，会用木槿花叶来洗头的习俗，民间便也给七夕节取了个应景的别名，叫作"洗头节"。

湖南的女子们，则会采撷柏叶和桃枝，煎出大盆的热汤。热雾氤氲成团，未至发梢深处，已萦了芳郁的气息，将女子整个儿笼住。

揉一揉，按一按，拧一拧……

洗了发，曝在日光之下，人是意态疏懒的，一如花架下，腆着肚皮享受日光浴的猫儿。空气中还有残香缕缕，这一日的松快心情，直至对月乞巧时，也不曾散去。

女子的头发，有时也会遇到脱发、多屑的问题。其应对之法，也是极为巧妙的。

两片侧柏，三个榧子肉，两个胡桃肉，研细了擦头皮，或是洗头都是使得的；土当归、荆芥、黑牵牛、白芷、葳仙灵、诃子等药材，凑一块儿，大有去屑除腻之效，尽可一试。

如今日洗发、护发最好分开一般，女子们也是懂得在洗发后，好生护理头发的。她们所用的发油，叫作"泽"。

"沐兰泽，含若芳"，这便是说在油泽中浸上兰草，可以添染一些芳馥之气。"兰泽"一名便由此而来。"此草浸油，涂发，去风垢，令香润"，看看，兰泽真是没理由不受女子们的青睐。

于是乎，最晚不过春秋时期，兰泽便是闺中必备之物。后来，在兰泽基础上，用清酒、鸡舌香、藿香等物，加以复杂工艺制成的"合香泽"，也渐渐流行起来。

轻红腻白，步步熏兰泽。约腕金环重，宜装饰。
——（宋）秦观《促拍满路花》

真美，红的脂，白的肤，女子将这极致之美都得占全了，还有，她莲步当风，款款而来的那一瞬，发间分明有兰泽的幽香。

很幸运，兰泽滋养着丝发，也滋养着爱情，故事迢遥至远，"扰扰香云"的年华，却透迤于诗卷之上，芬芳如昔。

第十八章　佳人半露梅妆额，绿云低映花如刻

　　她茫然地摸上一把，这才知道，花钿背后的阿胶，已被泪水打湿殆尽，混着今晨匀上的脂粉，结成了粒子！

　　不必扶镜自视，她也知道哭花了妆，哭掉了粉的面容，有多难看。

——小引

【花钿重】

　　暖雨晴风初破冻，柳眼梅腮，已觉春心动。酒意诗情谁与共？泪融残粉花钿重。

　　乍试夹衫金缕缝，山枕斜欹，枕损钗头凤。独抱浓愁无好梦，夜阑犹剪灯花弄。

——（宋）李清照《蝶恋花》

　　冬去春回，又是一个融暖的佳日。

　　晴风喂养着初长的嫩柳，红梅依然炽艳欲燃，在这红绿相映的世界里，思情也袭上心头，将她深锁在小阁深院里，独自向晚。

犹记得，待字闺中时，太学生赵明诚便做过一个相思梦。醒来后，一切都漫漶不清，却独独记得"言与司合，安上已脱，芝芙草拔"这几个字。

是何意？父亲赵挺之说，这是神的预示，说他日后会成为词女之夫。原来，"言与司合"，是"词"；"安上已脱"，是"女"，"芝芙草拔"，是"之夫"。

试问，年貌相当的女孩之中，除了她李清照，还有谁能称得上"词女"？

父亲李格非是礼部员外郎，母亲亦是状元王拱宸的孙女，家学渊源深厚的她，不只会在溪亭日暮时候，棹舟戏藕花，还懂得"夏商有鉴当深戒"的道理，一出口便是锦绣文章，一落笔便是才藻富赡。

举国上下，无人不知礼部员外郎家的小才女。不管赵明诚的梦是真是假，后来的一切，都顺理成章。

建中靖国元年（1101），她十八岁。新婚之夜，酒意诗情之间，他呵弄着她颊上的花钿，笑道："我终于等到了。"

花钿，自她脸上被揭下来，那一刻，她已真正认定了他。

两情相偎，恩爱相依。颊上的花钿黏了又取，取了又黏，日子就这样水一般地潺湲而去。他们食无重肉，衣无重彩，便连头上亦无明珠之光，翡翠之饰，也是少有。

因为，他们没时间，也没心思。

赌书泼茶，酬唱往来，每逢朔望日，在相国寺前寻购金石书画，便是这对"葛天氏之民"最向往的生活。

倾囊而去，满载而归，钟鼎碑碣，都见证着他们的一种相思，一处情长。幸福往往因志趣相投而加倍，相形而言，物质上的丰饶，又算什么呢？

不过，很可惜，聚散离合本属人间常事，更何况，在党争掀起高浪时，他们的"一处情长"，怕也只能被碾作"两处闲愁"。

眉上还留着思情，心上又添了一层别绪。

崇宁元年七月时，李家被卷进了党争的旋涡。李格非被罢了官，其名被刻在石端礼门上的，位列第二十六。

求助于公公也是徒劳，尽管他一路青云直上，这时已是尚书左丞了。

"炙手可热心可寒"，李清照对他是真绝了希望。赵明诚也很为难，在爱妻与老父之间，他选择了沉默。毕竟，政治风云瞬息万变，他亦无可奈何。

作为"元祐党人"的亲眷，李清照不得不只身离京，回乡投父。

有多少感情，是在离别之后被稀释了呢？她不知道，该如何确信，以往的酒意诗情，还荡漾在赵明诚的心间。

自别后，白昼似乎比夜晚，更让她惘然。过去，她从没觉得时间会如此悠长，悠长到，她会不知星河暗流，不知日月短长，只知她有一襟离怀，一枕别苦，在香重烟轻的阁中，一点点深浓起来。

也是，以前他们虽无法日日相伴，但她却有一个家，一个濡染过他气息的家，而今，他们却被隔离在银河的两端，连见上一面都不容易。

试了春装，刚刚好，可她终是无心出门——纵有良辰美景，也无赏心乐事，何必！

日落花梢,春寒瑟瑟,又负了香衾。

思念的泪水,再也遏抑不住。她泣,因她的际遇之苦,因他的蹇涩宦途。世道艰险,她,他,他们,都不能举动自专,事事遂意。

奇怪呵,不觉间,轻盈的花钿为何有了重量?她茫然地摸上一把,这才知道,花钿背后的呵胶,已被泪水打湿殆尽,混着今晨匀上的脂粉,结成了粒子!

不必扶镜自视,她也知道哭花了妆,哭掉了粉的面容,有多难看。

坐坐,卧卧,怎么都不对,怎么都难挨。莫不是,只有掩了明窗,放了重帘,躺回山枕之上,她这愁情,才会随着点燃的香篆,缓缓渐去?

可是啊,她闭得上眼睛,却闭不了思念的闸门。也不知,辗转来去,到底是颊上的花钿重,还是她的愁情更重!

发上的金钗,也乱了。纱窗透来暝色,这一日,竟又在她叹息的瞬间,悄然逝去了。

夜阑人静时,除了剪弄灯花,她还能怎样遣散愁怀呢?

【拂花黄】

开我东阁门,坐我西阁床。
当窗理云鬓,对镜贴花黄。

——(北朝)佚名《木兰辞》

窗前,镜悬如月,映着女子英挺的脸颜。

有多久不曾恢复女儿身,不做闺中妆了,木兰对镜自视时,有些恍然。旧创仍在,幸而不曾伤损容貌。不过,"载誉归来"四字中,"归来"才是最重要的。

理容已毕,鬓发如云,额上的花黄,衬得她娇俏如昔。

闺阁女子们,为着修饰仪容,除了在面上搽粉涂脂,还会增添一些面饰。而这面饰,若要仔细区分,大致有额黄、花钿、面靥和斜红这四种。

因最初花黄所饰的位置,在额上,故此人们将此称之为"额黄妆"。

至迟在南北朝时期,额黄妆便流行于女子之间了。其法,最先是直接用黄色颜料染画这样的方式。"学画鸦黄半未成,垂肩軃袖太憨生。"虞世南诗中所述情形,赫然眼前。

此间灵感的得来,应该还是得益于佛教的传扬。"南朝四百八十寺",这还是往少里说的,至于说北朝,也是寺院广为遍布,石窟广为开凿的光景。

所谓"胡妇以黄物涂面如金,谓之佛妆",不难想见,起初,北朝女子们发现,涂金的佛像是有着一种吉瑞之意的，故而，便试着将额上染画黄色。久而久之，风习便成。

古来，不知有多少荒唐皇帝，做出许多荒唐决定，却反而改变了风习。因着北周的天元皇帝，罢去了天民女们搽粉施黛的资格，此后民间女子皆黄面墨妆。

"同安鬟里拨，异作额间黄。"这是南朝梁简文帝随意涂抹的《戏赠丽人》一诗。看来啊，南朝娇美的女子们，偶尔也是会做此打扮的，不过这个"异"字，分明是说，这面饰，在南朝还不是主流。

说起额黄的染画之法，一为"满额鹅黄金缕衣"这样的平涂法，将整个额头尽数涂满；二为"额角轻黄细安"这样的半涂法，运用晕染技法，只涂一半。

一来二去，女子们发现，染画之法较为耗时，晕染技法也不是等闲容易掌握的，因此，渐渐地，也便有了粘贴的法子。举凡黄色材料，皆可将之剪制成薄片状饰物，待需用时，以胶水粘贴便是。

可星，可月，可花，可鸟……这薄片状饰物，外形极为多样，被形象地称为"花黄"。是以，"额山""鹅黄""鸦黄""约黄""贴黄"，虽然都是说的额黄妆，但其实额山是说的染画的额黄妆，贴黄却不一样。

> 低鬟向绮席，举袖拂花黄。
> 烛送空回影，衫传箧里香。
> 当由好留客，故作舞衣长。
> ——（南朝陈）徐陵《奉和咏舞》

到了北周与南陈对峙的年代，额黄妆在南比以前流行得多。私心里以为，这大概还是因为，讲究自然妆饰风格的南朝女子，不怎么喜欢将额头染花，倒是能接受这些小小的花黄，一点一点细巧的装点。

却哪里知道，北周和南陈都没能走到最后，隋唐以来，女子们所贴的花黄，终于被一般的花钿所取代，而额间染黄的方式，不仅留存了下来，还延展至全脸，被时人称为"佛妆"。

宋哲宗元祐六年（1091）冬，北宋彭汝砺出使辽国，深感天气酷寒，但他意外地发现，女子们以用栝楼汁傅面的习惯。

原来啊，用栝楼汁傅面，经冬不洗，却是一种奇特的美容护肤术——冬日傅而不洗，春暖方才涤去，肌肤便不会被冻得皲裂粗糙。

曾听说，化妆术也可以是美容术，此言得之。

【眉间俏】

　　宋武帝女寿阳公主人日卧于含章殿檐下,梅花落公主额上,成五出花,拂之不去。皇后留之,看得几时。经三日,洗之乃落。宫女奇其异,竟效之,今梅花妆是也。

　　　　　　——(宋)李昉《太平御览》

　　含章殿下,暗香浮动。

　　也许是,受着父皇宠爱的女儿,也是得了天眷的,故而,寿阳公主不过是沐着日光,闲闲地卧着,也留下了一段至美的传说。

　　正月初七那日,殿前的梅花,悠悠然飘坠下来,正好粘在公主的额上。公主笑着要去揭,却怎么都揭不下来。

　　那就如此吧,想来,梅树也是成了精了,不妨看它如何生就。再说,梅花点于眉心,益发显得她俏丽可人,看着也是让人心底生喜。

　　三天之后,梅花被清洗了下来,但自此以后,公主额上的梅花印儿,却久久不去,像是一个蜜甜的吻。

　　宫中女子无不欣羡,于是,或粘梅瓣,或剪金箔来做额饰,便成了新的时尚,时人谓之为"梅花妆"。

　　我以为,那一年,梅花的清芬,是连后世诗人的心,也一并晕染了。因为,他们从来不曾停止,对它的颂美。与此同时,女子们对花钿的追捧,也达到了极致的高度。

　　"梅花妆"作为宫廷日妆,代有传承,到了隋唐五代时期,女子们还喜欢,在额上画一梅花形的圆点,这也十分娇俏可人。

花钿的来源，便是如此，"额花""花子"，都是它的别称。明人顾起元在《客座赘语》中说："以小花贴于两眉间，曰'眉间俏'，古谓之花子。"

彼时，女子们用于额上眉间的额饰，只有剪和画这两种手法。由此显而易见，花黄与花钿，额黄与梅花妆，本是同源的。

不过，花黄和花钿相比，不同之处便在于，花钿的颜色更为多样，红、黄、绿，都是可以的。故而，额上染画的做法可以延至后世，花黄却终究为一般的花钿所取代。

"舞转回红袖，歌愁敛翠钿"，翠羽制成的翠钿，鲜艳亮绿，俏美不可方物。若要女子们的爱美之心，不倾向于它，都不可能。

晓啼珠露浑无力，绣簇罗襦不著行。
若缀寿阳公主额，六宫争肯学梅妆。
——（唐）牛峤《红蔷薇》

花钿的样式很丰富，鸟、鱼、鸭、牛角、扇面、桃子等形状，都是极为常见的，当然，因着梅花妆的传说实在太美，梅花形的花钿，自然更易赢得女儿们的芳心了。

及至宋代，梅花形的花钿，仍深受欢迎。

"小舟帘隙，佳人半露梅妆额，绿云低映花如刻。"梅花妆随蠖首低，最是那一低头的温柔，温柔了流年，温柔了红尘。

《续玄怪录》中曾说，韦固被人算出自己婚龄极晚，并将娶一个小女孩。韦固一时恼了，便于襁褓之中刺了女孩一刀。没想，女孩成人以后，竟真的嫁给了韦固。

原来，妻子眉间的伤疤，全凭花钿来掩遮。

韦固意外至极，这才相信婚姻一事前生早定，他实在是不该违逆的。我总在想，这位冒失的郎君，可会如张敞画眉一般，甘愿为妻粘贴花钿。但若我是他，定会如此。

这也不是赎，佛曰："若不相欠，怎会相见。"

欠，其实是一种缘；见，则是将相欠的缘，升华为相恋的缘。真不知，前世沧桑一瞬而过，要经过多少次回眸，多少次擦肩，才能修成这样的缘？

是呀，若真是缘，自然就躲不过，绕不开！

与其不断抵拒，不如俯首于它，交付真情。最后，终无悔于以情暖身，以爱暖心的岁月，与一心之人安然到老。

到死的那日，都要记得：凤钗低袅，眉似春山，那里，曾落下梅妆，曾写下缱绻。

【开浅靥】

脸上金霞细,眉间翠钿深。倚枕覆鸳衾,隔帘莺百啭,感君心。

——(唐)温庭筠《南歌子》

知我意,感君怜,此情须问天。

帐中,妆物有灼灼的光,映着眉间的翠花钿儿,绿得逼人的眼。倚着枕儿去睡,鸳鸯绣被覆在女子身上,也覆在她心上,有些沉沉的意。

不知过了多久,窗外依稀有黄莺啼唤,一声声的滴溜儿圆。

无疑的,这已是暮春。

她知道,她一直都是美丽的。情深爱笃时,额上的翠花钿儿,是他为她贴上的。也不只是翠钿,金箔纸、鱼鳞片,他都替她粘贴过,用时下最流行的呵胶。

呵胶很牢固,他笑说那是用他深浓的爱,一点一滴凝成的。他妙语无俦,句句都说得她心花颤袅。分别之后,翠钿还在,可她却承着相思情苦,连几日的小别都快熬不过去了。

还是,要打起精神来。或许,没几日,他会提早归来。

这么一想,女子脸上已是转了霁色,微微笑中,唇边浮出一双小圆窝儿。这小圆窝儿,便是常人所说的酒窝。

生着酒窝儿,女子不笑的时候,自成一派恬静的风景;笑起来的时候,又有一抹甜润的蜜意。他说,这叫作靥笑盈盈，是多少女子都羡慕不来的美。

天生的酒窝，自然是美的，但这却为数不多。其实，在女子们日常的装扮里，还有很重要的一环，叫作"贴面靥"。面靥，又称作"妆靥"。

因其时常贴于酒窝处，便有此一名。

闲理丝簧听好音，西楼剪烛夜深深。半嗔半喜此时心。
暖语温存无恙语，韵开香靥笑吟吟。别来烦恼到如今。

——（宋）赵长卿《浣溪沙》

这种妆饰，在过去也叫作"的"。有酒窝的女子，直接在此点染即可。各种花样、质地都是使得的。因其形状各异，钱点、杏靥、花靥等名头也是层出不穷。

半嗔半喜，女子的娇韵，灵动得让人不忍瞬目。

在唐朝时，最有特色的妆靥，也许要算在"斜红"上头。

据传，三国鼎立之时，吴国太子孙和，不知因何事酗酒。花阴之间，他对月而吟，舞弄着一柄水晶如意。没承想，一个错神时，误伤了宠姬邓夫人——伤在脸颊。

对于女子来说，毁了她的容，等于是要了她的命。白獭髓调和琥珀，只能治伤，却不能治心。斑斑红点，每一点都是她的心伤。却没想到，孙和说，邓夫人这样反而更美。

史家说，孙和是"有好善之姿，规自砥砺"，我总以为，他说邓夫人颊上的红斑，格外娇媚，一是出于内疚，二是因着心善。

个中因由，已无法深究了。总之是，邓夫人听闻此言，面上又有了笑意,而这样的笑,是自信悦人的,以致宫廷内外,女子以丹脂点颊的做法,一时间蔚然成风。

"分妆开浅靥,绕脸傅斜红",斜红这种妆靥,延宕至南北朝时,已变异成月牙形了。因着月牙形的斜红,画在了靠近眉眼的面颊上。因此,梁简文帝才说这是"绕脸"。

私心里想着,其实"斜红"一称,也应用狭长的妆靥来表现,才更应这名儿。

有唐一代,斜红与传统的面靥,一个在眉眼澹澹之外,一个在靥笑盈盈之间。它们妆饰着女子的脸颜,也妆饰着文人的诗笔,物转星移间已成千古风月深处,最绮艳的传说。

因着这传说,宋人亦贴花钿,亦画斜红。

沧海悠悠,烟水茫茫。到最后,斜红会褪色,花钿会凋零,但彼时的一时一辰,都曾让男子心动过,让后人恋慕过,于此又有何憾呢?

春时欲暮,残英渐小。而她们,眉眼犹初,靥笑如昨。

第十九章　日日楼心与画眉，松分蝉翅黛云低

回了家，伴着妻儿老小闲话家常；晨起时，提笔为夫人折腰画眉。这便是传说中治世能臣的日常生活。

他在君前却无惭色，只道："臣闻闺房之内，夫妇之私，有过于画眉者。"

——小引

【远山眉】

眉妩臣罪小，君王一笑休。
明日章台路，便面越风流。

——（宋）牟巘五《张敞画眉图》

春光如线，萦在眉睫。

张夫人抚着眉上的一点微细的伤痕，轻轻一笑。

多年前，她还是垂髫女儿，一群小孩儿哄哄地闹成一团，也是常态。却不曾想到，她的容貌会因此而受到影响。

那石块说大不大，说小不小，不偏不倚地砸在额头上。额上的伤不难痊愈，但眉上的疤痕，一直从她眉上蔓延到

心深处。说得难听点儿，这叫破相。

"女为悦己者容"，大抵待字闺中的女孩儿都做此想——可她不知道，她能为谁而容。指尖淙淙而去的年华，也一点一点带走她对未来归宿的幻想。

那个肇事者，原本也是无心之失，当年她没去计较的，如今也没法再深究。

没想到，某个春风骀荡的清晨，有人掸去一身风尘，浅笑着对她说，我娶你吧，你我注定有这一段姻缘。是他，当年那个冒失的男孩儿。

他未娶亲，她未嫁，正好是一双儿。不过，她却明白，他之所以娶她，与其说是爱，不如说是怜，不如说是赎。

是的，他怜她不似别的女孩儿一般，有那雪肤花貌袅娜意态，有那温柔夫婿一世宁安，所以，他想将自己送给她。况说，她之所以不曾得到这些，还是因为他的无心之失。

只要是失，不管有心无心，是个真男儿，就该担起这份责任来。

也许，不管缘分以何种形式开头，只要开了头，那便是命定的，天允的。人生于世，一切沿着命运的辙痕去走，总该没错。

他叫张敞，早已随家人搬离了旧居，等到他学而优则仕，衣锦还乡时，才得知他自己犯下的错误。

记忆里的小女孩，当初也是粉团团、娇滴滴的，时隔多年，眉上的疤痕让她有些自卑。因此，哪怕是在婚后她得到他十分的怜爱时，也会于欢眷之外，流露出淡淡忧思。

张敞还能做些什么呢？

女子理容，少不得要着意描画一双秀眉，在某日，他打量着夫人对镜描眉的情形，微笑着上前，接过她手中的眉墨。

她是讶然的，一怔之后，心底便涌起丝丝甜意。

红妆之上，又添翠眉，一时间柳烟生妩，自有一番春意漾动其间。画的人手势轻缓，柔情如水——他为她描画的，又岂止是眉间的那两缕？

人说文君面色姣好，眉色如望远山，脸际常若芙蓉，肌肤柔滑如脂，那位才子才对她格外心动，心颤颤地一奏《凤求凰》。她想，她比文君更为幸运。

更不用说，永远以仰望姿态，一心一意伺候梁鸿的孟光了。

可这与时风格格不入，张敞因此竟受到同侪指摘。这也是夫妻俩始料未及的。

张敞时任京兆尹，漫说长安不是个太平地，即便是个太平地，他在这天子脚下当值，也是一刻也疏怠不得的。因此，历任京兆尹，至多不过留任个两三年。

张敞却一连干了九年，怎不让人妒得眼红牙酸？

他这人刚柔并济，责任心强，政绩不俗。要攻击他实在无从下手，恐怕也只得挑那"不合时宜"的事，来作为突破口。

看吧，别人下了朝会，若是打马而过章台路，赶紧正襟危坐，生怕自己会被人误会，张敞却不同，摇着扇儿鞭着马，不疾不徐地回去。这正是，心里没鬼，不必造作。

回了家，伴着妻儿老小闲话家常；晨起时，提笔为夫人折腰画眉。这便是传说中治世能臣的日常生活。

流言很快传入张夫人的耳中,有人在今上刘询处,说他夫君为人轻浮,有失体统。他在君前却无惭色,只道:"臣闻闺房之内,夫妇之私,有过于画眉者。"

念着张敞的政绩,这话虽一副死不认错的模样,今上也不好与他置气,但却觉得他这做法还是有损大官威仪,不应上列公卿。

张夫人心下不安,但他却泰然自若,不以为意。他是有知音的,千年之后,张潮说:"大丈夫苟不能干云直上,吐气扬眉,便须坐绿窗前,与诸美人共相眉语,当晓妆时,为染螺子黛,亦殊不恶。"

是这样的,如"韩寿偷香""相如窃玉""沈约瘦腰"一般,古之风流韵事,后人只消闲坐一想,便已足够绝倒众生。

但千百年来,最动人的故事,只怕还是那远山的眉梢,经年的情长。

【入鬓长】

宝髻偏宜宫样,莲脸嫩,体红香。眉黛不须张敞画,天教入鬓长。

莫倚倾国貌,嫁取个有情郎。彼此当年少,莫负好时光。

——(唐)李隆基《好时光》

小令里的旖旎味儿,一贯是旁的诗句比不上的。

不是没写过意气飞扬,帝业峥嵘,但眼下,唐明皇的好时光,是愿消磨于女子眉黛间的。而她生来一双入鬓长眉,他便是想效法那画眉韵事,也是无着。

这是谁家女子呢?

虢国夫人承主恩,平明骑马入宫门。
却嫌脂粉污颜色,淡扫蛾眉朝至尊。

——(唐)张祜《集灵台·其二》

会是她么?肤光如雪的虢国夫人,是不屑于施脂抹粉的,而她深知君王有着恋眉癖,故此,定要蛾眉淡扫之后,才鞭马前去应约。

女子的眉,有着嫩柳的绿意,初蕾的芬芳,看一看,或者触一触,都让男子心颤不已。

隋炀帝,其实也是恋着眉的。

那一日,他正打算登上凤舸,不想偶遇了殿脚女吴绛仙。霎时间,眼底泛起异样的漪沦。柔丽模样的女子,并不稀见，但如吴绛仙一般，擅画蛾眉的女子，却是极少的。

不巧的是，此日正是吴绛仙的婚期——玉工万群，是她既定的归宿。

当众夺人所爱自然不能，待他能平复心情时，已决定将她提至龙舟执首楫。原因再简单不过，虽不能拥美在怀，能时时看上一眼，也是好的。

吴绛仙很快便被封了个崆峒夫人，而她所凭倚的仅是手头的功夫，实在不能不令人艳羡。一时之间，殿脚女们效仿不迭，生生把自个儿画成了一笔笔绝艳风流。

不过，可惜的是，引得君王"倚帝顾之，移时不去"，还口涎涎地说出"古人言秀色若可餐，如绛仙，真可疗饥矣"这等惊人语句的，也只有吴绛仙了。

传说，在隋炀帝被缢死后，她选择了为他殉死。不知该怎样评说心意决绝的女子。其实，她的眉弯腰细，之所以让他萦萦挂怀，只怕还是因为爱而不得。

有些人，注定是爱不得的；还有一些人，却注定是爱而不得的。而她为着酬答君心，却付出了她整个儿，着实让人叹怜。不过，我等非鱼，自也难以体察鱼的心情。

论及画眉一事，天生的入鬓长眉毕竟是少数，只消淡扫蛾眉的也不在多，倒是像吴绛仙这般，只要勤加练习，便可练就一副好手艺。

犹记得，东汉的明德马后，本有一双无须施黛的长眉，可因着不为人知的原因，她的左眉角却有一点小瑕疵。于是，以黛轻点，补之如粟。

化妆理容，本就是为了扬长补短，这自然是无可厚非的。不过，为着男人们过分的恋眉癖，而"宫眉正斗强"的，就有些讽刺了。

> 学画蛾眉独出群，当时人道便承恩。
> 经年不见君王面，花落黄昏空掩门。
> ——（唐）刘媛《长门怨·其二》

其实，苦心学艺的女子，最后落得个门前寥落的光景，这倒不是因为她当年的出群手艺如今已是泯然众人，而是，无论怎样的眉，怎样的貌，若没遇上知心人儿，也是徒然。

突然想起，过去的女子们，为讨男子的欢心，往往都是卑微着自己，也卑微着生命。

比如，他们爱那三寸金莲，她们便不惜去缠缚自己的脚掌与尊严——即便是起先她们并不自愿，而过来人亦会言传身教，在她们跟前蛊惑威逼，直至将她们变成另一个自己。

再比如，他们爱那入鬓长眉，她们便舍得把那各具特色的眉毫，尽数剔去，而后一笔一笔又一笔地描画来去。而这些，并不只是为了打发辰光，或是愉悦自己。

她们很低很低，低到尘埃里，可那尘埃深处，是否会有一瓣心香为她绽放，却是谁也无法预知的事情了。

【螺子黛】

云一涡，玉一梭，淡淡衫儿薄薄罗，轻颦双黛螺。
秋风多，雨相和，帘外芭蕉三两窠。夜长人奈何。

——（南唐）李煜《长相思》

关于吴绛仙，另有一说，是她做了隋炀帝的妃子。

因着殿脚女们争相画眉，司宫吏便按着圣意，每日供给五斛螺子黛。这螺子黛，又号为"蛾绿"，原产于波斯国，每颗价值十金，实在不易得。

而昙花一现的隋朝，在征赋不足的年头，再也挥霍不起，于是，除却吴绛仙之外，旁人得到的赐赏，不过是铜黛而已。

传说几多渲染，螺子黛一物，就此便长成了一枚朱砂痣，缀点在女子心上，灼灼欲燃。

三百余年之后，雅好诗书音律的皇家夫妇，又一次将螺子黛的传奇，推向极致。有传，大周后回家探亲之时，李煜备受相思熬煎，故作《长相思》来遣寄深情。

夜，长漫漫的，滴漏已不知余下几多。

多情的君王，还很年轻，此时自然不能体会，"陌上花开缓缓归"这样的平和寄语。对于心上的人儿，有多爱慕，有多依恋，他可是一点都不想掖藏的。

于是，他忆起，她淡淡的衫儿，薄薄的罗衣，也忆起她黛眉轻颦时，曾牵惹过他怎样的心情。那种心情，在此际经着秋风，受着冷雨，已让他怅然若失，难以自持。

故而，老成持重的钱镠，不管怎样为思情困扰，宣诸于口的，只是"缓缓"二字，而李煜却是两眼鳏鳏，夤夜听着蕉上秋声，叹一声奈何，又叹一声奈何……

或许，对于大周后来说，螺子黛也只是锦上添花之物，有也可，无也可。然而，翻看《黛史》一文，竟不觉得到了新知。

其间说，以黛画眉，好处有六。

这"厚别"，说的是黛眉可令女子有他人有别；这"养丽"，说的是黛眉可让女子眉眼清丽动人；这"娱静"，说的是黛眉可使人闲品着画眉的掌故，而后寂然欢喜，回味无穷。

至于说"一仪""炼色""禅通"，则有关于涵养和气度。

喜的、颦的、语的、默的，种种仪态，落入男子眼中，都一样的娇美不可方物，令这锦瑟华年，不必虚度。所以，不同色泽的眉黛，都暗蕴了一种妙不可言的禅意……

今人画眉，鲜少有人在意眉形以外的东西。思来，不管古人所说的禅意，是否真为他们所察所觉，至少，他们愿意去赞叹，去思悟，这便很不容易。

起初，女子们画眉，用的是石墨。

这石墨，在当时被称为"石黛"，乃是一种黑色矿物。及至汉时，使用石黛，有一流行之法，是要在专用的小砚里，将之碾磨成粉，而后与水调和，再用纤头的毛笔，描于眉上。

准确地说，这石黛，该叫作画眉墨了。

仕女图中，线条婉转流丽。这是作画之人，屏息静气，稳稳落手，才可得到的。若是在作画那刻，蓦地岔了气，分了神，后果都不可想象。

而女子眉间，也曾拂过修削的玉手。这真真儿是一丝都荒怠不得的——手颤了，心乱了，这眉还怎么画？所以说，画人，画眉，画心，都是一样的理。

岁月又往后流转百年，宋代的人，惯于用松烟墨、油烟墨来书写，它们也便成了画眉墨的"新宠"。不仅如此，将脑麝等香料浸入其间，混着麻油一块制墨，也是常见的做法。

这玩意儿，也有个好听的名头，叫作"画眉七香丸"。此外，铜锈状的铜黛，和深灰色的青雀头黛，也是女子们平日里，常用的画眉之物。

诚然，比起螺子黛与画眉七香丸来，它们着实算不得名贵，但我以为，当此一帘风月，如能得一画眉郎相伴始终，纵然只能用烧过的柳枝来画眉，那又何妨？

最动人的传说，不是打动别人，而是打动自己。

【画心字】

凤髻金泥带,龙纹玉掌梳。走来窗下笑相扶,爱道画眉深浅入时无?

弄笔偎人久,描花试手初。等闲妨了绣功夫,笑问"鸳鸯两字怎生书"?

——(宋)欧阳修《南歌子》

光阴的诗卷,曾铭录了这样的故事。

金泥工艺的发带,掌大的龙形玉梳,都是女子的发饰。这样的发饰,自该以最时尚的眉妆来相应。于是,妻问,眉毛的式样,眉色的深浅,可还合乎潮流?

潮流之所以是潮流,那是因为,每一个时代,每一方水土,都自有异于别时别处的特色,可以标榜风流。就好比,"绿眉素颊澹裙裳""聊为出茧眉,试染夭桃色",眉上未必非要描上青黑之色。

又好比,元代以降,女子们更愿用京西门头沟区斋堂特产的眉石,来描画长眉。

哦,也不尽然。长眉,并不是女子们千年不变的追求。

要说眉式,当今的时尚女子们,都说得出一些来。李嘉欣那样的高挑眉,赫本那样的平眉,便是春兰秋菊各擅胜场的。可在过去,女子们的眉式,却比今日还多。光是看看名称,已让人目眩神迷。

鸳鸯眉,荡涟漪;小山眉,起云头;五岳眉,共参差;三峰眉,生烟采;垂珠眉,照君前;月棱眉,恍如月;

分梢眉，双剪峰；烟涵眉，作烟视；拂云眉，迎晓风；倒晕眉，如晓霞……

清人徐士俊《十眉谣》中的记载，已然不少，但其实，战国时的直眉、长眉、曲眉，东汉时的广眉、愁眉，三国两晋的连头眉、一字眉，样样都是流行过的眉式，个个都曾妆点过女子的笑靥。

这里头，最有趣的当属连头眉了。

据《魏都赋》所说，西晋时有一位阳都女子，天生长着连头眉。彼时，城里城外早就流行起"一画连心甚长"的眉式了，这样的女子，在时人眼中无异于仙女。

有幸得其芳心的男子，名叫犊子。

若照今日审美趣味来看，细长的眉线，只在眉心处似断似连，委实不好看，而时人不仅喜欢这眉式，还给它取了个更美的名儿——仙蛾妆。

这时风，一直到了以肥为美的唐朝，才有所改易。毕竟，纤长的连头眉与圆润的面庞，并不相宜。故此，宽眉便渐渐流行起来。

张泌在《妆楼记》中说："明皇幸蜀，令画工作十眉图。横云、斜月皆其名。"看来，宽眉虽然是时尚之选，但却不能一统天下。这兴许也与唐时开放的风气有关。

你爱你的横云斜月，我爱我的柳叶远山，这样百花齐放，不也挺好的么？

不知起于何时，女子化妆时，偶尔会在眉心画上心字，"翠靥眉儿画心字"，元人乔吉在曲子中，曾这样诗意地描画过眉心字。

我也曾有一试。浅施了粉，匀上胭脂，在一双不算精致的眉毛之间，轻轻画上"心"字。是在画，手势悠悠缓缓，连呼吸都放得极低极低。

便在这一霎，一个个古远得与我似无交涉的故事，便这样浮上眉头，难下心头。"两重心字罗衣"，这是在说心字衣；"银字笙调，心字香烧"，这是说的心字篆香。

原来，不管物事如何更迭，不管时光如何流转，那些痴诚的心意，却从未减少半分，故而，不是在这里，便是在那里，人们都急于将那一腔子浓情，不加遮掩地表露出来。

他们是在怕，怕自己的红尘陌上，牵不到某个人的手，系不住某个人的心……

那就这样吧，在某日，为一个软语娇娇的女子，画一个着墨浅浅的心字，许一个为期长长的心愿。心字篆香已默然成烬，唯此心拳拳，天日为鉴！

第二十章　宝奁常见晓妆时，面药香融傅口脂

　　将亮的天色，在寺钟的响声中，唤醒了张生的神魂。他怔住了，身边空无一人，然而臂上却有她昨夜留下的红痕，那是香气犹在的口脂。

　　原来，梦境深处的欢爱，都是真的。

——小引

【睹妆痕】

　　崔氏娇啼宛转，红娘又捧之而去，终夕无一言。张生辨色而兴，自疑曰："岂其梦邪？"及明，睹妆在臂，香在衣，泪光莹莹然，犹莹于茵席而已。

——（唐）元稹《莺莺传》[1]

　　多年以后，他已为人夫，而她亦为人妇。

　　他也没想到，他在人前自诩为正人君子，到头来，还

---

[1] 王实甫的《西厢记》，取材于《莺莺传》，但对张生始乱终弃等情节做了改动。

是被他背称为"尤物"的她，毫不留情地拆穿了。

那还是贞元年间的事，如他与她未曾再遇，也许他的记忆，都如水中之月，再也打捞不起来了。

彼时，他二十三岁。寻常男子，早已是妻妾成群，左拥右抱，可张生却还孑然一身，这可不奇了？其实，他之所以对女色毫不上心，不过是因着他目高于顶，对庸脂俗粉不感兴趣罢了。

让他觉得惊为天人，情难自己的女子，很快便出现了。

蒲州，是他既定的游所。没承想，他寄住在东面的普救寺里，竟无意间帮了将归长安的崔家寡妇母女。说来，这个忙怎么也该帮——老妇是郑家的女儿，是他另一支派的姨母呢。

便在这一年，名将浑瑊病死蒲州，无人管束的兵士，很快沦为一群兵痞。崔家一向富裕，不被盯梢也不可能。按说，郑姨母手下奴仆不少，但他们毕竟不长于武力，这怎能不让她惊惧万分呢？

孤女寡母的一家人，正张皇失措，张生却如神祇一般，将她二人救出厄境。原来，张生过去与蒲州将领颇有往来，一求二告之下，崔家终是没被兵灾波及。

眼下，郑姨母是感恩戴德，定要大张酒筵酬谢张生。

许是在这男女之情上头，一切自有天定，于是，当命运的推手，将莺莺从绣阁中，推到了表哥兼恩人张生的面前时，她命运的原色便已悄然改变了。

他是风雅俊郎，她是娇羞美人，他们之间没理由不发生一点什么。

当她弱柳似的风姿惊鸿一现时，曾经的烟柳画桥，当下的珍馐美酒，都黯去了颜色。他明白，这是因为他眼中只有她。

讨好丫鬟红娘，甚至叩头作揖，为的不过是一携佳人之手，再睹佳人之容。张生从没想过，自己有一日也会卑微若此，但所谓的情难自已本来就是这样，他也乐得坦然去做，毫无赧色。

一般来说，打动了丫鬟，也算是在某种程度上打动了她家的小娘子。张生托红娘送去情诗不久后，得到了莺莺的回复。

"待月西厢下，迎风户半开。拂墙花影动，疑是玉人来。"诗名曰"明月三五夜"，岂不是一种暗示？

十五之夜，张生攀上杏花树，越过墙来。原以为这必是一次令人难忘的幽会，却没想反被莺莺数落了一顿，只得翻墙而归。

失望，却不绝望。一连几晚，张生都临窗而眠，终在十八日那夜，被带来枕被的红娘惊醒了。张生再无一丝睡意，却不知为何，恍若跌入了一个更深的梦境。

梦境中，莺莺肤光似比月色还要莹洁，而他掬起他的这捧月色，就像是拥有了整个世界……

将亮的天色，在寺钟的响声中，唤醒了张生的神魂。他怔住了，身边空无一人，然而臂上却有她昨夜留下的红痕，那是香气犹在的口脂。

原来，梦境深处的欢爱，都是真的。

此后，《会真诗》里，每一韵都安放过他们西厢幽会的时光。

　　人们总说，爱情能否开花结果，是取决于时机的。但其实，坐等时机的垂怜，只是因为爱得不够深，恋得不够痴。不去力争的东西，断难长久。

　　从暂赴长安，到归返蒲州，张生依然下不了决心去向郑姨娘提亲。科考时日将近，一曲《霓裳羽衣曲》，曲调未成，莺莺的泪水已潸然而下。

　　所以，张生不曾听到一支完整的曲子，人们总说诗谶令人惊叹，其实，琴曲之中，不也往往潜藏着一些谶兆么？

　　次日，张生赶考而去，落第后，羁留京中，给莺莺去了信，一并送去的，还有一盒花粉，一支口脂。记忆里，她的美是波湛横眸，霞分腻脸的，最宜以花粉、口脂来点染。

　　回赠给他的，是她自小的爱物——一枚玉环。

　　玉，是坚贞；环，是周而复始永不断绝的心意。她自是情深意长，然却不知，花粉、口脂再美，用着用着也会耗得一干二净，就像是他对她的真心，终究会在歌舞缭绕的长安，消磨殆尽。

　　秋来书更疏，在决心斩断前尘之后，张生对朋友元稹说，莺莺这等尤物，若不害己，便会害人。他自知他降不了她，与其这般纠缠下去，不如速速抽身离场。

　　可笑呵，他大概是将自己科考不第的原因，归咎于情爱的沉溺了吧？

　　没有揪扯，也没有痴缠，最后，她的口脂香，就此彻底淡出他的记忆；而她的心意，也没必要再贞如玉环，不给自己一个开释的机会。

再次相见,他们已是人夫和人妇。大约是为了证明自己的魅力,是历久弥香的,他请求以表兄的身份相见。

莺莺拒绝得很漂亮——这不是因为,她担心自己会在晤面那一霎,旧情复炽难以自已,而只因为,她爱过的他,早已是陌路之人。

"弃我今何道,当时且自亲。还将旧时情,怜取眼前人。"她题下的是诗,也是不容贬损的尊严。

【匀檀注】

人意天公则甚知，故教小雨作深悲。桃花浑似泪胭脂。
理棹又从今日去，断肠还似去年时。经行处处是相思。

——（宋）向子諲《浣溪沙》

雨打桃花，点点殇。

这殇，落在男子眼前，依稀是两泪潸潸，胭脂尽染。

他们总是这样的，见着芳草地，便忆绿罗裙；见着桃花雨，便忆胭脂泪。大抵是被离愁深锁太久了吧，想要遣去相思，但这思情却是，处处萦绕，催人断肠。

从广义上说，胭脂是面脂和口脂的统称。

古来，女子所用的面脂，是用牛髓或牛脂熬成的。少许丁香、藿香，浸于温酒之中，以合泽之法为煎，青蒿之液发色，末了滤一滤，置在瓷器或是漆盏中，耐心候它冷凝，这便成了。

若要熬制口脂，也不难，在此基础上，加上朱砂与青油即成。

我情已郁纡，何用表崎岖。
托意眉间黛，中心口上朱。

——（南朝梁）沈约《少年新婚为之咏诗》

喜色漾动，在眉间，亦在唇上。

这时，没有什么红盖头，也不兴什么鸳鸯烛，但新妇的美丽，却同样可以经由眉黛和口脂来点染。

因为制作工艺的接近，面脂与口脂很难截然分开，于是，合用、混用的情况并不少见。应该是在北周前后，制作口脂的方子，才有所改变。

"脂和甲煎，泽渍香兰"，这说的是，以甲煎为主料，再调以其他香料。值得注意的是，约莫是在唐代，口脂的配方里，便没了牛髓、牛脂的踪迹，取而代之的，是蜡。

熔蜡为液，加入紫草，煮至一定程度，在蜡液将凝未凝之时，加入甲煎拌匀。五寸长的竹筒原本暗蕴清香，在冷凝过程中，渐渐发散出来，一筒儿好口脂，就做了出来。

若是掺入甲煎，是为了增香，那么，添加紫草，则是为了上色。煎煮之后，口脂自然带有紫红颜色，点在唇上，仅仅是瞥上一眼，都让人觉得芳甜旖旎。

瑟瑟罗裙金线缕，轻透鹅黄香画袴。垂交带，盘鹦鹉，袅袅翠翘移玉步。

背人匀檀注，慢转娇波偷觑。敛黛春情暗许，倚屏慵不语。

——（唐）顾敻《应天长》

举凡口脂，便没有不掉色的，纵是不言不语，不吃不喝，唇色也是会消融些许的。在此时此刻，补妆便很有必要了。

镜前化妆，与人前补妆，到底是不同的。一个是从无到有，一个是收拾残局。

既是从无到有，让男子陪在一侧，递上黛砚，呈上口脂，都是使得的。丽妆新成的那刻,是很有成就感的,而这感受需要与人分享,方才喜悦倍增。

可收拾残局却不同,不可示之人前,故而,她要背过身去,悄悄地染,偷偷地点。这其实也是一种教养,女子自小就明白。

不知是因怕别人觑着,还是有意逗引约会的幽趣,女子转身而去时,眼底秋波却是盈盈一闪。待至补妆毕了,再次看向檀郎,已是娇慵无限,虽一语不发,已将几许春情,暗送了出去。

檀,是一个很美的字眼。

檀郎潘安,世所称美。女子补妆的口脂,大可用"檀"字来代指,这是因着,到了唐朝极盛之时,有了一个"甲煎唇脂治唇裂口臭方"。

臭,是说气味,而不是香臭。

甲煎依然是口脂的主料,但这里头却还要掺入甘松香、艾纳香、苜蓿香、茅香、藿香、零陵香、上色沉香、雀头香、苏合香、白檀香、丁香、麝香这十三味名贵香料。

念着香料之名,未曾接近,已觉香气萦回,不知,写下"朱唇未动,先觉口脂香"的男子,心底已漾起了多少涟漪……

【转摇头】

及期而往,以轻素结玉合,实以香膏,自车中授之,曰:"当遂永诀,愿置诚念。"乃回车,以手挥之,轻袖摇摇,香车辚辚,目断意迷,失于惊尘。翊大不胜情。

——(唐)许尧佐《柳氏传》

凡尘往来,过客几多。

因为深知,别后他二人再也无缘相晤,故而,韩翊很准时,很守约。安史乱局之中,能活下来已很不易,韩翊根本没指望,霸去柳氏的沙吒利,会像当年李生一样成全他们。

而这个人,韩翊他惹不起。

先前觅寻柳氏时,心里焦灼着,该说不该说的混账话,也轻飘飘地逸了出来:"章台柳,章台柳,昔日青青今在否?纵使长条似旧垂,亦应攀折他人手。"

柳氏闻言伤心不已,遂回道:"杨柳枝,芳菲节,所恨年年赠离别。一叶随风忽报秋,纵使君来岂堪折?"

郎还有情,妾仍有意,奈何战功卓著的沙吒利,却爱煞了柳氏的姿貌,很快将她据为己有,倍加宠爱。

好不容易相见了,道政里门,韩翊叹息无言,柳氏用薄绸子系了玉盒,将此中香膏交付于他。这是个念头,想她时便可摩挲于掌心,点注于唇间。

传奇故事里,总是有不少侠士的。这一次,古道热肠的许俊,幸未辱命,终于将韩翊的离情上达天听,重新撮合了一段好姻缘。

破镜再度重圆，《柳氏传》无疑是隋朝那故事的翻版，所不同的却是，杨素是成全了别人，也成全了自己，沙吒利虽得了皇帝的偿金，却落得灰头土脸，好生没趣。

看来，不该是自己的耳中双明珠，即便是赠之于人，也是该主动去索回的。红尘滔滔，人最易缺失的，便是一颗悲悯之心，一分自知之明。

柳氏赠给韩翃的香膏，其实就是一支沁香的口脂。

传奇中不曾提到，这口脂是有色还是浅色的。若是有色，便是柳氏日常所用的，此间的缠绵之意自不必说；若是无色，则是赠予韩翃用的，其中的体贴之怀，更是温柔可感。

以紫草为料，所制的口脂只适合女子，如嫌颜色不够鲜亮，可加入少许朱砂。反之，为使男子也能用口脂来预防皴裂，或是修饰仪容，便可在煎制时，掺进一些黄蜡。

几乎是，由唐至宋，口脂的使用方法，都是用指尖轻挑一丁点儿，而后或点，或注，或匀地涂上唇去，词牌名"点绛唇"，可真算是应景的了。

不过，口脂的制法和用法，到了明代，却为之大变。在《宫女谈往录》中，曾提过明清女子，以胭脂妆染口唇的细节。

"胭脂"一词，如只论其狭义，其实还是说的面部所用的腮红。这种胭脂，本来叫作"燕脂"，以紫铆、红花汁和山榴花汁，来染红丝绵，是通常的做法。

按说，腮红和口脂应是各司其职，但明清两代的女子，却赋予了成张的丝绵薄片儿，以腮红和口脂的功能。

　　当然，具体用法还是不同的，要打腮红，纤指蘸着温水，化一点儿去，便可用了；而要染口唇，则需将丝绵胭脂卷作细卷，往唇上转去，或是用玉搔头代之。

　　玉搔头里，有韵微凉；胭脂卷上，有色瑰艳。而在那一霎，女子的玉搔头，向那胭脂卷上，柔柔地转去，转去……真不知是怎样一种入画入诗的情味了。

　　倒是遗憾，许是涉猎不广，我不曾寻着这样一首词作，但我却愿，在我几乎都忘记追访这份美丽的时候，会与它意外地相逢。

　　那许是一个阳光半暖的午后，有落花的香气，微微漾动。

【脂粉铺】

盖闻匀檀傅麝,其如洛水之辞。写绛调朱,岂若巫山之韵?故歌怜白纻,贝微露而香闻;笛羡绿珠,答半启而红运。所以芬泽非御于桃颗,茜膏无加于樱晕。

——(明)叶小鸾《艳体连珠·唇》

一般来说,唇妆是传统化妆中的点睛之笔。

行文于此,亦是本辑最末一章,不妨来说说,闺阁女子们化妆的顺序。

如今日女生,在妆前要用洗面乳净面一般,她们也是要用这类物事的。澡豆,便是这样的一种物事。在宋朝之前,豆粉加药品制成的澡豆,是女子们洗面净手的必需品。

"面脂手膏,衣香澡豆,士人贵胜,皆是所要",唐之风俗,每逢腊日,皇帝便会赐赏面脂、澡豆。自然,经此途径得来的物事,配方也更为奢侈多样。

东晋时,王敦刚做了驸马爷,还有些土气,以为澡豆是食物,竟把它给一股脑儿吃了,尤好在澡豆的成分,皆为食材,吃下肚去也无大碍。只是这笑话,注定成为当时乃至后世的谈资了。

> 时世妆,时世妆,出自城中传四方。
> 时世流行无远近,腮不施朱面无粉。
> 乌膏注唇唇似泥,双眉画作八字低。
> 妍媸黑白失本态,妆成尽似含悲啼。

圆鬟无鬓堆髻样，斜红不晕赭面状。

——（唐）白居易《时世妆》

以唐朝化妆术为例，要追逐时尚潮流，最好按顺序来。

先是傅粉。古时的妆粉，主要有胡粉、米粉两类。胡粉，也叫铅粉，一听便知不如米粉来得健康。为了防止胡粉沉淀，伤害肌肤，女子们一般用混合少量胡粉的米粉来搽脸。

将胡粉和玉簪花放在一起蒸熟，就制成了玉簪粉。这种妆粉，香甜细腻，在明朝时极为走俏，也很值得一提。

关于傅粉的浓淡程度，李渔说"美者用之，愈增其美"，这很显然是对肤黑者，喜用妆粉的做法大为不满，不过，只要女子们自己高兴，何必管他叨叨。

傅好了粉，接下来便要打胭脂了。

妆面的胭脂，既有前文提过的丝绵胭脂，又有加工成小花片的金花胭脂。阴干处理后的胭脂片儿，兑着水就能调用，也煞是方便。

接下来，画上黛眉，贴上花钿、面靥，再描描斜红。末了，不要忘了给自己涂上口脂，这唇式最好是"朱唇一点桃花殷"，方才顺应潮流。

不过，以今论古，很有可能我们会被唐代女子，在元和年间，太过浓艳的腮红给惊住，甚至，那乌色的口脂，粗浓的八字眉，眼角施脂的啼妆，都让人错愕不已。

铅华光净蜡膏新，闺阁传闻，农妆常见倚衙门，休错认；金马记来真。花容月面添风韵，更休提樊素樱唇。粉晕妍，脂香润，古来曾论，红粉赠佳人。

——（明）陈铎《胭粉铺》

这是明朝时的脂粉铺子，一派繁华光景。

男子们穿梭其间，自然是要去买腻润的胭脂，和香洁的妆粉，作为信物赠给佳人的。我猜，稍后佳人面上的笑靥，都会为之生动起来。

南朝宋刘义庆在《幽明录》中，曾载有一个动人的故事。为着接近那个卖粉儿的女子，生性腼腆的富家子弟，不惜日日去买妆粉。不久后，女子也生了疑，便问道："君买此粉，将欲向施？"

这机会着实难得，男子忙不迭向她表达了爱意，女子羞红了脸颊，与他相约来日。

这本是千好万好的事，没想，男子在私会时竟然暴卒，给女子惹来了大麻烦。还好，在女子临尸哀哭之时，他又奇迹般的死而复生。两人就此偕老，恩爱一世。

不知道，明代男子以"红粉赠佳人"时，可发生过这样传奇的故事？

"如杜丽娘者，乃可谓之有情人耳。情不知所起，一往而深。生者可以死，死可以生。生而不可与死，死而不可复生者，皆非情之至也。"《牡丹亭》里的题词，说得真好。

相比唐人妆容，明朝时巧施青黛，转点绛唇的做法，与现下差距最小，看着也最合今人的审美观了。对此我只能说，时代使然，时风如此。

千年不过指中沙,美人亦如枝头花。她们,到底都不在了。现如今,我们不妨带着欣赏的眼光,去看那些故去的美人,逝去的红妆。

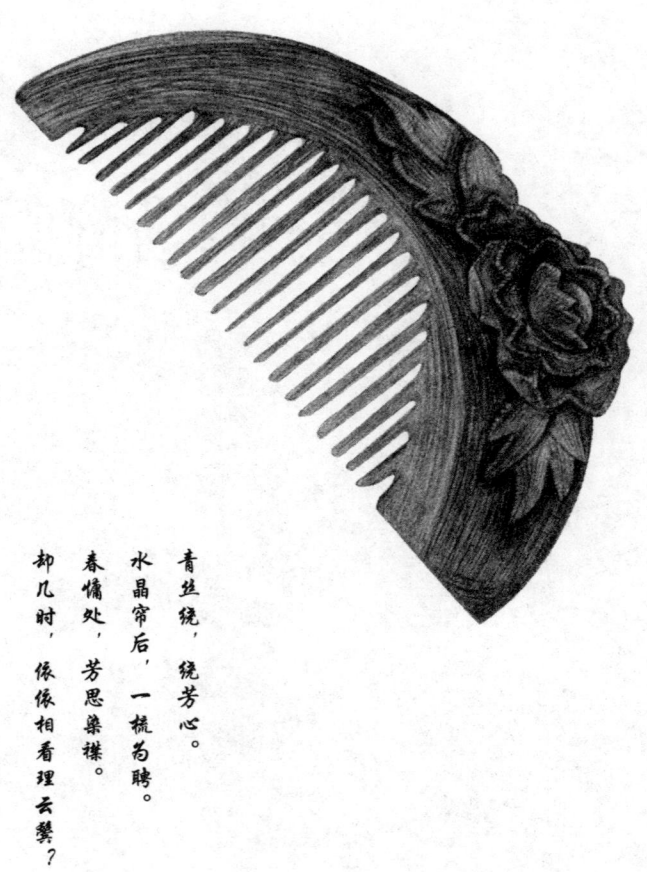

青丝绕，绕芳心。
水晶帘后，一梳为聘。
春慵处，芳思染襟。
却几时，依依相看理云鬓？

附录：

定情诗
（三国）繁钦

我出东门游，邂逅承清尘。
思君即幽房，侍寝执衣巾。
时无桑中契，迫此路侧人。
我既媚君姿，君亦悦我颜。
何以致拳拳？绾臂双金环。
何以道殷勤？约指一双银。
何以致区区？耳中双明珠。
何以致叩叩？香囊系肘后。
何以致契阔？绕腕双跳脱。
何以结恩情？美玉缀罗缨。
何以结中心？素缕连双针。
何以结相于？金薄画搔头。
何以慰别离？耳后玳瑁钗。
何以答欢忻？纨素三条裙。
何以结愁悲？白绢双中衣。
与我期何所？乃期东山隅。
日旰兮不来，谷风吹我襦。
远望无所见，涕泣起踟蹰。

与我期何所？乃期山南阳。
日中兮不来，飘风吹我裳。
逍遥莫谁睹，望君愁我肠。
与我期何所？乃期西山侧。
日夕兮不来，踯躅长叹息。
远望凉风至，俯仰正衣服。
与我期何所？乃期山北岑。
日暮兮不来，凄风吹我襟。
望君不能坐，悲苦愁我心。
爱身以何为，惜我华色时。
中情既款款，然后克密期。
褰衣蹑茂草，谓君不我欺。
厕此丑陋质，徒倚无所之。
自伤失所欲，泪下如连丝。

子夜歌
（唐）晁采

寒夜漫漫，孤枕难眠，更残漏静，忧思不绝，乃漫吟着长诗"子夜歌"：

侬既剪云鬟，郎亦分丝发；
觅向无人处，绾作同心结。
夜夜不成寐，拥枕啼终夕；
郎不信侬时，但看枕上迹。
明窗弄玉指，指甲如水晶；
剪之持寄郎，聊当携手行。
绣房拟会郎，西窗日离离；
手自施屏障，恐有女伴窥。
金盆盥素手，焚香诵佛门；
来生何所愿，与郎为一身。
寒风响枯木，通夕不得眠；
晓起遣问郎，昨宵何以过。
得郎憔悴音，令人不可睹；
熊胆磨作墨，书来字字苦。
侬赠绿丝衣，郎遗玉钩子；
郎欲系侬心，侬思著郎体。

十索诗
（隋）丁六娘

裙裁孔雀罗，红绿相参对。
映以蛟龙锦，分明奇可爱。
粗细君自知，从郎索衣带。
为性爱风光，偏憎良夜促。
曼眼腕中娇，相看无厌足。
欢情不耐眠，从郎索花烛。
君言花胜人，人今去花近。
寄语落花风，莫吹花落尽。
欲作胜花妆，从郎索红粉。
二八好容颜，非意得相关。
逢桑欲采折，寻枝倒懒攀。
欲呈纤纤手，从郎索指环。
含娇不自转，送眼劳相望。
无那关情伴，共入同心帐。
欲防人眼多，从郎索锦障。
兰房下翠帷，莲帐舒鸳锦。
欢情宜早畅，密态需同寝。
欲共作缠绵，从郎索花枕。

香奁十咏

（南宋）张玉娘

桃花扇

浓花妆点一枝春，影拂潇湘月半轮。
歌彻霓裳风力软，钗横鬓乱晓寒新。

鲛绡帨

半幅生绡雪色寒，鲛人相赠比琅玕。
华清浴罢恩波媚，南浦伤时泪雨斑。

鹊尾炉

汉宫早送瑶池信，荀令堂前夜气浮。
凭仗花间拜新月，重添新篆炷春愁。

扶玉椅

绣罢南窗睡思催，花生银海玉山颓。
东风斜倚娇无力，梦入湘江隔楚台。

凌波袜

天孙夜半剪云罗，翠幄春分巧思多。
一束金莲微印月，香尘不动步凌波。

梅花枕

玉肤冰骨独英英，绣向珊瑚照睡屏。

疑有暗香生纸帐，罗浮梦断晓魂惊。

紫香囊

珍重天孙剪紫霞，沉香羞认旧繁华。

纫兰独抱灵均操，不带春风儿女花。

玉压衾

匠出昆山一片珍，白虹气爽晚凉新。

鸳鸯不作湘波梦，幽独还嫌锦绣裀。

青鸾镜

云奁初展晓光寒，幽思重重独舞鸾。

自是伤秋怜瘦影，不惭彩笔写春山。

凤头钗

金瘿钗头双凤凰，晓来巧拂鬓云光。

自怜不带萧郎思，独对菱花学淡妆。

十眉谣（附《十髻谣》）
（清）钱塘徐士俊野君

小引

古之美人，以眉著者得四人焉。曰庄姜、曰卓文君、曰张敞妇、曰吴绛仙。庄姜螓首蛾眉；文君眉如远山；张敞为妇画眉；绛仙特赐螺黛。由今思之，犹足令人心醉而魂消也。然庄与卓质擅天生，而张与吴兼资人力，二者不知为同为异。春秋之世，管城子尚未生，庄姜之眉自非画者。第不知文君当日亦复画眉否。汉梁冀妻孙寿作愁眉，啼妆龋齿，笑折腰步，京都人咸争效之。其后，卒以兆乱眉之所系如此。大丈夫苟不能干云直上，吐气扬眉，便须坐绿窗前，与诸美人共相眉语，当晓妆时日为染螺子黛，亦殊不恶。而乃俱不可得唯日坐愁城中，双眉如结，颦蹙不解，亦何惫也。西湖徐野君先生，风流倜傥，为文士中白眉所著。《十眉》《十髻》两谣摹写尽致。点染生姿，捧读一过，今人喜动眉宇，手不忍释，乃知名士悦倾城，良非虚言也。先生著作颇富，其《雁楼集》久已传播艺林。予生晚不获。登其堂，而浮太白，以介眉寿。仅从遗集中睹其妙制耳，前辈风流可复见耶。

心斋张潮撰

十眉谣

一、鸳鸯：

鸳鸯飞，荡涟漪；鸳鸯集，戢左翼。年几二八尚无良，愁杀阿侬眉际两鸳鸯。

二、小山：

春山虽小，能起云头；双眉如许，能载闲愁。山若欲雨，眉亦应语。

三、五岳：

群峰参差，五岳君之；秋水之纹波，不为高山之峨峨。岳之图可取负，彼眉之长莫频皱。

四、三峰：

海上望三山，缥缈生烟采。移作对面观，光华照银海。银海竭，三峰灭。

五、垂珠：

六斛珠，买瑶姬。更加一斛余，买此双蛾眉。借问蛾眉谁与并，犹能照君前后十二乘。

六、月棱：

不看眉，只看月。月宫斧痕修后缺，才向美人眉上列。

七、分梢：

画山须画双髻峰，画树须画双丫丛，画眉须画双剪峰。双剪峰，何可拟。前梅梢，后燕尾。

八、烟涵：

眉，吾语汝，汝作烟涵，侬作烟视。回身见郎旋下帘，郎欲抱，侬若烟然。

九、拂云：

梦游高唐观，云气正当眉，晓风吹不断。

十、倒晕：

黄者檀，绿者蛾，晓霞一片当心窝。对镜绾约覆纤罗，问郎晕澹宜倒麽。

附：十髻谣

凤髻（周文王时一名步摇髻）：
有发卷然，倒挂么凤。侬欲吹箫，凌风飞动。
近香髻（秦始皇时）：
香之馥馥，云之鸟鸟。目然天生，膏沐何须。
飞仙髻（王母降武帝时）：
飞仙飞仙，降于帝前。回首髻光，为雾为烟。
同心髻（汉元帝时）：
桃叶连根，发亦如是。苏小西陵，歌声相似。
堕马髻（梁冀妻）：
盘盘狄髻，堕马风流。不及珠娘，轻身坠楼。
灵蛇髻（魏甄后）：
春蛇学书，灵蛇学髻。洛浦凌波，如龙飞去。
芙蓉髻（晋惠帝时）：
春山削出，明镜看来。一道行光，花房乍开。
坐愁髻（隋炀帝时）：
江北花荣，江南花歇。发薄难梳，愁多易结。
反绾乐游髻（唐高祖时）：
乐游原上，草软如绵。婀娜鬟多，春风醉眠。
闹扫妆髻（唐贞元时）：
随意妆成，是名闹扫。枕畔钗横，任君颠倒。

跋·才子佳人，自应有此

网名之一，叫作"晁采"。

我很清楚，这是因着"慕"。是的，身为女子，我是慕着历史上的晁采，被父母成全，为命运眷顾的幸运——更何况，他是才子，她亦是不可多得的佳人。

"才子佳人，自应有此"，这是晁采母亲决心成全她二人时，发出的感慨。此一语，不禁引人浮想翩然，为那些过去的女子，和那些过去的情事。

想起，班婕妤的团扇。质比霜雪，团团如月，似乎只为迎送她今生的圆缺。

想起，步非烟的香囊。一腔幽恨，一脉春情，似乎只为惋怜她今生的遗憾。

想起，薛涛的同心草。风花日老，佳期渺渺，似乎只为提醒她空结了同心。

想起，张玉娘的宝钏。鸳鸯绣罢，雁去无痕，似乎只为暗示她谬失了爱侣。

想起，很多……

古来才子不少，佳人也不稀见，可真成了莺俦燕侣的，又有几多呢？

命运无从翻掌，现实不免残缺，文人的心脏一再被刺痛，汩汩而出的，便全是想象的激流。于是，他们纵情去想——用诗，用词，用戏曲，也用生命。

隔着时空的飞雪，犹可见，他们澄明的心，他们赤诚的情。

于是，我也懂得，在赏读一个个烂俗故事的时候，该以虔诚的心儿去熨帖，该以谨顺的姿态去承迎。"我对风花雪月钟情，且行且放，眉目轻盈"，这样的歌词，深合我心。

一年以来，煮文为羹，缓缓，又寂寂，但我是幸福的。

为写此文，笔者先后参阅了如沈从文、孙机、扬之水、周春明等前辈的论著，于此致谢再三，并感谢传统文化的滋育。

是的，我相信，纵是在风花雪月的讲述之间，亦可见传统的续递，文化的源远。故而，此文所述，并不只是弦吹之音，侧艳之词。

思及此，心已戚戚，只觉那些信物里头的故事，很轻很轻，却又很重很重。